Une pédiatre à Amsterdam

*

Un ennemi aux urgences

BECKY WICKS

Une pédiatre à Amsterdam

Traduction française de
ANOUK

BLANCHE

HARLEQUIN

Collection : Blanche

Ce roman a déjà été publié en 2021

Titre original :
FLING WITH THE CHILDREN'S HEART DOCTOR

HARPERCOLLINS FRANCE
83-85, boulevard Vincent-Auriol, 75646 PARIS CEDEX 13
Service Clients — https://www.harlequin.fr/contenu/contactez-nous
ISBN 978-2-2805-2435-3 — ISSN 0223-5056

Édité par HarperCollins France.
Composition et mise en pages Nord Compo.
Imprimé en novembre 2025 par ScandBook UAB en Lituanie
en utilisant 100% d'électricité renouvelable.
Dépôt légal : décembre 2025.

FSC
www.fsc.org
MIXTE
Papier | Pour une gestion forestière responsable
FSC® C021394

Pour limiter l'empreinte environnementale de ses livres, HarperCollins France s'engage à n'utiliser que du papier fabriqué à partir de bois provenant de forêts gérées durablement et de manière responsable.

1

Le bâtiment rénové de l'hôpital datait du XVIIe siècle, et s'étendait sur toute la longueur d'une rue avec, d'un côté, une vieille église de briques sombres et, de l'autre, un petit parc arboré. Entre les sycomores, des bicyclettes occupaient la moindre place libre.

Freya Grey passa devant une infirmière aux cheveux roux, portant une veste à pois, qui téléphonait sur le perron. Freya la salua d'un sourire, franchit les doubles portes de la réception et se dirigea vers les ascenseurs.

La clinique Happy Hearts, où Freya travaillerait durant les six mois suivants en tant que cardiologue spécialisée en pédiatrie, se trouvait au dernier étage de l'hôpital pour enfants Anne Frank, à Amsterdam.

Inhabituellement nerveuse, elle regarda le sol carrelé de dalles noires et blanches et les immenses tulipes rouges et violettes qui ornaient les murs. Impressionnante décoration !

Pendant des années aux États-Unis, Freya avait régulièrement changé de poste sans regret. À l'hôpital pédiatrique de Boston, où elle avait travaillé comme jeune médecin associée, elle ne connaissait strictement personne, et cela ne l'avait pas inquiétée. De même quand elle était partie en mission au Cambodge et en Afrique du Sud. Elle avait toujours aimé vivre de nouvelles aventures, et se lancer seule ne lui avait pas posé de problème.

Alors pourquoi était-ce différent aujourd'hui ? Elle ne s'était engagée que pour six mois et pourrait donc repartir librement à la fin de son contrat !

C'est à cause de la maison, lui souffla une petite voix intérieure.

Oui. Exactement.

Après son travail à la clinique, Freya devrait débarrasser et rénover la vieille maison dans le quartier du Jordaan, près du canal, tout juste héritée de sa grand-mère Anouk. Une bâtisse pittoresque où ses souvenirs affluaient, sombres, lourds, impossibles à chasser.

La porte d'un ascenseur s'ouvrit, révélant un jeune enfant sous perfusion, dans un fauteuil roulant que poussait une femme avec précaution. Freya s'écarta pour les laisser passer avant de s'avancer.

— S'il vous plaît, attendez-moi !

L'infirmière aux cheveux roux se précipitait vers elle. Elle s'engouffra dans la cabine en poussant un soupir de soulagement.

— Merci !

— De rien.

Freya lut le nom inscrit sur le badge qu'elle portait.

— Vous êtes Joy ? Je suis Freya Grey, la nouvelle cardiologue.

— Oh ! bonjour ! Ravie de vous rencontrer. On va travailler dans le même service… Et on a vraiment besoin de vous, ici, vous savez ? Vous venez des États-Unis, c'est ça ?

Elle avait sûrement perçu son accent. Freya, pour sa part, devinait que Joy devait être originaire d'Irlande.

— Oui, j'arrive du Colorado. J'ai travaillé à l'hôpital pour enfants d'Aurora pendant un an mais, avant, j'ai beaucoup voyagé aux États-Unis. J'ai peut-être attrapé l'accent américain, à force de parler aux patients et à leurs familles toute la journée, mais en réalité j'ai passé mon enfance entre Amsterdam et le Royaume-Uni, précisa Freya.

Joy hocha la tête. Elle ôta sa veste, révélant une jolie robe rose pâle.

— Amsterdam ? Vous connaissez notre pays, alors ?

— Un peu.

— Ah, parfait… Qu'est-ce qu'il fait chaud ! ajouta Joy en s'éventant de sa main. Plus que d'habitude en juin. Dire qu'il n'est encore que 7 heures du matin… C'est à cause du…

— Réchauffement climatique, compléta Freya exactement en même temps que Joy.

Toutes deux rirent ensemble, et Freya songea que c'était bien agréable de rencontrer une collègue sympathique dès le premier jour.

L'ascenseur s'arrêtant au dernier étage, les portes s'ouvrirent. Ici aussi les murs étaient décorés de grandes tulipes aux couleurs vives. Trois petits patients âgés de sept ans tout au plus étaient assis en cercle, jambes croisées, dans un espace de jeux prévu à cet effet, absorbés par un puzzle. Une petite fille avec un tube dans le nez leva la tête et leur fit signe. Freya vit le visage de Joy s'adoucir tandis qu'elle lançait un geste amical à la fillette.

— Elle est adorable, malheureusement elle passe plus de temps ici qu'à la maison... Pauvre Violet, chuchota-t-elle à Freya.

— Pourquoi est-elle hospitalisée ?

— Elle est née avec une anomalie d'Ebstein et souffre en plus de troubles autistiques. C'est difficile à vivre. Elle adore Lucas, précisa Joy. Il faut dire qu'il est génial avec tous les enfants.

Le Dr Lucas Van de Berg était le chirurgien cardiovasculaire que Freya seconderait, entre autres pour établir des diagnostics.

Lucas était une sorte de héros. Il dirigeait une équipe qui avait créé une nouvelle technique de remplacement de la valve aortique par cathéter. Dorénavant, les spécialistes pouvaient soigner une valve aortique sévèrement rétrécie sans avoir besoin d'ouvrir la poitrine du patient ! Une telle avancée offrait un nouvel espoir aux enfants malades.

Dans l'avion, Freya avait écouté un podcast d'une interview passionnante de Lucas. Il était brillant, engagé, ultra-compétent.

Secrètement, elle avait aussi aimé entendre la voix de ce médecin exceptionnel... Et s'était sentie ridicule de réagir ainsi. Mais, déjà, l'accent hollandais et le timbre chaud de Lucas lui avaient plu lors de leur entretien téléphonique environ une semaine auparavant. Il lui avait alors appris qu'elle avait été engagée par la clinique.

— Dans un quart d'heure, j'ai rendez-vous avec le Dr Van de Berg. Je suis arrivée en avance... Le trajet à pied n'a pas été aussi long que je le pensais.

— Vous avez trouvé un hôtel dans le coin ?

— J'ai une maison ici.

Joy parut surprise.

— Je croyais que vous arriviez des États-Unis !

— Oui, mais je viens d'hériter de la maison de ma grand-mère, expliqua Freya.

Ces simples paroles firent resurgir des souvenirs désagréables, qu'elle s'efforça d'ignorer.

— Où puis-je attendre Lucas ?

— Ici, ou bien vous pouvez m'accompagner dans la salle du personnel. Il s'y rendra sûrement pour prendre son café. Où se trouve votre maison ? demanda Joy en l'invitant à franchir une série de doubles portes.

— Dans le Jordaan. Elle a trois étages. J'avais oublié tous les escaliers qu'il faut grimper ! Je suppose que c'était plus amusant quand j'étais petite... Mais avec mes valises, c'est moins drôle, avoua Freya.

Et le sentiment de malaise s'empara de nouveau d'elle tandis qu'elle se remémorait le temps qu'elle avait passé dans cette habitation pendant son enfance.

Sa mère, néerlandaise, était encore adolescente quand elle avait rencontré son père, riche avocat fiscaliste britannique de vingt ans son aîné. Freya était vite née. Installés en Grande-Bretagne, ses parents avaient essayé de s'entendre, en vain. Un fiasco. Freya avait deux ans quand sa mère l'avait ramenée à Amsterdam. Après quoi, elle avait été élevée par Anouk, sa grand-mère maternelle, jusqu'à ce que son père vienne la chercher pour l'inscrire dans un luxueux pensionnat en Angleterre, dans le Surrey. Freya avait alors cinq ans.

Dix ans plus tard, sa mère avait rencontré Stijn puis donné naissance à Liv. Elise Grey était enfin devenue responsable, et sa demi-sœur n'avait jamais manqué de rien, songea Freya. Liv vivait en Grande-Bretagne depuis quatre ans, avec son petit ami.

Freya reporta son attention sur Joy, qui continuait à lui parler :

— ... et vous aurez droit à trois billets par mois, pour aller au cinéma gratuitement, expliquait-elle tandis qu'elles pénétraient dans une grande salle lumineuse.

D'un coup d'œil, Freya embrassa la table spacieuse, idéale pour les réunions informelles, l'évier dans un coin, le réfrigérateur, les plantes vertes. Sur une étagère se trouvaient, en vrac, des tasses dépareillées, des couverts et une cafetière. Le sol en bois poli était original pour ce genre d'endroit fonctionnel, tout comme les motifs des vitraux au-dessus des grandes fenêtres rectangulaires.

Joy suspendit sa veste et son sac à main sur un portemanteau près d'un canapé en velours.

— Si vous n'en voulez pas, vous pourrez donner ces billets à des amis, et même inviter votre mari !

— Je n'ai pas de mari, dit Freya, remarquant un bocal débordant de bonbons sur le bureau placé dans un angle, les jolies fleurs dans un vase, et les différents certificats encadrés sur les murs.

L'un d'eux était un récent hommage au travail de Lucas Van de Berg, nommé « chirurgien en cardiologie pédiatrique de l'année aux Pays-Bas ».

— Un petit ami ? interrogea Joy.

— Non plus, répondit distraitement Freya. Je déménage trop souvent pour avoir une relation suivie avec quelqu'un !

Une seule et même question tourbillonnait maintenant dans sa tête : comment lui paraîtrait Lucas Van de Berg en chair et en os ? Elle savait juste qu'il était séduisant, qu'il s'exprimait bien, qu'il était respecté, riche et prospère, et qu'il possédait une impressionnante liste de récompenses. Elle était enthousiaste à l'idée de travailler avec lui...

Et quand même un peu nerveuse.

Joy enfila sa blouse blanche et consulta son emploi du temps sur l'ordinateur.

— Bon, comme d'habitude, je ne vais pas chômer, aujourd'hui...

— Je ne vous retarderai pas plus, assura Freya, espérant ne pas avoir abusé du temps de sa collègue. Merci de m'avoir accompagnée...

À ce moment-là, un homme grand de taille, aux cheveux châtain foncé séparés par une raie sur le côté, entra dans la pièce. Ses yeux bleus en amande s'arrêtèrent brièvement sur elle.

— Docteur, vous tombez bien, voici le Dr Freya Grey, notre nouvelle cardiologue ! annonça Joy.

Et de la désigner d'un geste fier, comme si elle était un trésor que l'infirmière venait de dénicher tout spécialement pour lui.

Lucas ébaucha un sourire. Son regard exprimait une profonde bienveillance. Son visage à l'expression sérieuse était rasé de près, et Freya remarqua une paire de lunettes qui dépassait de la poche supérieure de sa chemise. Il portait un polo bleu marine et un jean sous sa blouse blanche, laissée entrouverte.

— Enchanté, docteur Grey.

Il s'approcha pour lui serrer la main. Une poigne ferme, rassurante. Quand il sourit de nouveau, Freya nota qu'il avait de belles dents.

— On est vraiment ravis de vous accueillir dans cette clinique. Vous avez fait bon voyage ?

— Très bon, merci.

— Sur ce, moi, je file, lança Joy. Freya, vous êtes entre de bonnes mains, maintenant, ajouta-t-elle.

— Encore une fois, merci, lui dit Freya avant de croiser de nouveau le regard de Lucas.

Il l'observait d'un air ouvertement intéressé.

— Vous voulez un café ? proposa-t-il en se servant une tasse.

— Non merci.

Quelques instants plus tard, Freya regrettait d'avoir refusé. Tenir un mug l'aurait aidée à adopter une certaine contenance !

L'impact physique du Dr Lucas Van de Berg lui coupait presque le souffle. Il était beau comme un play-boy. Inimaginable !

— Asseyez-vous, je vous en prie, dit-il en prenant place à la grande table.

S'efforçant de dissimuler son trouble, Freya s'installa en face de lui.

— Vous vivez assez près de la clinique, non ?

— Pas trop loin, oui, puisque je peux venir à pied ou à vélo. J'ai hérité d'une maison qui appartenait à ma grand-mère, dans le Jordaan. Je dois la rénover... Ça me changera les idées, s'efforça-t-elle de plaisanter.

En réalité, ce serait plutôt un dur labeur. La bâtisse était pleine à ras bord d'un bric-à-brac invraisemblable.

Une clause dans le testament de sa grand-mère avait stipulé que personne n'aurait le droit de toucher à quoi que ce soit dans l'habitation à l'exception de Freya et d'une vieille amie et voisine. En conséquence, tout était intact depuis la mort d'Anouk presque un an plus tôt. Arrivée sur place la veille, Freya avait été un peu effrayée par l'ampleur de la tâche qui l'attendait. Sans parler du fait qu'elle n'avait pas su où poser ses propres affaires dans cet intérieur déjà fort encombré.

— En tout cas, mon équipe vous sera dévouée, assura Lucas. Si vous avez besoin de quoi que ce soit, dites-le-nous. Nous vous sommes reconnaissants de nous rejoindre.

— Merci, docteur, je suis aussi heureuse d'être là.

— Appelez-moi Lucas.

— *Dank je*. Moi, c'est Freya.

Il acquiesça d'un bref signe de tête.

— Vous maîtrisez le néerlandais, je crois ?

Les yeux bleus de Lucas ne la quittaient pas.

— *Mijn Nederlands is oké, maar het kan beter*, répondit-elle. J'ai de bonnes bases à améliorer.

Il sourit gentiment.

— Vous m'avez indiqué que vous aviez passé du temps dans notre pays quand vous étiez enfant, donc ce sera assez facile pour vous de progresser. À tout hasard, nous vous avons déjà inscrite aux cours de remise à niveau que j'ai évoqués dans notre entretien téléphonique.

— Ce sera bienvenu. J'ai envie de pouvoir discuter couramment avec nos petits patients.

— Bien sûr. J'ai cru comprendre que vous parliez aussi italien ?

— C'est le cas, avoua-t-elle.

Freya ressentit un rare sentiment de fierté pour ses compétences linguistiques quand elle vit Lucas hocher la tête d'un air admiratif.

— Lorsque j'étais en internat, on nous encourageait tous à apprendre le plus de langues possible.

— Ah, c'est vrai, vous avez fréquenté un prestigieux pensionnat en Angleterre...

— Oui, mon père m'y a envoyée quand j'étais très jeune.

Son père, trop occupé pour elle. Sa mère, débordée par les aléas de sa vie personnelle, se moquait bien, quant à elle, de l'endroit où Freya se trouvait...

— Je suis indiscret, poursuivit Lucas, mais vos parents vivent au Royaume-Uni ou en Hollande ?

— Ils se sont séparés quand j'étais petite. Ma mère vit ici avec son second mari, Stijn... dans une ville qui s'appelle Weesp.

Lucas laissa échapper un petit rire.

— C'est amusant, mes parents habitent tout près de Weesp.

— Je n'ai pas vu ma mère depuis longtemps, ajouta spontanément Freya. Mon père est mort il y a presque sept ans. Il a été piqué par une araignée venimeuse dans son sommeil pendant un voyage en Thaïlande. Il a eu une infection rénale incurable.

Lucas parut choqué.

— Désolé, docteur Grey, je ne voulais pas faire jaillir des souvenirs douloureux...

— Ne vous inquiétez pas, j'en ai parlé librement. Et appelez-moi Freya.

Elle prit une profonde inspiration et se redressa sur son siège. Il fallait couper court aux confidences personnelles dès maintenant. Elle était là pour travailler, être efficace et utile. Pourquoi les mots lui venaient-ils aussi facilement en présence de Lucas ?

— Et à présent, si vous me présentiez l'équipe ? proposa-t-elle.

Lucas se leva et alla laver sa tasse dans l'évier.

— Absolument. Suivez-moi...

2

Une semaine plus tard

Lucas observait Freya de l'autre côté de la pièce. Accroupie sur le sol de l'espace de jeux, elle riait avec la petite Violet et la mère de la fillette tout en feuilletant un livre. Il aimait la regarder... Et qu'il soit fatigué le rendait encore plus rêveur.

— C'est la cardiologue la plus sexy que j'aie jamais vue, commenta Pieter, surgissant alors près de lui.

Fidèle à lui-même, il arrivait silencieusement, suivi de Ruud, son petit ami. L'un était diététicien, l'autre assistant social.

— Sexy et sympa, renchérit Ruud. Il paraît qu'elle est célibataire. Il faudrait qu'elle se rapproche de notre médecin préféré...

Gêné, Lucas les regarda en haussant les épaules.

— N'importe quoi, lâcha-t-il.

Pourvu que Freya ne les ait pas entendus. Elle n'avait manifestement pas besoin de cours de rattrapage en néerlandais, contrairement à ce qu'il avait cru. Il l'avait entendue s'exprimer couramment avec leurs jeunes patients toute la semaine.

— On ne veut que ton bien, protesta Pieter.

— Je sais, je sais...

C'était un peu sa faute si Pieter et Ruud s'intéressaient de près à sa vie sentimentale. Il s'était appuyé sur eux, et leur amitié, quand Roshinda était repartie en Inde. La jeune femme, illustratrice spécialisée dans le domaine médical, était venue se documenter sur son travail pendant presque deux années pour son journal. Ils avaient noué une relation amoureuse qui avait dû s'arrêter brutalement quand Roshinda était retournée dans son pays. Où elle avait épousé un autre homme... Un mariage arrangé ; obligatoire. Une union qu'elle n'avait pas pu empêcher, organisée depuis longtemps. Honnête, Roshinda lui avait parlé de ce projet qu'elle redoutait et espérait briser. Mais elle n'avait pas réussi à contrer le poids des traditions. Elle n'avait rencontré son futur époux qu'une seule fois et avait dû le rejoindre, se soumettant à regret...

Un an et demi plus tard, Lucas commençait tout juste à se remettre de sa déception et de son chagrin.

— Ne t'en fais pas trop, dit Ruud, remarquant sans doute que Lucas n'appréciait pas leurs commentaires, aussi gentils soient-ils. Tu te rappelles qu'on veille sur toi de tout notre cœur, toi qui t'occupes toujours du cœur des autres... Oh ! elle arrive. À plus tard !

Le couple s'éclipsa tandis que Freya se dirigeait vers lui. Elle lui sourit.

— Bonjour...

Elle mesurait bien trente centimètres de moins que lui, nota-t-il.

— Comment vas-tu aujourd'hui ? demanda-t-il.

Ils s'étaient rapidement tutoyés. Freya était sérieuse, discrète et efficace. Entre eux, le courant passait parfaitement. Il n'aurait pas pu espérer mieux.

— Ça va. Toi, tu as l'air fatigué. La nuit a été difficile ?

Freya lui posait cette question avec un intérêt sincère, mais lui ne voyait qu'une chose : ses longs cheveux bruns, si brillants, et son regard d'un vert lumineux. Comme il s'en était voulu d'avoir ravivé chez elle le douloureux souvenir de son père décédé ! Décidément, parfois, il manquait de tact... Mais depuis leur première rencontre, Freya le troublait. Peut-être parce qu'elle ne correspondait pas à ce qu'il avait imaginé. Au-delà de son savoir-faire professionnel, incontestable, la jeune femme était d'une beauté magnétique.

— Oui, la nuit a été plutôt longue, admit-il.

Longue et éprouvante. Le refuge pour sans-abri, où il intervenait, était généralement plus fréquenté le mardi soir, lorsqu'il se mettait aux fourneaux. Une mission bénévole qu'il aimait de plus en plus accomplir. Cela lui plaisait de cuisiner en utilisant les restes que déposaient les supermarchés. Il oubliait la chirurgie, ses soucis, et se rendait utile autrement qu'au bloc opératoire. Et puis, il retrouvait les résidents. Certains, comme Martijn, étaient devenus de vrais amis au fil du temps.

Freya le contemplait avec une évidente curiosité, mais Lucas ne dit rien de plus. À la clinique, personne ne savait qu'il continuait à jour ce rôle au foyer, rôle qu'il avait commencé à assumer avec Roshinda. Évoquer ce lieu impliquerait qu'il parle d'elle, ce qu'il ne voulait absolument pas.

— Bon, allons voir Rolf, notre petit patient, proposa-t-il, revenant à l'instant présent.

Freya le suivit en néonatalogie jusqu'au lit de Rolf, un bébé de onze mois. Sous ECMO, il souffrait d'une hernie diaphragmatique congénitale. Cette technologie de pointe, connue sous le nom d'oxygénation par membrane extracorporelle, renforçait le cœur et les poumons en remplaçant la fonction de pompage du système cardiaque et l'échange d'oxygène des poumons. Jusqu'à présent, Rolf s'en sortait bien, mais son visage demeurait très pâle et il ne bougeait toujours pas les doigts lorsqu'on observait son minuscule corps.

— Nous avons eu un enfant atteint de cette pathologie dans l'un des hôpitaux où j'ai travaillé avant, dit Freya, une lueur de tristesse au fond des yeux.

Elle ajusta délicatement la couverture autour des bras du nourrisson.

— Nous n'avons pas pu le sauver.

— Nous sauverons celui-là, affirma Lucas.

— Oui, Rolf s'en tirera, confirma Joy en s'approchant d'eux. Il est énergique et battant. Le bébé dont vous parliez, Freya, c'était en Afrique du Sud ?

Tout en feuilletant ses notes, Lucas les écouta discuter toutes les deux. Il savait tout de la passion de Freya pour les voyages. Elle avait évoqué avec enthousiasme ses missions à l'étranger lors de son entretien d'embauche, et la clinique l'avait engagée en partie en raison de son expérience internationale. Lui-même ne s'était jamais rendu plus loin que le sud de la France, mais ce n'était pas par manque d'intérêt. Il n'avait juste jamais trouvé le temps de voyager.

— Oui, répondait Freya à Joy. C'était en Afrique du Sud.

Il perçut un léger découragement dans sa voix.

— J'y suis partie pendant trois mois, avec une ONG. Ça m'a ouvert les yeux sur la réalité de la médecine là-bas. Aucun moyen financier ni technique, pas de personnel spécialisé... Difficile de soigner correctement dans ces conditions. J'apprécie quand on a tout ce qu'il faut à portée de mains, ajouta-t-elle. Comme ici. Avec, en plus, les meilleurs spécialistes.

— Oui, on a de la chance, admit Joy. Où étiez-vous en Afrique du Sud ?

— « Vous » ? Tutoyons-nous, répliqua Freya. Ce vouvoiement ne me correspond pas.

Joy sourit.

— OK. Merci.

— On va travailler ensemble, tout comme Lucas et moi, poursuivit Freya en lui jetant un bref regard. Soyons à l'aise. Alors, pour te répondre, j'étais en plein cœur de la région zouloue, poursuivit-elle.

Elle caressa doucement la joue de Rolf.

— Les communautés y sont multiples : réfugiés, tribus, habitants des zones rurales qui n'ont aucun accès aux soins. Certains d'entre eux vivaient dans une telle pauvreté ! Mais on a pu aider ceux qui en avaient besoin. On a vraiment été très utiles.

Joy pressa une main sur sa poitrine.

— Oh ! j'imagine ! Tu me donnes envie d'y aller.

— Peut-être que tu franchiras le pas un jour ? répliqua Freya.

Lucas croisa son regard, elle s'adressait visiblement aussi à lui.

— Dans ces pays, ils ont terriblement besoin de médecins et de soignants de toutes sortes, qualifiés et volontaires. Et nous, on revient de là-bas transformés... La frontière avec la mort est très ténue dans ces contrées. Les gens sont très vulnérables... Les enfants particulièrement. Beaucoup sont orphelins, leurs parents étant décédés de maladies faute de soins. Ces enfants deviennent responsables de leur fratrie alors qu'ils sont si jeunes... On doit les secourir.

Joy l'écoutait d'un air passionné et enthousiaste.

— J'irai un jour, oui !

Lucas étouffa un soupir. Freya était impressionnante, inspirante, compétente... et belle comme un rayon de soleil. De quoi fasciner les uns et les autres, lui en premier. Mais il n'avait aucune envie que des membres de son équipe démissionnent pour aller travailler ailleurs ! Quant à lui, en matière de secours, il avait assez à faire sur place.

Récemment, sa vie avait changé pour deux raisons. Depuis un an et demi, son père, Fred, souffrait d'un Alzheimer qui évoluait hélas rapidement. Le vieil homme ne pouvait se concentrer sur une conversation pendant plus de cinq minutes, ce qui perturbait immensément sa mère, Mira.

Ensuite, il y avait Martijn, un résident du refuge pour sans-abri. Martijn n'avait que cinquante-cinq ans. C'était un militaire qui avait perdu un bras lors d'un accident de fabrication d'avion dans une usine près de Rotterdam. Il avait alors fait une grave dépression, à la suite de quoi sa femme l'avait quitté, emmenant leurs deux enfants. Aujourd'hui, le meilleur ami de Martijn s'appelait Shadow ; un berger allemand. Et Lucas veillait sur eux deux peut-être un peu plus que sur les autres résidents du foyer. Martijn buvait trop mais, quand il était sobre, il était drôle et attachant. Au fil du temps, il s'était confié à lui, et Lucas, à son tour, lui avait un peu parlé de lui et de son chagrin d'amour... Forcément, tous au refuge avaient connu la belle Roshinda venue d'Inde, que Lucas avait tant aimée.

En revanche, ses collègues de la clinique ignoraient tout de ses soucis avec son père et de ses missions au refuge. Lucas préférait la discrétion.

Il reporta son attention sur le petit bébé hospitalisé, et l'examina en silence.

— Tout va bien pour aujourd'hui, dit-il ensuite à Freya et Joy.

On se revoit plus tard, ajouta-t-il à l'adresse de Freya, résistant à l'envie de se perdre dans ses yeux.

Il y avait ce je-ne-sais-quoi chez elle qui…

Il détourna le regard et s'en alla.

3

Dans la maison de sa grand-mère, Freya avait du mal à s'y retrouver mais, chaque soir, après le travail, elle consacrait deux ou trois heures au rangement et à la mise en carton de ce qu'elle pourrait donner à des associations caritatives. Vieux vêtements, vaisselle en double et triple exemplaires, livres anciens... Tant de choses.

Toutefois, trier ainsi les affaires lui permettait de se clarifier les idées.

Ici, en Hollande, son histoire personnelle avait commencé sous un ciel houleux. Avec sa mère, Elise, tout était devenu compliqué, et en vérité, malgré les années, rien ne s'était apaisé.

Impossible, pour l'instant, qu'elle parle à Elise... Malgré l'insistance de Liv, sa demi-sœur âgée de vingt-trois ans.

Liv lui avait téléphoné quelques heures plus tôt, en larmes.

— Jed m'a trompée avec ma meilleure amie... Je suis trop déçue ! Quatre ans ensemble qui se terminent comme ça, c'est nul !

Freya avait essayé de la consoler. Elle avait rappelé à Liv qu'elle-même avait vécu le même genre d'expérience cuisante. Johnny, qu'elle avait tant aimé quand elle était étudiante, s'était laissé séduire par Beatrice, qui était sa grande confidente au pensionnat de St Cuthbert, en Angleterre. Une forte amitié les avait unies toutes les deux jusqu'à cette trahison.

— Et comment réussir à l'accepter ? s'était lamentée Liv.

— On ne peut pas. On doit ravaler notre fierté et avancer,

coûte que coûte, avait affirmé Freya. Avec le temps, la blessure se referme.

Plus ou moins. Par moments, elle ressentait encore de l'amertume et de la colère.

Surtout, cette cruelle déception avait modifié sa perception des sentiments et des relations amoureuses. Après Johnny, Freya avait vécu quelques rares aventures sans lendemain, inintéressantes. Puis, peu à peu, elle s'était éloignée des hommes en général. Elle n'avait plus confiance. De toute manière, son travail emplissait toute sa vie. Son travail et les voyages. Dès qu'elle aurait terminé sa mission à Amsterdam, et une fois qu'elle aurait vendu la maison, elle s'envolerait probablement pour le Vietnam.

Le téléphone sonna de nouveau, interrompant ses réflexions. C'était encore Liv.

— Dis, Freya, je peux venir te voir ? demanda sa sœur, sans détour.

— Bien sûr, mais laisse-moi d'abord le temps de m'organiser ici...

— Mais non, maintenant, la coupa Liv. Je n'en peux plus d'être en Angleterre, et à présent que Jed et moi sommes séparés, plus rien ne me retient ici !

— Je comprends mais, sincèrement, je suis dans les cartons jusqu'au cou et...

— Je t'aiderai !

— Liv, s'il te plaît, patiente un peu, insista gentiment Freya. Ce sera plus simple. J'ai tant à découvrir à la clinique, avec Lucas...

— Lucas ? Qui est-ce ?

Le séduisant visage du médecin surgit à son esprit. Elle sourit.

— Mon collègue. Une star de la cardiologie pédiatrique...

Et un homme distant, fermé, compléta-t-elle en son for intérieur. Il était bienveillant, bien sûr, présent et, étrangement, absent en même temps. Préoccupé, sans doute. Quand il la regardait, elle avait l'impression qu'il ne la voyait pas vraiment. Il était aussi distrait par moments. Trop soucieux ?

— Bref, Liv, on va se voir, je serai heureuse que tu sois là...

— Et on ira rendre visite à maman, d'accord ?

Freya soupira.

— Peut-être. On en discutera, toi et moi.

— Pourquoi ? Il faudra bien que tu lui parles de nouveau un jour ! Et tu sais qu'elle ne t'en veut pas d'avoir hérité de la maison de grand-mère !

— Tant mieux. Mais sincèrement, là, je ne pense pas à tout ça. Enfin, j'essaie, avoua Freya. On en rediscutera, promit-elle.

Après avoir raccroché, elle arpenta le petit salon encombré de cartons. Soudain, elle se sentait oppressée... Et pour cause. Ce séjour à Amsterdam l'obligerait à régler une bonne fois pour toutes un conflit qui remontait à son enfance. Elle s'était doutée que ce serait éprouvant... Mais maintenant qu'elle se retrouvait sur place, c'était différent. Encore plus difficile qu'elle ne l'avait imaginé. Et l'insistance de Liv ne l'aidait pas. Au contraire, Freya se sentait encore plus seule avec ses souvenirs et ses blessures.

Pour l'instant, l'état de la petite Maeve, âgée de trois ans, était stable. Tout en montrant le dossier à Freya pour préparer sa prochaine intervention chirurgicale, Lucas s'efforçait de masquer son inquiétude. Toutefois, Freya, qui prenait des notes, comprenait certainement parfaitement la gravité de la situation.

— Une insuffisance cardiaque aiguë décompensée, ou un choc cardiogénique dû à une sténose aortique sévère, est un diagnostic très lourd pour n'importe qui, et encore plus pour un enfant.

Il croisa le regard de Freya.

— Je m'en doute, dit-elle simplement.

Il s'éclaircit la voix et ajusta ses lunettes sur son nez.

— Le risque opératoire est extrêmement élevé, même ici, alors que, techniquement, nous possédons tout ce qui est nécessaire, contrairement aux pays où tu es allée.

— Je sais.

Freya hocha la tête, songeuse.

— Quand je reviens de missions à l'étranger, il me faut toujours un certain temps pour m'adapter. Pourtant, comme tu le soulignes, un plateau technique de qualité n'empêche pas les risques d'exister. Ce sont les compétences humaines qui sont les plus importantes.

— C'est certain. De ce côté-là, dans notre clinique, on est gâtés. On a d'excellents spécialistes.

— J'avoue que les diplômes des uns et des autres sont impressionnants. Si je vais travailler au Vietnam comme ce sera sans doute le cas après mon poste ici, je regretterai ce vivier de talents ! ajouta Freya en souriant.

Lucas l'observa, s'abstenant de tout commentaire. Mais c'était clair : d'emblée, elle savait qu'elle ne souhaitait pas prolonger leur collaboration. Il aurait dû s'en douter, vu l'expérience antérieure de Freya, mais, malgré tout, ça le décevait déjà.

Il reporta son attention sur le dossier affiché sur un grand écran d'ordinateur. En même temps, il s'obligea à ignorer la présence de la jeune femme auprès de lui. Il sentait son parfum léger...

Il devenait vraiment trop sensible.

— Dans ce cas précis, reprit-il, je propose un protocole plus sûr que le remplacement chirurgical de la valve aortique. Nous savons que les risques d'hémorragie sont moindres avec l'insertion d'une valve aortique transcathéter telle que celle-ci...

Il lui désigna l'une des endoprothèses que la clinique avait fait fabriquer spécialement en Suède.

— L'insuffisance rénale et le besoin de dialyse sont également beaucoup moins importants qu'avec les procédures habituelles par cathéter.

— Par exemple, une valvuloplastie aortique par ballonnet, commenta Freya.

Elle s'approcha pour mieux observer. Ses cheveux bruns étaient noués en chignon, mais Lucas l'imagina soudain avec sa chevelure libre. Son cœur se serra tandis qu'un souvenir fulgurant de Roshinda et lui dans une situation similaire jaillissait à son esprit. Tous deux avaient été si proches pendant leurs séances de travail, parfois trop près pour mieux partager les informations écrites ou visuelles. Il avait essayé de garder ses distances avec cette belle Indienne qu'il savait promise à un autre... Et échoué.

Freya était célibataire, il l'avait appris. Pourtant, d'une

certaine manière, elle était encore plus inaccessible que Roshinda puisqu'elle ne cessait de s'envoler vers de nouveaux horizons...

Et dans un sens, tant mieux. Il avait envie de garder toute latitude pour se consacrer à ceux qui lui étaient chers ici même. Lucas aurait juste préféré ne pas éprouver ce désir naissant de mieux la connaître... Un désir qui le titillait déjà trop.

— Le Dr Van de Berg a fini d'opérer Maeve et tout s'est très bien passé !

De la place qu'elle occupait en face d'eux sur le canapé, Freya scrutait les visages inquiets des parents, Mme et M. Vasque. Ils étaient blancs de fatigue.

— Votre fille a été soignée par le meilleur des chirurgiens, j'en suis témoin. Maeve est toujours endormie, donc elle ne souffre pas, et nous la surveillons de façon intensive jusqu'à ce que l'anesthésie se dissipe. C'est à ce moment-là que nous procéderons à d'autres tests. L'infirmière Joy, que vous avez rencontrée à l'extérieur, sera de garde, en équipe avec le Dr Bram... Ah, voici le Dr Van de Berg !

Lucas venait d'entrer dans la pièce, et Freya ressentit aussitôt une bouffée d'adrénaline. Elle ne parvenait jamais à rester indifférente à sa présence. Heureusement, cela ne se voyait pas... Du moins l'espérait-elle.

— Vous vouliez me voir, madame Vasque.

Sans blouse blanche, il était vêtu d'une chemise bleu marine et d'un jean. Il portait ses lunettes, ce qui accentuait son air sérieux. Comme il prenait place sur le canapé à côté d'elle, Freya sentit sa jambe lui frôler involontairement la cuisse. Elle s'écarta de quelques centimètres, envahie simultanément par deux constatations : ce médecin était extrêmement beau et extrêmement doué. Il devait se rendre compte de l'effet qu'il produisait sur les autres ! En jouait-il ?

— Je voulais vous remercier, docteur, dit Mme Vasque.

Elle prit la main de Lucas dans la sienne et la serra fort.

— Notre petite Maeve ne serait peut-être plus en vie sans vous.

Lucas sourit d'un air modeste.

— Je suis heureux d'avoir pu faire de mon mieux pour votre fille.

— On pourra bientôt la voir ?

— Bien sûr. Pour le moment, Maeve dort à poings fermés, rappela Freya en souriant.

— Prochainement, nous serons à même d'envisager un pronostic assez fiable, promit Lucas. C'est une enfant robuste. Quoi qu'il arrive, monsieur et madame Vasque, soyez certains que nous serons à vos côtés.

Ensuite, il répondit à leurs questions, et Freya l'écouta, impressionnée, une fois de plus, par sa gentillesse et sa compétence. Quelle chance de collaborer avec lui !

Il faudrait qu'elle soit vigilante et qu'elle ne s'imagine absolument rien en dehors du cadre professionnel. Par exemple, si Lucas lui souriait, c'était parce qu'il était charismatique, et naturellement séducteur. Sa petite amie, ou sa compagne, s'il en avait une, devait forcément le savoir !

Freya reporta son attention sur la discussion en cours et approuva machinalement les propos de Lucas. Il vantait la technique qu'il avait utilisée pour opérer Maeve, sans trop détailler, et les parents ne perdaient aucune de ses paroles. Forcément, il était brillant ; rassurant. Et la petite Maeve était sauvée. Freya avait l'intuition que tout irait bien pour cette enfant. Grâce à Lucas. Normal qu'il soit considéré comme un héros dans toute la Hollande…

Son téléphone, laissé en mode silencieux, se mit soudain à clignoter. Un message s'afficha aussitôt, automatiquement généré par le numéro du correspondant : « Ne réponds pas ! »

C'était sa mère qui l'appelait.

Coupant la communication, Freya se rendit compte que Lucas l'observait. Assis à côté d'elle, il avait dû apercevoir les mots qui défilaient sur l'écran de l'appareil posé sur la table. Freya regarda de nouveau Mme et M. Vasque, consciente de la gêne qu'elle ressentait à présent.

Sa mère savait qu'elle était là. Elle l'appellerait sans doute encore.

Réprimant un soupir, Freya songea, une fois de plus, qu'un jour elle réglerait le problème. Un jour… Mais quand ? En vérité, au fond d'elle-même, elle n'était pas pressée d'affronter la femme qui l'avait tant déçue.

Freya s'apprêtait à pénétrer dans l'ascenseur lorsqu'elle se rendit compte qu'elle avait oublié son carnet dans la salle de repos. À la fin de ses journées de travail, une fois chez elle, elle consignait par écrit des impressions et commentaires sur ce qu'elle avait fait, et ce qu'elle souhaitait encore effectuer. Elle établissait des listes qui l'aidaient à s'organiser avec plus de sérénité. Il fallait qu'elle récupère ce carnet très personnel...

Lorsqu'elle franchit le seuil de la pièce, elle fut surprise d'y trouver Joy, Pieter et Ruud debout en cercle autour du bureau. Ils examinaient le contenu d'un carton avec des mines de conspirateurs et sursautèrent en l'entendant arriver.

Pieter posa une main sur son cœur d'un air soulagé.

— Ah, c'est toi !

— Oui, ce n'est que moi...

Freya s'empara du carnet laissé en évidence sur la table et le glissa dans son sac.

— Que se passe-t-il ? Vous avez l'air inquiets.

— Plutôt curieux, rectifia Joy en prenant une revue dans le carton.

Freya vit qu'il s'agissait d'un magazine médical richement illustré.

— Nous ne savons pas si Lucas est au courant, ajouta Ruud en arquant les sourcils comme s'il était perplexe.

Il ajusta son col de chemise. Pieter et lui portaient tous deux des cravates violettes assorties, imprimées de personnages de *Sesame Street*.

— Peut-être qu'elle lui a envoyé des exemplaires directement à la péniche, dit Pieter.

— Qui ça ? Et quelle péniche ? interrogea Freya.

— La magnifique péniche ultramoderne et gigantesque sur laquelle Lucas vit, expliqua Joy. C'est plutôt un appartement de luxe avec un panorama à trois cent soixante degrés sur le canal où le bateau est amarré. À bord, il y a même un piano à queue !

Il paraît que Lucas a demandé à Banksy de dessiner le papier peint de sa salle de bains...

— Lucas connaît Banksy ? s'étonna Freya.

— Taratata ! dit Ruud. Joy, Lucas blaguait quand il a évoqué son papier peint !

Freya feuilleta la revue que lui tendait Joy. La publication s'intitulait *Rhythm Medical Journal*, avec des articles en anglais et de magnifiques dessins sur du beau papier.

Intriguée, elle lut la présentation en quatrième de couverture :

« Les Pays-Bas s'intéressent profondément à l'évolution de la cardiologie. Avec cœur. Dans ce numéro, le Dr Lucas Van de Berg explore de nouveaux aspects expérimentaux de la pédiatrie en lien avec la génétique, les plateaux techniques, les médicaments et la chirurgie. Visuels signés Roshinda Acharya, illustratrice médicale primée au Rajasthan. »

Freya tourna lentement les pages, admirant les illustrations détaillées qui montraient clairement des techniques chirurgicales utilisées pour les interventions cardiaques révolutionnaires du célèbre Dr Van de Berg.

— Qui est Roshinda Acharya ?

Pieter, Ruud et Joy échangèrent un rapide coup d'œil, visiblement gênés.

— On ne doit pas parler d'elle, chuchota Pieter, sourcils froncés.

Ruud hocha la tête.

— Bon, expliquons quand même à Freya que Roshinda était...

— Un fabuleux atout pour notre équipe, déclara une voix d'homme derrière eux.

Ils se retournèrent tous en même temps et découvrirent Lucas sur le seuil.

Freya sentit son pouls s'accélérer tandis qu'il la dévisageait, l'air étonné de la trouver là. Il s'avança, ignora Ruud, Pieter et Joy, et s'empara du carton empli de revues.

— Je dois en prendre connaissance avant le congrès de vendredi, dit-il d'un ton irrité. Si j'y vais. Tout dépendra du travail...

Mais aussi d'autre chose, devina Freya, remarquant à quel point le visage de Lucas était sombre. De toute évidence, la dénommée Roshinda et lui s'étaient connus, ou se connaissaient encore. Ils avaient dû travailler ensemble, puisque leurs noms figuraient dans la même publication. Était-elle sa petite amie ? L'avait-elle été ?

En silence, elle tendit à Lucas le magazine qu'elle avait commencé à feuilleter. Il le rangea avec les autres. Puis, sans rien ajouter, muni du carton, il quitta la pièce.

Freya regarda ses collègues qui étaient restés immobiles, clairement désemparés.

— Bon, j'y vais, moi aussi, déclara-t-elle. À demain !

Et elle s'esquiva, embarrassée d'avoir été surprise en compagnie de Joy, Ruud et Pieter qui, de toute évidence, venaient de déplaire à Lucas, ou de le blesser involontairement. Elle espéra qu'il ne lui en voudrait pas. Peut-être faudrait-elle qu'elle s'explique... Elle avait besoin qu'ils s'entendent bien, et qu'il n'y ait pas de malentendu entre eux. C'était essentiel.

4

Une quinzaine de jours s'écoula. Freya commençait à trouver ses repères, et à s'organiser dans cette petite maison du Jordaan où elle demeurait dorénavant. C'était un quartier animé en plein Amsterdam, qui avait dû beaucoup changer depuis l'époque où sa grand-mère s'y était installée. Contre toute attente, elle aimait bien y vivre.

À la clinique, tout se passait également bien. Elle s'entendait bien avec ses collègues, particulièrement avec Joy, et sa collaboration avec Lucas s'annonçait vraiment fructueuse. Freya n'avait finalement pas évoqué l'incident lié à sa découverte du fameux magazine. De toute façon, Lucas n'en avait pas reparlé, et elle avait joué la carte de la discrétion. Par la suite, il avait participé au congrès annoncé, en refusant toute communication médiatique hormis celle qui était imposée par les organisateurs. Là encore, Freya, qui n'avait pas été invitée à y assister, s'abstint de tout commentaire.

Joy lui confia que la talentueuse Roshinda, illustratrice de cette revue médicale, avait bel et bien été la petite amie de Lucas. Leurs relations avaient duré quelques mois et s'étaient brutalement terminées du jour au lendemain, car Roshinda, que tout le monde appréciait dans le service, avait dû retourner en Inde. Apparemment, Lucas ne s'y attendait pas. Du moins pas si vite. Il en avait beaucoup souffert, et ne mentionnait plus jamais le prénom de la jeune Indienne.

Freya écouta ces informations avec curiosité tout en promettant à Joy de rester discrète. Son rôle était de seconder Lucas dans les phases de diagnostic, afin de permettre de mieux choisir les protocoles thérapeutiques. Il sollicitait son avis à ce sujet et elle le lui donnait. Il opérait et elle prenait des notes pour lui proposer des commentaires nuancés, des idées, des réflexions prudentes. Il se montrait attentif mais demeurait distant, et c'était parfait ainsi. Elle remercia donc Joy pour ces confidences, et souhaita, au fond d'elle-même, ne pas en savoir davantage.

Oui, la discrétion serait son fil conducteur dans ce service où, apparemment, la vie privée de Lucas avait été étalée au grand jour.

Ce vendredi soir-là, Freya sortit de chez elle à bicyclette - elle en avait trouvé une dans la maison, un peu vieille mais en parfait état –, et fixa soigneusement le carton de vêtements sur le porte-bagages. Il était bientôt 23 heures, mais il ne faisait pas encore nuit. Les journées étaient agréablement longues en été.

Enfourchant son vélo, Freya se dirigea vers le canal et embarqua à bord du ferry bondé qui gagnait l'autre rive, un quartier plus populaire que le Jordaan.

Elle y avait rendez-vous avec un certain Tom, un jeune homme intéressé par ce qu'elle voulait donner. Elle avait été en contact avec lui sur une application de trocs et dons qu'elle avait téléchargée sur son smartphone.

Pendant la traversée, elle songea à Liv, qui l'avait encore appelée. Sa jeune sœur aurait tellement voulu venir la rejoindre au plus vite... Mais Freya lui avait demandé de patienter encore un peu. Elle avait trop à faire, et ne serait pas disponible. Liv s'était énervée... Et elle ne comprenait pas pourquoi Freya s'obstinait dans son silence vis-à-vis de leur mère. Le ressentiment qu'éprouvait Freya malgré elle devait lui paraître insensé.

C'est normal puisque Liv n'a jamais manqué de rien, songea Freya, la gorge nouée.

Chassant ses réflexions, elle regarda le rivage dont le ferry s'approchait lentement. D'une terrasse de toit, de la musique s'élevait. Les immeubles, les boutiques... Tout lui était nouveau dans cette partie de la ville au nord d'Amsterdam-Centraal, au-delà de la rivière Ij. Autrefois, lorsqu'elle se promenait dans ce quartier avec sa grand-mère, c'était une zone où la nature prospérait. Maintenant, il y avait des tours modernes, des parcs et un musée du cinéma.

Oui, tout changeait... Les gens, les lieux, et certains souvenirs se dissipaient. Pas encore suffisamment à son goût, mais elle devait admettre que, depuis son arrivée à Amsterdam, elle percevait la vie autrement. Elle pensa alors à Lucas. Ils gardaient leurs distances, et pourtant, par moments, elle avait l'impression qu'il la contemplait avec beaucoup d'attention. Peut-être se montrait-elle trop froide avec lui, comme elle le faisait dorénavant avec tous les hommes...

Freya suivit des yeux une mouette qui fendait le ciel.

C'est comme ça de toute façon... Je suis ici pour travailler, et vendre une maison, avant de repartir !

Où irait-elle ensuite ? Aux États-Unis ? Oh ! non. À une époque, tout ce qu'elle voulait, c'était posséder une carte verte mais, aujourd'hui, la plupart de ses amis là-bas lui jalousaient son passeport européen. En tant qu'Européenne ultra-qualifiée, elle pouvait désormais travailler n'importe où. Ce serait donc peut-être à Ho Chi Minh-Ville, au Vietnam, pour cette mission qui commencerait au début de l'année suivante... Même si elle était trop occupée pour y réfléchir sérieusement pour l'instant, Freya avait toujours besoin de nourrir un projet de voyage.

Le ferry accosta bruyamment. Revenant à la situation présente, Freya, une fois sur le quai, prit son téléphone pour vérifier l'adresse de la brasserie où elle avait rendez-vous avec Tom. Son cœur tressaillit étrangement quand elle vit un appel manqué de Lucas. Elle effaça la notification. Ce n'était pas le moment, et si c'était urgent, il rappellerait.

Elle pédala rapidement vers l'établissement indiqué, qui se situait dans une ruelle sombre...

Et s'avéra fermé.

S'était-elle trompée d'endroit ? Pourtant non, d'après la carte affichée sur son écran.

Perplexe, Freya mit pied à terre, posa son vélo contre le mur, détacha le carton de vêtements du porte-bagages et s'avança vers le restaurant. Elle découvrit une double porte verrouillée, attachée par des chaînes. Des herbes sauvages poussaient à travers les fissures des dalles de l'entrée.

Elle soupira. *Mauvais plan*, se dit-elle en se retournant.

Au même instant, un jeune homme aux cheveux longs, vêtu d'un pantalon de combat militaire, surgit en courant. Il bondit vers son vélo, l'enfourcha et disparut.

Tout s'était déroulé si vite que Freya resta d'abord muette de stupeur.

— Hé ! Au vol ! Au vol !

Mais il n'y avait personne aux alentours.

L'individu s'était volatilisé.

Furieuse, Freya voulut téléphoner à la police et se ravisa. Qu'expliquerait-elle ? Qu'elle avait donné rendez-vous à un parfait inconnu dont elle n'avait même pas entrevu le visage ? Dont elle ignorait la véritable identité ? Nul doute qu'il ne s'appelait pas vraiment Tom !

L'appareil sonna de nouveau. Lucas la rappelait.

— Désolé de te déranger à cette heure, mais on a besoin des dernières notes que tu as prises sur la petite Maeve...

— Tout est sur mon bureau, dans un dossier à son nom, répondit Freya, s'efforçant de parler calmement. Mes observations sont manuscrites, le reste est dans un fichier que je t'ai transmis.

Elle se dirigea vers le quai. Heureusement, là, il y avait des gens, de l'animation... Elle tremblait de peur, à présent. Le voyou aurait pu l'agresser, elle aussi... Comme elle avait été stupidement imprudente !

Lucas lui précisa que les parents de Maeve avaient besoin de clarifications sur l'état de leur fille : malgré ses efforts, ses propres commentaires demeuraient trop techniques.

— Comme je ne suis plus sur place, Joy ira récupérer tes notes, ajouta-t-il. Elle est de garde. Mais toi, ça va ? J'entends à ta voix que quelque chose ne tourne pas rond...

— C'est vrai. Je viens de me faire voler mon vélo, avoua Freya.

— Où es-tu ?

Quand Freya le lui eut expliqué, Lucas poussa un soupir.

— Évidemment ! Ce lieu est généralement bondé de touristes

qui attirent les pickpockets et petits délinquants en tous genres... Reste près de l'endroit où tu as débarqué. Je viens te chercher.

— Non, je vais prendre un taxi...

— Freya, je viens te chercher. Garde ton téléphone à portée de main.

— Lucas, je peux me débrouiller !

Mais il venait de couper la communication.

Désemparée, Freya poursuivit en direction du quai où accostaient les ferries. Elle se sentait affreusement gênée, mais également chagrinée. Cette vieille bicyclette avait appartenu à sa grand-mère... Voilà qui lui apprendrait à être trop empressée... Et trop préoccupée par tant de choses. Entre son travail, sa mère, Liv, les affaires à trier, elle ne savait plus trop où donner de la tête. Et maintenant, Lucas volait à son secours ? Non mais vraiment, c'était n'importe quoi... Exactement ce qu'elle ne voulait pas !

5

Le dénommé Tom avait supprimé son profil sur l'application que Freya avait utilisée.

— Il a été rapide, dit-elle, le visage sombre. Enfin, heureusement, j'ai pu garder ça…

Elle montra le carton d'affaires posé sur le plancher de la petite péniche que Lucas avait empruntée pour aller chercher Freya au plus vite. Sa propre péniche était trop lourde pour être déplacée rapidement.

— Ce sont des vêtements, triés parmi tous ceux que j'ai trouvés dans le grenier de ma grand-mère, précisa Freya. J'en donne régulièrement. J'espérais faire plaisir à un garçon démuni, mais…

Elle haussa les épaules et regarda d'un air songeur par le hublot. Ils se trouvaient dans le salon intérieur, modeste mais bien équipé, que Freya avait examiné d'un regard curieux. L'embarcation appartenait à Ruben, l'un de ses bons amis, presque un frère pour lui, dont la femme, Anne-Marie, enceinte, était suivie à la clinique. Récemment, l'échographie avait hélas dévoilé que le bébé souffrait d'une malformation cardiaque. Lucas aurait fort probablement à intervenir et, quand il y pensait, son cœur se serrait. C'était toujours plus compliqué quand les patients étaient des proches.

— En tout cas, merci d'être venu à mon secours !

— De rien. D'une certaine manière, c'est intéressé de ma part : j'ai besoin de toi au travail en pleine forme ! Et je déplore cet incident, dit Lucas.

Freya esquissa un pâle sourire. Vêtue d'un jean, T-shirt bleu et sandalettes, les cheveux noués en queue-de-cheval, elle semblait si jeune… *Et vulnérable*, pensa-t-il, avant de se remémorer qu'elle avait d'abord refusé son aide, préférant prendre un taxi. Il avait le chic pour aimer rendre service aux femmes foncièrement indépendantes, comme Roshinda, par exemple. Mais c'était différent avec Freya…

Très différent.

— Donc ce n'est pas ton bateau ? s'enquit-elle en jetant un nouveau coup d'œil circulaire.

— Non, je l'ai emprunté à son propriétaire, Ruben, qui doit de toute façon rester à terre pendant quelque temps. Anne-Marie, sa compagne, attend un bébé, et la grossesse s'annonce compliquée. On la recevra en consultation.

Freya le regarda.

— Une chance qu'ils te connaissent personnellement…

— Oui, bien sûr.

Un silence s'établit. Lucas se sentait partagé entre le désir de prolonger la discussion et celui de reprendre ce qu'il avait prévu pour ce soir-là. Pour ce faire, il devrait laisser Freya… Et il n'en avait pas envie. Il éprouvait maintenant un besoin inexplicable de veiller sur elle.

— Je ne veux pas te déranger, dit alors Freya, comme en écho à ses pensées. Je vais rentrer chez moi.

— Je pourrais t'y ramener… Personnellement, je m'apprêtais à aller dans un refuge pour porter quelques cartons de chaussures et vêtements, moi aussi !

L'étonnement se refléta sur le visage de Freya.

— Quel refuge ?

— Inloophuis, autrement dit la « maison ouverte ». Des sans-abri peuvent y rester jusqu'à trois mois en attendant de s'installer dans un appartement ou un autre logement. Il y a des personnages assez intéressants là-bas… Tout le monde a une histoire.

— J'imagine ! Quelle belle initiative de ta part…

Elle sourit.

— Et d'où viennent les vêtements ?

— Les gens me les laissent pour que je les récupère, et je vais les chercher moi-même.

— Si j'avais su ! J'en aurais donné... Mais bon, j'ai encore plein d'affaires chez ma grand-mère Anouk.

— Ce n'est pas ta maison ?

— Si... puisque j'en ai hérité. J'ai encore du mal à réaliser. Les histoires de famille, c'est toujours compliqué, pas vrai ? ajouta Freya d'un ton qu'elle voulait désinvolte.

Mais elle cachait quelque chose. Il le sentait.

Lucas la contempla, hésitant à la questionner davantage, mais il s'abstint.

Il se mit à la barre, alluma le moteur de la péniche et commença à manœuvrer en direction d'un pont étroit. Une nuée d'oiseaux se dispersa dans leur sillage.

— C'est Roshinda, mon ex-petite amie, qui m'a incité à m'investir dans ce refuge, confia-t-il. Dès qu'elle est arrivée d'Inde, elle a voulu s'impliquer dans une autre activité que celle de l'hôpital, pour aider des personnes dans le besoin. Sa famille agit ainsi en Inde. La solidarité est une valeur forte. Aujourd'hui, même si Roshinda est partie, les sans-abri sont toujours aussi démunis... Alors je continue.

Freya, soutenant son regard, ne posa aucune question sur Roshinda. Lucas apprécia sa discrétion, mais il se doutait qu'elle avait entendu parler de la jeune femme à la clinique. Ne serait-ce que lorsqu'elle avait pris connaissance de la revue médicale illustrée par Roshinda...

— C'est sûrement très prenant.

— Oui, très. Je fais ce que je peux. Tu voudrais m'accompagner ce soir là-bas ? proposa-t-il.

Le visage de Freya s'illumina.

— Avec grand plaisir ! Je me sentirai utile, et ça me changera les idées.

Lucas regretta un peu son impulsivité. Il invitait la jeune femme à découvrir l'endroit devenu également, pour lui, un refuge d'un autre ordre. Le lieu où il oubliait tout et se ressourçait.

— Freya, il y a une condition : tu ne parleras à aucun collègue du lieu où nous allons. Personne n'est au courant, à la clinique, et je tiens à ce que ça reste ainsi.

— Pas de problème, dit Freya. Je sais être discrète et...

Elle fut interrompue par la sonnerie de son portable.

— Excuse-moi, je dois répondre, c'est ma sœur, reprit-elle en prenant l'appareil.

Il l'écouta d'une oreille distraite tandis qu'il dirigeait l'embarcation vers la Bilderdijkstraat, où se trouvait le foyer.

— Liv, je ne suis pas sûre que ce soit le bon moment pour que tu viennes... Non, je ne t'interdis pas de venir, mais comprends une chose : je ne suis pas encore prête. La maison est sens dessus dessous et... Oui... Liv... Je sais que tu veux m'aider. Merci à toi... Oui oui, je la contacterai, tu as bien fait de la prévenir de mon arrivée, mais...

Freya baissa la voix et ajouta :

— C'est difficile pour moi...

Lucas lui lança un rapide coup d'œil. Avait-elle des ennuis ?

— Non, pas encore, déclarait-elle d'un ton sec. Je sais... Liv... Je sais qu'elle veut me voir, et je pensais que nous pourrions nous rencontrer tous ensemble quand tu viendras à Amsterdam !

Elle ferma les yeux un court instant, comme si elle était à bout de nerfs. De toute évidence, à l'autre bout de la ligne, sa sœur ne la ménageait pas.

— Écoute, là, je suis avec Lucas...

Elle marqua une nouvelle pause, de nouveau interrompue par son interlocutrice, et Lucas vit qu'elle le contemplait soudain d'un air insistant et interrogateur.

— Eh bien, là, c'est une très bonne question, répondit-elle, énigmatique.

Elle ébaucha un sourire amusé.

— Pour être franche, Liv, je découvre de nouvelles réponses tous les jours.

Lucas détourna le regard, étrangement troublé. De quoi parlait donc Freya ? Pourquoi avait-il la sensation que cela le concernait directement ?

S'efforçant d'ignorer sa curiosité, il reporta son attention sur la navigation de la péniche.

Le bâtiment de l'Inloophuis était un ancien atelier de mécanique automobile réaménagé. Découvrant les lieux, Freya constata qu'il y avait suffisamment d'espace pour accueillir une cinquantaine de lits répartis dans plusieurs dortoirs, une cantine et une cuisine, un bloc de douches et une grande salle collective où elle pénétra avec Lucas.

La pièce était chaleureuse, avec des affiches aux messages optimistes sur les murs, des canapés et une multitude de grands coussins multicolores par terre. Une vingtaine de personnes d'âges divers s'y côtoyaient.

— Quatorze résidents travaillent chaque jour ici, et tout le monde sait quoi faire, expliqua Lucas en montrant un tableau récapitulant les tâches des uns et des autres.

— Une parfaite organisation ! commenta Freya.

Elle jeta un coup d'œil sur les posters d'information : renseignements médicaux, consultations gratuites, et des offres d'emploi, en anglais ou en néerlandais.

— Ah, docteur Lucas, vous êtes là ! s'exclama une voix féminine et forte, en hollandais.

Se retournant, Freya découvrit une jeune femme d'une vingtaine d'années en jean noir, baskets, et affublée d'un blouson trois fois trop grand pour son corps mince. Elle avait les cheveux bruns coupés en brosse, et des dents inégales, brunies par le café ou la cigarette. Son badge affichait le prénom « Kate ».

— Bonsoir, Kate, dit Lucas. Comment ça va ?

— Bien, toujours bien quand tu es là. Qui est cette dame ?

— Freya, une collègue.

Kate l'examina de la tête aux pieds, et un sourire malicieux se dessina sur ses lèvres.

— Salut, Freya. Tu sais, j'ai eu un empoisonnement du sang parce que je me suis automutilée, annonça-t-elle de manière abrupte. C'était grave. Cet endroit était mon dernier *home* possible... Et mon seul secours. Je ne serais pas ici sans lui !

Elle désigna Lucas.

— Le nombre de personnes que cet homme a aidées ici... moi comprise !

Elle contemplait Lucas comme s'il était un dieu.

— Sans le Dr Lucas, je serais en prison… Ou morte. Comment vous le connaissez, vous ?

— On travaille dans la même clinique, dit Freya tandis que Lucas s'écartait pour aller déballer les cartons de vêtements qu'il avait apportés.

Elle le vit donner un T-shirt bleu marine à un homme qui, d'après son badge, se prénommait « Martijn ». Il devait avoir une cinquantaine d'années ; son bras droit se réduisait à un moignon… sans doute par suite d'un accident plutôt qu'à cause d'une maladie ou d'un problème congénital. Sur son avant-bras s'affichait un impressionnant tatouage militaire.

Une bouffée d'admiration pour Lucas l'envahit. De toute évidence, il était un héros pour bon nombre des résidents de ce foyer. Ce qu'il accomplissait était fantastique.

— Vous êtes aussi médecin ? demanda Kate, la tirant de ses réflexions.

— Oui, cardiologue en pédiatrie.

— Moi, je travaille dans une serre, je mets des plantes en pot, dit Kate. Je plante, je replante, je coupe, j'arrose… Et j'aide la vie de ces végétaux. Comme vous, mais dans mon domaine, ajouta-t-elle simplement.

— Ma foi, oui, admit Freya en riant. On a chacun notre rôle sur cette terre.

— Exactement, répondit Kate. À propos de rôle, sans Lucas, je n'aurais pas trouvé ce travail, ni mon appartement. Du coup, je reviens pour participer à la cuisine, et partager les repas… C'est meilleur le mardi, quand Lucas est le cuisinier !

Le cuisinier ?

Freya resta bouche bée.

— J'ai été dans beaucoup de refuges pour sans-abri, dans plein d'endroits, et souvent l'argent des dons, vous savez, est distribué à ceux qui sont au sommet, les dirigeants, pas les SDF, poursuivit Kate en s'asseyant sur un canapé. Quand Lucas a pris les rênes ici, il a fait en sorte que ça change !

— Il a pris les rênes ? répéta Freya, stupéfaite.

Kate ouvrit une canette de soda et avala plusieurs gorgées d'un trait.

— Il se fait appeler « directeur artistique », pour rire ! Il a fait repeindre les murs, installer de nouveaux lits pour les dortoirs, acheter des couvertures... Et il a constitué la nouvelle équipe. Il s'est débrouillé afin que nous ayons les installations nécessaires pour fournir près de douze mille couchages par an, dans nos trois refuges. Et grâce à lui, la clinique Happy Hearts offre des bilans de santé gratuits à tous ceux qui le souhaitent.

Kate tapota la canette sur son genou, et se pencha en avant comme pour partager un secret avec elle.

— Au cours des huit derniers mois, plus de vingt résidents de ce foyer ont trouvé un emploi à plein temps. Pas un centime n'a été versé par l'État, tout a été impulsé par Lucas et son équipe. Il fait plus que diriger de façon créative, il change carrément la vie des gens !

— Je vois ça, murmura Freya, étrangement émue.

Elle lança un regard vers Lucas. Il continuait à parler avec le dénommé Martijn. Près de ce dernier, un berger allemand noir et feu remuait la queue et reniflait les poches de Lucas, qui en sortit une friandise pour la donner à l'animal.

— Il raconte qu'il nous a trouvés par hasard grâce à son ex-petite amie, reprit Kate, mais Fayola dit que l'Univers l'a envoyé sur notre chemin parce que nous avions vraiment besoin de lui. Là-bas, c'est Fayola, ajouta-t-elle en désignant une grande femme noire allongée sur le ventre sur un coussin rose, par terre, en train de lire un livre. Fayola possédait un magasin de vêtements vintage qui a brûlé. Elle y vivait et, après l'incendie, elle a tout perdu. Pas d'assurance, pas de famille. Elle n'avait nulle part où aller, alors maintenant elle est ici.

Kate lui sourit et se leva.

— Vous, vous êtes la nouvelle petite amie de Lucas ?

— Pardon ? Oh ! non, pas du tout...

Freya avait l'impression que la tête lui tournait. Tous, dans ce refuge, avaient vécu des tragédies... Et manifestement, tous aimaient beaucoup Lucas. Mais comment pourrait-on ne pas l'aimer ? réalisa-t-elle soudain. Il était aussi gentil que bienveillant, compétent, ouvert, généreux, altruiste... Et si séduisant en plus !

C'était... presque trop.

« Qui est Lucas ? », lui avait demandé Liv au téléphone un peu plus tôt. Freya lui avait répondu qu'elle découvrait chaque jour de nouvelles réponses à cette question... En effet, c'était bien ce qu'elle ressentait. Parce que, en réalité, Lucas Van de Berg n'était pas seulement un médecin fantastique. Il était amical à la fois avec ses collègues et avec des sans-abri – il était dévoué à leur cause et avait permis à ce refuge de continuer à exister. Comment réussissait-il à tout accomplir ?

À cet instant, Fayola l'interpella :

— Un tirage de tarot, ça te tente, ma belle ?

Elle la hélait, assise bien droite, la poitrine gonflée dans sa robe magenta. Elle était impressionnante. Ses cheveux, crépus et volumineux, se dressaient en dreadlocks grisonnants, et elle portait un collier volumineux composé de pierres de lune et de quartz rose.

— Allez-y, elle est très douée, affirma Kate.

Croisant le regard de Lucas, Freya y perçut de l'amusement.

— Pourquoi pas, dit-elle.

Kate l'invita aussitôt à s'asseoir sur un grand coussin par terre, près de Fayola. Celle-ci lui tendit un jeu de cartes jaunes à mélanger...

6

— Allô, allô !

Freya sursauta et sourit à Joy, qui l'observait d'un air amusé.

— Tu étais encore dans la Lune, pas vrai ? Ces derniers jours, ça t'arrive souvent.

Freya ne put s'empêcher de rire. Toutes deux se trouvaient dans la salle de repos, où elles buvaient un café bien mérité après une matinée très chargée. Visites, consultations, échanges de réflexion avec Lucas et un confrère pédiatre… Les heures s'étaient succédé à la vitesse de la lumière.

Tout comme la semaine qui venait de s'écouler depuis sa soirée au refuge Inloophuis dont elle gardait un souvenir mémorable. Ce lieu de vie, dont elle n'avait donc parlé à personne, était hors du commun. Les résidents, tous des rescapés de l'existence, étaient si gentils, si touchants, et puis il y avait eu ce tirage de tarots…

Freya avait tenu, entre les mains, la carte des amoureux ainsi que celle du dix d'épée. « Oh ! ma belle, il semblerait que tu aies un homme à l'esprit, mais que tu n'aies pas grande confiance en lui… Tu te méfies… Et il semblerait aussi qu'un conflit de famille te hante, te perturbe, t'empêche d'ouvrir ton cœur ! », avait commenté Fayola avec un sourire connaisseur.

Freya s'était pétrifiée. Consciente que Lucas la regardait, elle s'était redressée et avait essayé de masquer le trouble qu'elle ressentait.

Difficile.

Depuis, régulièrement, elle pensait aux paroles prophétiques de Fayola. Comme en cet instant.

Des paroles prophétiques et emplies de vérité.

Oui, la situation avec sa mère l'angoissait. Tant de griefs s'étaient accumulés en elle au fil des années, une tristesse et amertume impossibles à partager.

Et oui, elle songeait parfois à Lucas de manière confuse, séduite malgré elle par cet homme passionnant et magnétique. Mais, aussitôt, elle chassait ces pensées déplacées.

Cependant, depuis la soirée de vendredi, Freya avait aussi la sensation que Lucas la contemplait plus souvent, interrogateur. Inquiet ? Craignait-il qu'elle ne dévoile son secret à propos de l'aide qu'il apportait aux sans-abri ? Bien sûr qu'elle garderait le silence à ce sujet, puisqu'il le souhaitait. Elle se contentait de se concentrer, d'être sérieuse et méthodique dans son travail, mais chaque fois qu'elle croisait le regard de Lucas, elle sentait son pouls s'accélérer…

Il devait s'en rendre compte.

Quant à elle, elle ne voulait pas éprouver cette attirance, mais alors pas du tout ! Sauf que ça s'imposait. Peu à peu, ça s'intensifiait, et elle n'y pouvait rien.

— Pardon, Joy, dit-elle, revenant à la situation présente. J'ai quelques préoccupations…

— À cause de ta maison ? Si tu as besoin d'aide, je suis là ! Je peux venir trier, ranger… Et t'apporter d'excellents cookies que je prépare moi-même, ajouta Joy en lui lançant un clin d'œil.

Touchée, Freya sourit de nouveau. Depuis la trahison de Beatrice, elle n'avait jamais eu beaucoup d'amies. En vérité, elle se méfiait des hommes… et des femmes. D'où sa solitude choisie qu'elle agrémentait de voyages ! Mais là, en regardant le visage réjoui de Joy, son bandeau à pois, et sa façon décontractée de manger des bonbons pendant la pause, elle eut soudain envie de mieux la connaître.

— Eh bien, avec plaisir ! En fait, je dois préparer une chambre : nettoyer, repeindre… Liv, ma sœur, enfin, ma demi-sœur plus précisément, viendra bientôt me rendre visite.

— Bonne nouvelle !

Joy arqua un sourcil.

— Elle arrivera d'Angleterre ?

— Oui. On n'a pas encore fixé de date, mais c'est prévu.

— Un beau projet !

Joy attrapa un autre bonbon dans la coupelle posée sur la table, et le glissa dans sa bouche avec gourmandise.

— Tu prendras quelques jours de repos pour lui tenir compagnie ?

— On verra, répondit Freya. Tout dépendra du travail. Elle est prévenue !

De nouveau, elle se rappela la prophétie de Fayola. *Il faudra que je règle mon problème de famille*, se répéta-t-elle. Quand Liv lui rendrait visite, elle demanderait à leur mère et à son conjoint, Stijn, de venir également. Ainsi, ils seraient réunis pour la première fois depuis des années.

Cette perspective l'effrayait et l'exaltait en même temps, ce qui était probablement la raison pour laquelle elle ne parvenait toujours pas à décider d'une date pour la visite de Liv.

Que craignait-elle exactement ? Qu'Elise lui en veuille ? Et de quoi exactement ? C'était elle qui avait manqué d'instinct maternel à l'égard de sa fille aînée ! *Il faudra bien que je lui dise que j'ai été malheureuse, que je ne me suis pas sentie aimée…*, se répéta Freya. Elise risquerait-elle alors de se vexer ? De lui tourner encore le dos ?

Freya chassa le chagrin qui lui serrait de nouveau le cœur. Aujourd'hui, à son âge, ne devait-elle pas faire face et assumer ce qui avait été comme ce qui n'avait pas existé ? Dans tous les cas, si Elise s'avérait indifférente, ou si elle ne supportait pas les reproches, eh bien… tant pis. Au moins Freya aurait-elle tenté des retrouvailles.

— J'ai hâte de voir ta maison, dit Joy, interrompant ses réflexions.

L'infirmière finit sa tasse de thé, et Freya lui sourit, heureuse de la diversion.

— Je suis très intéressée par la rénovation des vieilles maisons, poursuivit Joy. Si un jour, je devais changer de métier, j'envisagerai peut-être d'être décoratrice d'intérieur ! Quoi qu'il en soit, je serai heureuse de partager mes idées avec toi.

— C'est gentil, merci beaucoup.

Puis Freya écouta poliment ce que Joy avait à confier sur les antiquaires et brocanteurs de la région. Par moments, son esprit s'évadait et elle pensait à Lucas. Aussitôt, elle s'obligeait à écarter les images qui lui venaient. Lucas et elle au refuge. Lucas et elle en train de travailler. Le sourire de Lucas... Sa grande gentillesse... Et le mystère de son regard, proche et distant en même temps.

Jetant un coup d'œil à sa montre, elle vit qu'il était temps de reprendre le travail.

— On se revoit plus tard, dit-elle en se levant. J'ai deux petits patients à voir et un compte rendu à écrire avant de rentrer chez moi. Encore merci, Joy...

— De rien, Freya. Je suis tellement contente que tu fasses partie de notre service. On a besoin de bons médecins comme toi !

— Et de bonnes infirmières comme toi, répondit Freya. N'oublie pas à quel point cette profession est essentielle dans notre secteur. Sans vous, on ne s'en sortirait pas...

Ce soir-là, Freya rentra tard, fatiguée après sa journée suivie d'une marche de plus de trois kilomètres pour arriver chez elle.

Jolene, la vieille dame hollandaise qui vivait à côté, l'appela alors depuis le premier étage de sa petite maison. Jolene, âgée de soixante-dix ans, avait l'allure vive et le teint rose, sans doute parce qu'elle continuait à circuler à vélo. Elle avait été une bonne amie d'Anouk. D'ailleurs, quand elle la voyait, Freya pensait sa grand-mère.

— Freya ! *Je hebt een levering*... J'ai reçu un paquet pour toi ! Un paquet volumineux, en plus.

— Pour moi ?

Freya réfléchit. Elle n'avait rien commandé et n'attendait aucune livraison.

— *Wacht hier*... Attends, je te l'apporte.

Quelques secondes plus tard, la porte d'entrée de la maison s'ouvrit, et Jolene apparut en poussant une bicyclette rouge vif, visiblement toute neuve. Elle la fit rouler jusqu'à Freya, et la cala sur sa béquille.

— Voilà !

Stupéfaite, Freya contempla le deux-roues qui étincelait à la lumière des lampadaires. Tout était brillant : cadre, dérailleur, réflecteurs des pédales, sonnette... D'un doigt, Jolene la fit tinter.

— Joli son ! s'exclama-t-elle.

Il y avait même un panier tressé de fils métalliques noirs à l'avant, et un ruban noué autour de la selle en cuir.

— Tu es sûre que c'est pour moi ? demanda Freya.

— C'est ce qui est écrit.

Jolene désigna une enveloppe attachée sur le guidon, avec « Freya » écrit en majuscules. Deux chaînes avec un cadenas étaient enroulées à côté.

— C'est de la part de quelqu'un qui doit beaucoup t'aimer !

La vieille dame pressa affectueusement son bras, puis elle pivota sur ses talons et retourna chez elle.

Restant seule, Freya sentit son cœur s'emballer. Qui pouvait lui offrir un tel cadeau ? Joy ? Non, c'était peu probable. Liv ? Encore plus improbable. Qui d'autre était au courant du vol dont elle avait été victime ? Lucas ?

La gorge nouée, elle ouvrit l'enveloppe et extirpa un petit carton blanc. Quelques mots avaient été tracés d'une écriture rapide : « Pour te remercier de ta gentillesse. »

C'était signé « Lucas ».

Abasourdie, Freya se dirigea vers le pont qui enjambait le canal, et s'appuya sur la balustrade en fer forgé. Elle regarda, sans vraiment les voir, les fleurs suspendues tout le long : des pétunias, des pensées, des tulipes de couleur vive.

Une seule question tourbillonnait dans sa tête : *Pourquoi a-t-il fait ça sans m'en parler ?*

C'était un geste tellement surprenant qu'elle en restait sans voix. Ce beau vélo lui serait plus qu'utile à Amsterdam... Avant et après le travail. Au quotidien. Elle aurait juste préféré se l'offrir elle-même...

Sauf que, pas une seule seconde, elle n'avait envisagé un tel achat, nullement prioritaire à ses yeux.

« Quelqu'un doit beaucoup t'aimer »...

Le commentaire de Jolene la fit sourire. Non, Lucas ne pouvait pas beaucoup l'aimer. Il avait besoin d'elle à la clinique. Il la voulait en forme ! Malgré tout, c'était si généreux de sa part...

Freya rebroussa chemin, prit la bicyclette et la rentra dans le couloir de sa maison. Après quoi, elle gagna la cuisine, se prépara une tasse de thé et envoya un SMS à Lucas :

Quelle surprise ! Tu n'aurais pas dû... Mais merci. Merci beaucoup. Je suis très touchée de cette attention. Bonne soirée.

Elle hésita à ajouter un smiley illustrant l'émotion qu'elle éprouvait, mais se ravisa, obéissant à sa réserve habituelle. De toute manière, mieux valait qu'elle ne se montre pas trop démonstrative. Au nom de la collaboration professionnelle qu'elle mettait peu à peu en place avec Lucas, c'était préférable, même si, de son côté, il avait largement franchi la frontière personnelle en lui offrant cette superbe bicyclette.

7

— Docteur Van de Berg ! Coucou !

Lucas regarda la petite Violet assise dans son lit. La fillette serrait contre elle une poupée rose aux cheveux bouclés pendant que Joy ajustait le tube de perfusion.

— J'ai écouté votre podcast, docteur Van de Berg. Maman vous a aussi écouté deux fois dans la voiture !

Lucas sourit, captant le regard de Freya, qui était en train d'ausculter un garçon d'une dizaine d'années alité à côté. Elle le contemplait d'un air perplexe. Et pour cause...

Il venait de s'absenter de la clinique pendant huit jours. Huit jours complets !

Il avait dû prévenir l'équipe à la dernière minute, ayant lui-même appris la mauvaise nouvelle de manière brutale : un matin, sa mère l'avait appelé pour lui annoncer que son père était porté disparu depuis soixante-douze heures... Lucas s'était précipité pour l'aider et avait été happé par l'épouvantable situation familiale.

Fred Van de Berg, qui perdait de plus en plus la mémoire, n'avait été retrouvé que deux jours plus tôt. S'en étaient suivies des discussions angoissées entre son frère, Simon, partisan d'un placement en établissement spécialisé, leur mère, folle d'inquiétude et incapable de se décider quant à la prise en charge de son mari, et lui, Lucas, qui préférait attendre encore un peu avant de confier le vieil homme à une structure extérieure.

Il n'avait rien expliqué à ses collègues, qui ignoraient donc pourquoi il avait été obligé de leur faire faux bond. Il avait juste organisé son remplacement avec l'un de ses confrères, confiant simplement qu'il avait une grave urgence familiale.

Malgré ces circonstances tragiques, Lucas avait souvent pensé à Freya, qui lui avait envoyé un court message de remerciement après avoir reçu le cadeau. Il avait répondu tout aussi brièvement, par politesse. Qu'avait-il voulu prouver en lui offrant cette bicyclette ? Rien. Il avait agi de façon impulsive après avoir remarqué que Freya était dorénavant à pied, et qu'elle semblait fatiguée. Il n'avait pas voulu chercher à savoir pourquoi l'état physique, et moral, de la jeune femme lui importait tant.

Ensuite, chez ses parents, la situation était devenue si compliquée qu'il avait oublié le reste de sa vie, y compris la conférence à laquelle il avait récemment participé. Ses propos qui, entre autres, citaient sa collaboration fructueuse avec Roshinda, avaient été enregistrés et étaient apparemment déjà diffusés sur diverses chaînes. Les médias ne perdaient pas de temps.

— Maman m'a dit que vous aviez une belle voix ! ajouta Violet, le tirant de ses réflexions. Je suis drôlement d'accord !

— Merci beaucoup, Violet. Tu as une très belle voix, toi aussi.

— Oooooh ! s'écria la fillette, les joues rouges de plaisir.

Joy se mit à rire, et un sourire édenté s'épanouit sur le visage de la petite fille.

Âgée de neuf ans, Violet était telle une petite reine dans le service. On lui avait diagnostiqué une anomalie d'Ebstein et une CIA - une communication intra-auriculaire. En raison des rares anomalies de la valve tricuspide de son cœur, et après deux interventions chirurgicales, elle demeurait sous surveillance constante pour insuffisance cardiaque congestive.

Ses parents avaient pris l'habitude de l'emmener d'urgence à l'hôpital à chaque fois qu'elle toussait, mais Violet, elle, vivait comme si tout allait bien. Quelle extraordinaire leçon de résilience !

Depuis un certain temps déjà, la fillette se trouvait sur liste d'attente pour bénéficier d'une transplantation. Lucas espérait que cela ne tarderait plus. Il avait hâte que Violet puisse continuer à vivre joyeusement, et aussi normalement que possible.

La petite fille commença à brosser les cheveux bleus d'une

autre poupée, ignorant le sang que l'on voyait passer à travers les tubes. Elle avait l'habitude.

— C'est bon de vous revoir, docteur, affirma Joy. J'ai écouté le podcast, moi aussi.

— Quel podcast ? s'enquit Freya.

Lucas la vit recouvrir soigneusement son patient avant de s'approcher de lui.

— Ça s'appelait « Au cœur de tout », expliqua Joy. C'est la conférence de Lucas, tu sais ? Il nous en a un peu parlé l'autre jour.

— Oui, je me souviens, dit Freya. Suite à la publication de cette revue superbement illustrée… Magnifique travail.

— Merci. Ça prolongeait des recherches pointues, déclara Lucas.

Comme Freya acquiesçait, il sentit une étrange émotion s'emparer de lui. Elle ne le laissait décidément pas indifférent. Pas du tout. Il s'aperçut que Joy les observait tous deux, curieuse et vaguement amusée alors qu'elle continuait à évoquer le podcast :

— Un chirurgien doit être compétent d'un point de vue physique et mental, avez-vous résumé. Je comprends votre habitude d'aller faire du jogging pendant la pause déjeuner ! Vous gardez la forme !

— Vous aimez courir ? Cool ! s'exclama gaiement Violet.

— Oui, ça me permet de décompresser, admit Lucas, conscient que Freya le regardait de nouveau. Comme je l'ai dit pendant cette conférence, je pense que pour être performant dès qu'on entre au bloc, être vif et maître de soi, il est impératif de bien gérer son stress. Quoi de mieux que le sport ?

— Le vélo, par exemple ? répliqua Freya en souriant. Maintenant que j'ai une superbe bicyclette, je peux découvrir les rues d'Amsterdam avec encore plus de plaisir !

Lucas ne put s'empêcher de rire.

— Tant mieux. À propos, il faudra qu'on se parle… J'ai un emploi du temps chargé, mais je trouverai un moment.

Freya fit un signe affirmatif.

— Il s'est passé pas mal de choses en une semaine, et on a fait face, mais j'ai des comptes rendus à expliciter, ajouta-t-elle.

— Entendu.

Sur ce, Lucas se détourna et retourna dans son bureau. Il avait l'impression d'être déconnecté, conséquence logique de son absence, mais, grâce à Freya, il pourrait retracer les parcours des uns et des autres.

Grâce à Freya, tout lui serait plus facile.

Comme cela avait été le cas avec Roshinda, mais pour d'autres raisons...

En attendant, il fallait qu'il se concentre. Une délicate intervention chirurgicale était prévue un peu plus tard, sous haute surveillance médiatique, et une fois de plus il avait l'intention d'exceller.

La journée s'écoula vite, avec un emploi du temps évidemment chargé. Examens, entretiens, auscultations, programmations d'opérations, débriefings...

Freya ne revit donc pas Lucas. Oui, il prendrait le temps d'être disponible et d'écouter les commentaires ou réflexions qu'elle avait consignés durant son absence... Mais quand ?

De plus, elle aurait aimé pouvoir le remercier en personne du cadeau qu'il lui avait offert, cette bicyclette si pratique... Suite au message qu'elle lui avait adressé, il lui avait répondu simplement : *Graag gedaan.* « De rien. »

Ce jour-là, après son absence inattendue, Lucas était de toute façon débordé, elle le savait. Il venait d'opérer Valerie Maijer-Schrot, une adolescente star du football... Pas n'importe qui ! Il avait osé une intervention la moins invasive possible en utilisant des méthodes nouvelles et révolutionnaires. Comme souvent. L'opération laisserait très peu de cicatrices, et la patiente, déjà réveillée, ne cessait d'envoyer des messages sur les réseaux sociaux pour vanter les multiples qualités du « beau Dr Van de Berg ». Depuis, les journalistes affluaient devant la clinique...

Et tous les membres de l'équipe de Lucas essayaient de s'esquiver discrètement. Tant d'agitation leur donnait mal à la tête !

— Allons manger en ville, proposa Joy alors que Freya s'était réfugiée avec elle dans la salle de repos. Si tu veux, je t'invite.

Freya accepta avec joie. Elle avait grand besoin de se détendre.

Toutes deux gagnèrent une rue bordée de restaurants et terrasses le long du canal non loin. Joy choisit un établissement bon marché mais réputé pour la qualité de sa nourriture.

Une vingtaine de minutes plus tard, à une table décorée d'une nappe à carreaux rouges et blancs, Freya dégustait avec appétit une assiette de *stamppot* : des boulettes de viande en sauce accompagnées d'une succulente purée de pommes de terre fumante.

— Je me régale, avoua-t-elle.

Joy, qui avait choisi le même plat, ébaucha un sourire gourmand.

— Moi aussi ! C'est une de mes recettes préférées. Bon, j'admets que cette préparation-là n'est pas aussi bonne que celle de Lucas, mais j'adore quand même. Tu as nappé de sauce aux airelles ? demanda-t-elle après avoir bu une gorgée de vin.

Freya sentit son cœur battre à la simple mention de Lucas.

— Bien sûr. Lucas aime donc faire la cuisine ? releva-t-elle.

Elle trempa les lèvres dans son verre de bordeaux, essayant de paraître indifférente.

— Oh oui ! il organisait beaucoup de dîners quand Roshinda était là. Au fait, à ton avis, pourquoi est-il parti pendant une semaine ? Il t'a donné une explication ?

Freya secoua la tête.

— Il a peut-être ressenti un besoin urgent de se reposer !

— J'en doute, répliqua Joy. Ce n'est pas son genre, surtout sans prévenir. De toute manière, Lucas ne prend jamais de congés. J'espère qu'il va bien... J'ai appris, figure-toi, qu'il devra bientôt opérer le bébé qu'attend la femme d'un de ses meilleurs amis, Ruben. J'ai lu le dossier. Tu es au courant ?

— J'en ai entendu parler.

Freya s'abstint de préciser dans quelles circonstances elle l'avait appris... Et naturellement, elle ne souffla mot à propos du refuge... où Lucas cuisinait pour tout le monde.

— J'ai rencontré Ruben à l'occasion d'une des fêtes de Lucas et Roshinda sur la péniche. La magnifique péniche de Lucas, précisa Joy, les yeux brillants. Il y vit maintenant uniquement avec son python.

— Un python ? répéta Freya, stupéfaite.

— Eh oui.

— Un vrai python ?

— Absolument. Bien vivant et très grand, ajouta Joy en riant. Ah, ça surprend tout le monde ! Et ça a peut-être fait fuir les remplaçantes de Roshinda, s'il y en a eu…

Elle ajouta d'un air attristé :

— Depuis que Lucas n'est plus avec Roshinda, il ne reçoit plus personne sur sa péniche. Leur histoire est quand même étrange, avoua-t-elle. Ils semblaient tellement heureux mais, du jour au lendemain, elle est partie sans aucune explication, du moins pour nous, ceux du service. On travaillait pourtant ensemble.

Joy marqua une pause.

— On se demande bien pourquoi elle a quitté Lucas… Il a tout pour lui ! Il est doué, compétent, gentil, calme… Tout pour plaire !

— Sauf qu'il a un python !

— Oh ! Ça, alors, oui ! dit Joy en éclatant de rire.

Les regards se tournèrent vers elle. Son hilarité était communicative, et Freya se joignit à elle. Comme c'était agréable d'être au restaurant, de se détendre ainsi, même si elle n'arrivait pas à se détacher du vaste sujet de conversation que représentait Lucas Van de Berg. Joy avait raison. Pourquoi Roshinda avait-elle rompu ? Qu'est-ce qui l'avait poussée à s'en aller et à mettre un terme à ses relations avec Lucas ?

Mais ce ne sont pas mes affaires… En quoi ça te concerne ?

De fait, oui, Freya n'aurait pas dû se préoccuper de la vie sentimentale de Lucas. Pourquoi s'y intéressait-elle ?

La réponse était si évidente qu'elle préféra ne pas s'y attarder.

— Bon…

Joy joignit les mains sous son menton.

— Parlons d'autre chose ! Quand ta sœur arrive-t-elle ? Tu m'as dit qu'elle viendrait peut-être à Amsterdam.

Freya poussa machinalement la salière vers un coin de la table.

— Exact. Mais rien n'est encore décidé.

La culpabilité l'envahit à nouveau. Pourquoi ne pouvait-elle pas simplement réserver un billet pour Liv ? Elles reverraient alors leur mère ensemble, et tout irait bien…

En principe.

Plus Freya y pensait, moins elle était convaincue du bien-fondé de cette réunion familiale. Parfois, mieux valait laisser les vieilles histoires de côté, et rester dans le présent, goûter la vie tout simplement sans essayer de réparer le passé.

De façon inattendue, Joy tendit une main et la posa sur la sienne.

— J'ai l'impression qu'entre ta sœur et toi c'est compliqué. Je me trompe ?

— Non...

Émue par la gentillesse de Joy, Freya s'efforça de sourire.

— Le problème ne vient pas d'elle mais d'Elise, notre mère, avoua-t-elle. Je ne suis pas proche d'elle du tout, contrairement à Liv, ma demi-sœur.

Joy lui pressa affectueusement la main.

— Si tu as besoin de parler, je suis là.

— Merci, Joy.

Freya se rendit compte que des larmes lui piquaient les paupières. Soudain, elle crut entendre la voix forte, joyeuse, de sa grand-mère Anouk, comme si elle était assise à la table voisine : « Un problème partagé est un problème réduit de moitié ! »

C'était si vrai. Exprimer ce qu'elle ressentait à une amie allégerait sa peine. En réalité, depuis l'université, Freya ne s'était jamais confiée à personne. Finalement, son ex-meilleure amie Beatrice lui avait peut-être davantage brisé le cœur que Johnny.

— Je suis vraiment contente de te connaître, dit-elle à Joy. Encore une fois, merci... Et je n'oublierai pas : si ça ne va pas, je t'appelle, et ensuite tout ira mieux, j'en suis sûre.

Joy acquiesça.

— Moi aussi, j'en suis certaine. Maintenant, tu veux un dessert ?

Freya sourit.

— Oh oui, je suis gourmande. Que me conseilles-tu ?

8

Le mardi suivant, après le travail, Freya décida de se rendre au refuge Inloophuis.

Elle prit cette décision sur un coup de tête, après avoir rangé un nouveau carton de vêtements ayant appartenu à sa grand-mère et découverts au grenier, derrière des piles de livres.

Le parfait prétexte...

Elle se souvenait que Lucas s'y trouvait le mardi soir : il cuisinait pour les sans-abri.

À la clinique, ils avaient quand même partagé quelque temps d'échanges et de réflexions après les visites auprès de leurs patients, mais, comme d'habitude, Lucas s'était montré pressé et distant. Elle n'avait donc toujours pas pu le remercier pour son cadeau... Cela devenait embarrassant. Par conséquent, elle le ferait de vive voix en allant déposer les affaires au foyer.

Alors qu'elle fixait le volumineux paquet sur le porte-bagages de son vélo, son portable sonna. C'était Liv.

— Coucou ma grande sœur, je te dérange ?

— Non... Enfin, si, je m'apprête à sortir, je vais voir Lucas.

Freya regretta aussitôt ses paroles. Forcément, elle serait obligée de s'expliquer !

— J'ai des choses à lui donner, ajouta-t-elle.

Elle ajusta ses écouteurs, enfourcha sa bicyclette et commença à rouler dans les rues pavées en direction d'Inloophuis.

— Tu es souvent avec lui...

— Je fais partie de son équipe !

— Rien de plus ? la taquina Liv à l'autre bout du fil. Toi qui fuis les hommes, tu as l'air d'être sans cesse en sa compagnie !

Freya éprouva une drôle de sensation. C'était ainsi que Liv la percevait ? Fuyant les hommes ?

Mais c'est la vérité...

— Au fond, c'est ton problème, poursuivit Liv, redevenant sérieuse. Tu m'avais conseillé de trouver des dates pour mon vol, et je t'en ai proposé dans mon dernier mail. Tu l'as reçu ?

— Oui, oui. Je m'en occupe. Joy, une amie, va m'aider à préparer ta chambre. Elle sera bientôt prête, ne t'inquiète pas.

— Cool. Merci. Comment as-tu rencontré Joy ?

— C'est une collègue infirmière. Elle travaille à la clinique.

— Cool, répéta Liv. Tu es de nouveau plus sociable ? Bonne nouvelle ! Mais il faudra leur dire, à tous, Lucas, Joy et les autres, que tôt ou tard tu décamperas pour filer au bout du monde loin d'eux, déclara-t-elle d'un ton moqueur.

Freya sentit son cœur se serrer.

— Très drôle. On se reparle vite. Bonne soirée !

Freya coupa la communication, manquant de heurter, avec sa roue avant, un passant qui promenait son chien.

Liv la poussait toujours dans ses retranchements...

Tout en pédalant, Freya pensa de nouveau à la mission qui l'intéressait au Vietnam. Elle devrait envisager de postuler sans plus tarder. La date de démarrage du projet était fixée au début de l'année suivante, mais il y aurait d'abord des entretiens, ainsi qu'une inévitable visite sur place... Après quoi, elle saurait quand débuterait cette nouvelle aventure passionnante. Ce serait bon pour son moral... Très bon.

En passant, Freya salua d'un geste amical la sympathique fleuriste à qui elle achetait des tulipes régulièrement, pour décorer la salle de consultation. Elle avait remarqué que Lucas s'arrêtait toujours afin de les humer, comme s'il essayait d'évaluer si elles étaient réelles...

Elle sentit son cœur se serrer.

Cet homme l'intriguait et la troublait beaucoup trop. Et voilà qu'elle était en train de pédaler pour se rendre au foyer afin de le voir, lui. N'était-ce pas absurde ?

Peut-être, mais… tant pis. Elle était partie et ne ferait pas demi-tour.

Au refuge, elle découvrit Lucas dans la cuisine. Tel un professionnel, il tranchait finement des carottes sur une grande planche à découper rouge. La pièce, au bout de l'immense réfectoire, bruissait d'activité, et le parfum réconfortant des tomates et de l'ail imprégnait l'air. À en avoir l'eau à la bouche.

— Salut, toi ! Tu ne le trouves pas mignon en tablier ? lança Kate en passant devant elle.

Freya sourit et jeta un coup d'œil à Lucas.

Il portait un jean et un T-shirt bleu qui mettait en valeur ses bras musclés. De toute évidence, il gérait efficacement une brigade de volontaires à qui il demandait de hacher, de tamiser ou de remuer le contenu de différentes casseroles bouillonnantes et poêles grésillantes.

— Freya ?

En l'apercevant, il posa son couteau et s'approcha d'elle, l'air étonné. Tout le monde les regarda.

— Qu'est-ce que tu fais ici ?

— J'apporte quelques affaires, dit-elle en déposant le carton au bout d'une des longues tables en acier.

Freya remarqua le résident qui avait déjà attiré son attention la dernière fois, avec son bras manquant et son tatouage militaire. Celui qui s'appelait Martijn. Il était très pâle, mais visiblement jovial. Il lui adressa un clin d'œil avant de se retourner vers l'évier où il lavait de la salade.

Contre toute attente, Lucas posa une main sur son épaule et la pressa gentiment.

— C'est adorable de ta part, Freya. Merci.

— De rien. Il y en a encore chez ma grand-mère. Enfin, chez moi, maintenant, précisa-t-elle, essayant de ne pas se laisser hypnotiser par les yeux bleus de Lucas.

Elle ébaucha un nouveau sourire.

— Moi aussi, je te dis merci. Pour le vélo avec lequel je suis venue ici, et que j'utilise chaque jour pour aller travailler. Un grand, grand merci à toi.

— À mon tour de te dire « de rien », répondit Lucas en s'essuyant les mains sur son tablier.

— Pourquoi l'as-tu fait ? demanda Freya.

— Pourquoi ? Quelqu'un t'a volé ta bicyclette, non ?

— J'aurais pu en acheter une autre...

— Je sais. Mais je me suis dit que tu n'aurais pas trop le temps, et égoïstement, encore une fois, j'ai pensé à ton confort qui serait bénéfique pour la clinique.

— Bénéfique ?

— Ce qui est bon pour toi est bon pour nos patients ! Ou, si tu préfères, dans la mesure où tu es moins fatiguée, tu es plus disponible pour nos petits patients. Or, marcher, faire l'aller et retour chaque jour, de ta maison à la clinique, c'est fatigant à la longue.

— C'est vrai. Je l'admets. Bon... Eh bien merci encore.

— Ne te pose pas trop de questions ! Si Lucas t'a fait un cadeau, c'est juste normal, il fait des cadeaux à tout le monde ! commenta alors Kate, qui n'avait pas perdu un mot de leur conversation.

— Ah, voilà la bonne réponse : *Ne te pose pas trop de questions*. Ce soir, c'est soirée spaghettis, poursuivit Lucas, les yeux rieurs. Nous ajoutons tous les légumes que l'on nous a apportés, comme ça rien n'est gaspillé. Tu veux nous donner un coup de main ?

— Bien sûr !

Freya prit place devant un plan de travail, à côté de Lucas. Avant même de s'en rendre compte, elle avait enfilé un tablier et étalait du beurre sur ce qui lui semblait être des centaines de baguettes blanches, prêtes à être transformées en pain à l'ail.

Les hauts plafonds brassaient un air chaud, presque étouffant. Jetant un rapide regard à Lucas, Freya le vit se passer le revers de la main sur le front. Il travaillait avec entrain et bonne humeur. Il donnait des ordres à l'équipe de temps en temps, rayait des tâches à accomplir sur un grand tableau blanc fixé au mur près des réfrigérateurs et des lave-vaisselle industriels... Il semblait savoir exactement ce qu'il faisait !

Pendant quelques instants, Freya se concentra sur ses propres gestes, appréciant les joyeux bavardages tout autour d'elle, même s'ils étaient principalement en néerlandais.

— C'est agréable d'être ici, dit-elle à Lucas.

— Oh ! oui… Ça change. On a besoin de penser à autre chose, surtout quand les soucis s'accumulent.

Elle lui lança un bref coup d'œil.

— Des soucis… qui expliquent peut-être que tu te sois absenté de la clinique pendant une semaine ?

Après une courte hésitation, Lucas acquiesça en silence.

— Je viens au refuge tous les mardis. J'ai toujours été là, sans faute, sauf la semaine dernière. Ce que tout le monde a remarqué !

Il posa son couteau, et s'essuya les mains sur son tablier. Son expression était devenue sombre.

— Je vais te confier un autre secret, Freya. J'ai dû me rendre chez mes parents au plus vite. Mon père, Fred, souffre d'Alzheimer, et il était porté disparu. J'ai aidé à le rechercher. Quand on l'a retrouvé, on a découvert qu'il avait conduit jusqu'au chalet où il passait des vacances d'été quand il était enfant, dans la Gueldre.

Choquée, Freya resta muette.

— Maintenant, il n'a plus le droit de prendre le volant, précisa Lucas. Plus du tout. Évidemment, pour lui, c'est dramatique parce qu'il ne comprend pas ce qui lui arrive. Pour ma mère, la situation est également tragique, d'autant qu'elle aime profondément mon père et voudrait le garder auprès d'elle. Pour mon frère, Simon, le problème pourrait être facilement réglé si on plaçait notre père dans une institution spécialisée. Je ne suis pas d'accord, conclut-il. Je leur ai dit qu'il faut encore patienter, donner une dernière chance à notre père… On vit un douloureux casse-tête.

— J'imagine.

Freya prit une profonde inspiration, touchée de la confiance qu'il lui témoignait en lui racontant la vérité.

— Mais pourquoi est-ce un secret ? s'étonna-t-elle. Ce genre de drame familial est plus courant qu'on ne le croit, et les collègues de la clinique comprendraient.

— Oui, mais ils s'interrogeraient, me questionneraient aussi, redouteraient peut-être un éventuel manque de disponibilité de ma part… En tout cas, je ne veux pas mêler ma vie personnelle et ma vie professionnelle.

— Pourtant, à moi, tu as tout dit !

Lucas la regarda et lui sourit.

Ce sourire était sincère, désolé, et tellement émouvant qu'elle sourit également, le cœur battant. Soudain, entre eux, un invisible fil intime, complice, semblait se tisser.

— Peut-être parce que tu ne fais pas définitivement partie de l'équipe ? souligna-t-il. Tu t'en iras un jour, je pense l'avoir compris…

Une étrange émotion l'envahit. Qu'exprimait Lucas ? Du regret ? De la tristesse ? Elle n'aurait su dire.

— C'est prévu, en effet. Même si, à ce jour, rien n'est encore concrétisé. On verra. En tout cas, je ne soufflerai mot à personne de cet autre secret, promit-elle. Et je suis honorée d'avoir été mise dans la confidence. Vraiment.

Lucas la fixa du regard quelques instants, hocha la tête et se remit au travail.

Elle fit de même.

À ce moment-là, devant l'évier un peu plus loin, Martijn toussa très fort, plusieurs fois.

— Tout va bien ? s'inquiéta aussitôt Lucas.

L'homme grommela quelque chose en néerlandais en gardant une main sur son cœur. En l'observant discrètement, Freya eut la sensation confuse que quelque chose clochait.

— Quoi, tu aurais une indigestion ? lança Lucas. Non, non, je ne te crois pas. La vérité, c'est que tu n'as encore rien mangé ! Va t'asseoir, si tu te sens mal.

Martijn haussa les épaules, grimaça de nouveau légèrement, et continua à laver la salade qu'il mettait ensuite dans un grand bol.

— Il est têtu, murmura Lucas d'un ton désapprobateur, en échangeant un coup d'œil avec elle.

— Il veut être utile, chuchota-t-elle.

Elle avisa, aux pieds de Martijn, le beau berger allemand sagement couché, qu'elle avait déjà remarqué lors de sa première visite au refuge. Le maître et le chien devaient être inséparables.

— C'est vrai. On s'aime bien, Martijn et moi. On se connaît depuis longtemps. J'essaie de veiller sur lui, mais la tâche est ardue. Martijn n'a qu'un seul véritable ami : son chien, Shadow. Il est plus à l'aise avec lui qu'avec les humains ! Mais il accepte qu'on discute, tous les deux, c'est déjà un pas en avant…

Freya s'abstint de tout commentaire. Lucas paraissait entretenir des liens assez étroits avec certains des résidents du refuge. Cela lui faisait du bien, c'était évident. Peut-être qu'en se plongeant dans les graves problèmes d'autrui il oubliait ses propres soucis.

— La maladie d'Alzheimer, c'est terrible, reprit-elle en essuyant son plan de travail avec une éponge. Cette pathologie est aussi douloureuse pour la famille, les proches, les aidants, que pour la personne qui en est atteinte. Mais aujourd'hui, en neurologie, on a découvert des molécules qui permettent de freiner un peu l'évolution, pas vrai ?

— Oui, on suit ça de très près, avec ma mère et mon frère…

Un bruit sourd s'éleva soudain, suivi d'éclats de verre brisé.

Lucas et Freya se retournèrent en même temps.

Martijn gisait par terre, les mains crispées sur sa poitrine, entouré de laitue hachée tombée du bol qui venait de se casser. Se dressant d'un bond, Shadow se mit à aboyer en léchant frénétiquement le visage de son maître.

— Martijn !

Lucas fut auprès de lui en une fraction de seconde. Freya le suivit aussitôt. Elle s'agenouilla, prit le pouls de Martijn pendant que Lucas maintenait la nuque de l'homme tout en vérifiant sa respiration.

— Mettons-le en PLS, dit-il.

Doucement, ils installèrent Martijn en position latérale de sécurité.

Martijn essayait de parler, un flux verbal en néerlandais. Des propos incohérents, nota Freya.

Très pâle, Lucas prit son téléphone et appela les secours :

— Dépêchez-vous, c'est une urgence.

Aussi calmement que possible, Freya attrapa une serviette

propre, la plia et la plaça sous le crâne de Martijn. Autour d'eux, les résidents, paniqués, restaient silencieux. Puis, lentement, comprenant sans doute la gravité de la situation, ils se dispersèrent discrètement.

9

La gorge sèche, Lucas attrapa une paire de ciseaux de cuisine suspendus à un crochet mural, mais Freya les lui prit doucement des mains.

— Laisse-moi faire.

Il soutint la tête de Martijn pendant que les mains de la jeune femme s'activaient pour découper le T-shirt. Le bleu marine, celui qu'il avait offert à Martijn.

— Reste avec nous..., dit-il, sentant leur patient sombrer.

Mais les yeux de Martijn se fermèrent.

Lucas sentit la nausée l'envahir. Dire que, quelques minutes plus tôt, il avait si faim en préparant des spaghettis...

— Il respire, mais c'est superficiel, déclara Freya.

C'était le pire scénario auquel il aurait dû être préparé... En réalité, il ne l'était pas du tout. Ses gestes s'effectuaient de façon automatique, en phase avec ceux de Freya. Basculer la tête de Martijn en arrière, vérifier qu'il inspirait et expirait, constater que son vieil ami était imbibé d'alcool, une fois de plus.

Il s'entendit observer que le rythme cardiaque de Martijn ralentissait. Il perçut des sanglots et des soupirs, quelque part, au fond de la salle.

— Il nous faut un défibrillateur, dit Freya.

— On n'a plus le temps.

Lucas eut conscience qu'il entrait dans la zone mentale d'incertitude et de craintes maximales dont il avait parlé en public quelques semaines auparavant, pendant une émission.

Il retrouvait cette sensation chaque fois qu'on lui confiait un enfant pour une opération. La clé ? Rester concentré… Concentré…

C'était encore plus difficile quand il s'agissait d'un proche dans un état critique. Il s'étonna que rien ne transparaisse dans sa voix ou son attitude mais, visiblement, ni Freya ni ceux ou celles qui contemplaient la scène, de loin, ne s'en rendaient compte.

Lucas eut l'impression que des heures s'écoulaient au ralenti tandis qu'il massait énergiquement la poitrine de Martijn. De la sueur coulait sur son front. Bon sang, qu'il faisait chaud dans cette cuisine…

— Allez, Martijn, respire !

Des gouttes de transpiration glissèrent le long de sa tempe. Sous sa chevelure maintenue en queue-de-cheval, le front de Freya luisait aussi, mais elle ne s'en occupait pas. Elle était tout entière focalisée sur leur combat pour sauver Martijn, même si, de seconde en seconde, l'inévitable semblait poindre.

— À mon tour, maintenant, dit Freya en lui posant une main sur l'épaule et en le regardant droit dans les yeux.

Lucas se décala sur le côté, et elle reprit les compressions, rapides et parfaitement en rythme, tout en comptant comme si elle avait agi ainsi des centaines de fois.

Soudain, il comprit. Il n'avait pas rencontré la moitié des situations dramatiques qu'elle avait vécues, dans des endroits où il n'y avait pratiquement aucun soignant ni matériel médical. Freya avait appris à se débrouiller avec le minimum vital.

Il reporta son attention sur la victime.

Allez, Martijn, tu as déjà survécu à tant de choses. Tu ne vas pas te laisser emporter par une stupide crise cardiaque, pas vrai ? pensa-t-il désespérément.

Il entendit alors la sirène des pompiers se rapprocher. Il avait l'impression d'être en plein cauchemar. Il remarqua que les cheveux de Freya lui tombaient dans les yeux car sa queue-de-cheval s'était défaite.

— Je prends le relais, dit-il.

Freya se glissa sur le côté, et rattacha rapidement sa chevelure tandis qu'il effectuait une nouvelle série de compressions. Hélas, le corps sans vie de Martijn pâlissait déjà à vue d'œil. De chaque côté de son torse, les deux moitiés découpées de son T-shirt favori étaient posées tels des lambeaux funestes.

Pourquoi n'avait-il pas perçu les signes précurseurs ?

— Crise cardiaque, annonça-t-il aux deux secouristes qui se précipitaient vers eux munis d'un brancard.

Il connaissait l'un d'eux, un infirmier urgentiste prénommé Jan.

— Pas de réponse au massage thoracique. Il nous avait juste dit qu'il avait mal au ventre...

— Pas à moi, intervint Fayola depuis l'autre bout de la pièce, les mains plaquées sur son habituelle robe magenta.

Lucas ne l'avait pas encore croisée, ce soir-là.

— Plus tôt, dans la salle commune, il s'est plaint de ne pas aller bien, de se sentir très faible. Personnellement, j'ai cru qu'il avait encore bu.

Les secouristes appliquèrent des électrodes sur la poitrine blafarde de Martijn.

— On a fait plusieurs séries de compressions, sans succès, indiqua Freya.

Lucas la contempla brièvement. Oui, ils avaient tout entrepris, et maintenant ce n'était plus à eux d'essayer de sauver Martijn. Mais il ne s'éloigna pas pour autant.

Bon sang, pourquoi n'avait-il rien remarqué ?

Cela faisait déjà deux heures qu'il se trouvait en compagnie de Martijn, à plaisanter, à essayer de lui faire oublier les problèmes familiaux dont il souffrait tant. Et maintenant cet accident...

— Ils font tout ce qu'ils peuvent pour lui, murmura Freya, qui avait dû deviner à quel point Lucas était bouleversé.

Contre toute attente, elle s'approcha de lui et lui prit gentiment la main dans la sienne. Surpris, Lucas tressaillit mais se laissa faire.

Il observait la scène en ayant la sensation d'être hors de son propre corps alors que la lourde poitrine de son ami se soulevait et s'abaissait à chaque choc électrique du défibrillateur comme s'il n'était plus qu'une masse inerte.

— Allez, respire, reviens-nous ! lança-t-il de nouveau à voix haute.

Shadow, le chien bien-aimé de Martijn, se mit à aboyer. Plus loin dans la pièce, Fayola et Kate avaient rassemblé les gens, résidents ou invités à ce qui aurait dû être un dîner festif, et plusieurs d'entre eux reniflaient.

— Encore ! cria un des secouristes.

Shadow gémissait, impuissant. L'animal sentait que ça n'allait pas du tout.

— Il ne réagit pas, lâcha Jan en contournant le corps de Martijn.

Avisant les feuilles de laitue qui s'étaient éparpillées par terre, Freya les écarta du bout du pied pour créer un espace plus net autour de la victime.

Quelqu'un alla couper le gaz sous la marmite d'eau bouillante, et une autre personne ferma le robinet que Martijn avait ouvert quelques instants avant de s'effondrer sur le sol froid et dur.

— Je n'arrive pas à y croire, marmonna Lucas en néerlandais.

Les doigts de Freya se resserrèrent autour des siens. À cet instant, il n'était plus en mesure de parler en anglais, et la main de la jeune femme lui fit l'effet d'une bouée de sauvetage. Lucas sut alors que si Freya n'avait pas été près de lui il aurait craqué.

Maintenant, les secouristes criaient presque. De nouveaux chocs furent administrés sur la poitrine de Martijn, et Lucas continuait de serrer la main de Freya, réalisant qu'il était en train de prier, d'implorer un Dieu auquel il pensait rarement et qu'il évoquait encore moins.

— On ne peut plus rien faire, lança soudain Jan. Il est parti. Je suis désolé.

Lucas eut l'impression que ces mots résonnaient dans son crâne comme s'ils venaient de très loin. Il eut chaud et froid tout à la fois. Sa gorge se noua tandis qu'il contemplait le visage barbu de Martijn qui pâlissait déjà, les lèvres d'un gris étrange, presque bleu. Dire que, si peu de temps auparavant, il était là, parmi eux, vivant, actif, heureux d'être présent...

— Lucas ?

Freya lui adressait la parole, debout devant lui, les mains sur ses épaules. Il n'avait pas entendu ce qu'elle avait dit. Il observait Jan qui recouvrait le visage de Martijn d'un drap.

Martijn était mort.

— Lucas ?

La colère affluait et refluait en lui tel un raz-de-marée incontrôlable, mêlée d'un profond sentiment d'échec. Il n'avait pas su déceler les symptômes... Il aurait pu éviter ce dramatique accident qui avait coûté la vie à Martijn...

Ôtant brutalement le tablier qu'il portait, Lucas le jeta sur le comptoir et, évitant de croiser les regards des uns ou des autres, se dirigea à grands pas vers la sortie.

L'ambulance s'était éloignée, emmenant le corps de Martijn à la morgue de l'hôpital pour une autopsie, et Freya retrouva Lucas dehors.

Il était assis sur un banc en face du canal, et caressait Shadow. Une légère brise rafraîchissait l'air sous une pleine lune brillante, qui se reflétait dans l'eau. À un autre moment, Freya aurait sans doute été sensible au romantisme de la scène.

— Lucas, je suis vraiment désolée...

— J'aurais dû repérer les signes, lâcha-t-il d'une voix sourde.

— Quels signes ? Je crois avoir compris qu'il était têtu et qu'il ne montrait rien à personne.

— Il a confié à Fayola qu'il se sentait faible.

— Elle n'a pas réagi... parce qu'elle ne savait pas que c'était grave. Lucas, tu n'es pas fautif. Il n'y a pas de responsable à chercher.

Freya se glissa à côté de lui et posa doucement une main sur le bras de Lucas. Il semblait si épuisé et choqué qu'elle devina à quel point Martijn avait compté pour lui. Il venait de perdre un ami, et ce drame devait se superposer à celui qu'il vivait également dans sa propre famille. Cela faisait beaucoup pour un seul homme.

— Ils ont demandé quel était le parent le plus proche, ajouta-t-elle, chuchotant par respect.

Lucas secoua la tête.

— Il n'avait personne... Seulement nous.

Ses épaules se voûtèrent un peu, trahissant la profonde tristesse qu'il éprouvait.

Freya sentit son cœur se serrer, consciente d'être impuissante face à un tel chagrin.

— C'est une tragédie, Lucas... Une tragédie humaine.

Lucas redressa les épaules et regarda devant lui en silence pendant un court instant. Puis il soupira.

— Oui, exactement. Une de plus. Bon, on retourne au refuge. Les résidents et les invités doivent manger.

Il voulut se lever, mais Freya le retint en gardant une main sur son bras.

— Fayola a pris le relais. Elle a expliqué que c'était la moindre des choses. Ne t'inquiète pas, ils se contenteront de ce qui a déjà été préparé, et c'est déjà beaucoup, apparemment. Quant à toi, Lucas, tu ne devrais même plus penser à eux... Pas pour le moment, en tout cas. Tu dois essayer de récupérer... Notre compte rendu a été rédigé, on a tenté le maximum pour ton ami, tu le sais.

Lucas inspira, sembla retenir son souffle et serra les mains sur ses genoux. Freya demeura silencieuse, discrète. Elle savait qu'elle ne pouvait rien dire ni faire, sauf essayer d'être là pour lui, s'il le voulait bien.

Shadow laissa échapper un petit gémissement plaintif, et Freya le vit poser sa grosse tête à ses pieds. Il avait les oreilles basses, signe de tristesse. Spontanément, elle le caressa. Qu'allait-il advenir de ce bel animal ? Il lui rappelait un chien qu'Anouk avait eu et aimé. Freya avait remarqué des piles d'articles sur les animaux dans la maison de sa grand-mère.

— Je peux prendre Shadow chez moi, proposa-t-elle. J'ai de quoi lui donner à manger, j'improviserai, et il aura droit à une vieille couverture pour dormir confortablement, en attendant de lui trouver un panier.

— Vraiment ? Ce serait une aubaine pour lui parce qu'il y a Sheba chez moi...

Lucas jeta un coup d'œil sur la main que Freya venait de poser sur son genou. Elle sentit son pouls s'accélérer. Elle avait agi ainsi de manière impulsive, compassionnelle, mais c'était gênant. Elle s'apprêtait à la retirer quand Lucas lui saisit les doigts, les porta à ses lèvres et les embrassa.

— Merci pour tout ce que tu as fait là-bas, Freya. Merci pour ta gentillesse avec Shadow...

— J'aurais voulu qu'on puisse sauver Martijn. Malheureusement, le destin en a décidé autrement.

Freya remit sa main sur sa propre cuisse, consciente du trouble que ce simple baiser suscitait en elle. Son cœur battait la chamade. Le regard que Lucas fixa alors sur elle la transperça, et elle eut la sensation qu'il devinait ce qu'elle éprouvait. Puis il détourna les yeux et contempla le sol.

— Oui, le destin, répéta-t-il. Le destin et la poisse... La malchance. Ce qui est fou, c'est qu'en voyant Martijn affalé par terre, entre la vie et la mort, j'ai pensé à mon père... Les images se sont mélangées dans mon esprit. Mon père est tellement perdu aujourd'hui, tellement en danger... Si on ne veille pas sur lui, tout peut lui arriver, ajouta Lucas d'une voix basse, emplie de chagrin. J'ignore quelle décision nous finirons par prendre, mais...

Il soupira, secoua la tête.

— C'est lourd, reprit-il en la regardant de nouveau. Et le décès de mon vieil ami Martijn réveille tous mes doutes.

— Je comprends.

— Parce que tu es en empathie... Tu es bienveillante. Merci d'être ainsi.

— Je t'en prie. Tu connaissais Martijn depuis longtemps ? demanda Freya, émue.

— Oui. J'ai essayé de l'aider, autant que possible. Sa solitude était effroyable, il buvait, il se fâchait facilement, plongeait dans l'alcoolisme comme si ça allait lui permettre de tout résoudre, se réveillait dans un état comateux... Et je le soignais. On le chouchoutait, avec les autres résidents. On l'aimait bien...

La voix de Lucas se brisa.

— Je suis trop affecté, décidément. C'est la fatigue, probablement... Mais tu vois, reprit-il, autrefois, Martijn était si fort ! Un soldat qui savait se battre. Mon père aussi était un homme puissant, alors qu'aujourd'hui il est si faible... Je ne sais pas ce que l'avenir lui réserve. Je ne sais même pas s'il a encore un avenir. Je ne peux pas l'aider à combattre sa maladie, pas plus que je n'ai pu aider Martijn.

— Ne sois pas défaitiste, dit Freya. La vie nous inflige des épreuves. La mort de Martijn, la pathologie de ton père... Mais tu leur as donné ton aide, et tu continues avec ton père. Martijn t'a sûrement été reconnaissant. Il devait être heureux d'avoir été ami avec toi, même pour un temps trop bref.

Sur ces mots, sans réfléchir, elle posa sa tête contre l'épaule de Lucas.

Il ne bougea pas. Puis, du bout d'un doigt, il lui effleura la joue, si doucement qu'elle crut rêver.

Un frisson de désir la parcourut et se mêla à la tristesse qu'elle-même ressentait.

Jamais elle n'oublierait ce moment. Ils étaient l'un contre l'autre, chagrinés, Lucas plus accablé encore, mais ils se soutenaient.

Aucun des deux n'aurait vécu la soirée de la même façon sans l'autre, et elle ne s'était jamais sentie ainsi auparavant, si reliée, si connectée à quelqu'un et, paradoxalement, si réticente à aller plus loin, à partager davantage.

— Au fait, qui est Sheba ?

Lucas lâcha un drôle de rire.

— Sheba est mon python.

— Oh... ! Bon, si tu veux, je t'invite chez moi, proposa-t-elle sans autre commentaire. On emmène Shadow et on mangera quelque chose pour reprendre des forces. Ça te dit ?

— Si ça me dit ?

Pour la première fois, Lucas sourit.

Il sourit vraiment.

— Plutôt deux fois qu'une. Tu es à vélo ?

— Bien sûr. Et toi ?

— Également. Shadow nous suivra, ce n'est pas un problème...

10

Le salon de la maison de sa grand-mère, avec ses hauts plafonds aux poutres apparentes, sembla soudain trop grand, trop spacieux, tandis que Lucas se tenait au milieu, examinant les lieux d'un air intéressé. Shadow reniflait tranquillement l'espace qu'elle avait dégagé pour lui sous l'escalier en colimaçon. Il venait de dévorer une gamelle de pâtes et jambon, à défaut de pâté pour chien.

Un silence amical régnait soudain dans la vieille demeure, songea Freya en foulant les tapis défraîchis pour apporter deux tasses de thé. Elle les posa sur la table basse, bancale, et Lucas ajusta un morceau de carton plié sous l'un des pieds afin de la stabiliser.

— Merci. J'ai beaucoup à faire, ici, pour améliorer le confort !

— Dans un sens, tant mieux, non ? Ce sera une manière de t'approprier l'endroit, observa Lucas.

À sa grande surprise, il lui saisit la main alors qu'elle s'apprêtait à s'asseoir sur le canapé de velours vert, à côté de lui. Sans un mot, il lui caressa doucement le pouce. Freya eut l'impression de se figer, que la pièce rétrécissait... Son cœur battait trop vite, tambourinant contre sa poitrine.

— Difficile de cuisiner ici, mais je peux nous commander une pizza, proposa-t-elle, consciente du contact des doigts de Lucas sur sa paume autant que de la porte ouverte de la chambre, qui révélait l'excentrique lit à baldaquin et ses rideaux démodés.

Depuis son arrivée, elle dormait dans la chambre du

rez-de-chaussée parce que c'était celle qu'avait occupée Anouk, et qu'elle n'était pas encombrée.

D'un geste, Freya indiqua, derrière elle, la cuisine avec son four débranché et ses portes de placards fermées par du ruban adhésif. Lucas eut un petit sourire en découvrant les décorations murales.

— Ah, ces carreaux de faïence avec des motifs de moulins à vent ! C'est typiquement hollandais. Ceux-là sont originaux, ça se voit, et ils seraient achetés une fortune par des amateurs de décor traditionnel.

Freya se mit à rire.

— Alors je vais les laisser en place ! Si ça permet à la maison de valoir davantage... On verra ce qu'en dit l'agent immobilier.

— Tu as trouvé un bon professionnel ?

— J'ai essayé. J'ai passé quelques coups de fil, mais sans insister. J'ai d'autres priorités. Par exemple, la peinture ! Joy m'aidera à peindre ce week-end. Nous préparerons une chambre pour ma sœur Liv qui viendra bientôt me rendre visite. Ma jeune demi-sœur, précisa-t-elle.

Lucas hocha la tête, une lueur bienveillante au fond des yeux. Freya sentit de nouveau son pouls s'accélérer. Elle avait déjà remarqué cette expression si attachante dans son regard... Oui, dès leur première rencontre en fait. Ce je-ne-sais-quoi qui le rendait si rassurant.

— Joy est une femme admirable et fiable, je suis content que vous soyez devenues amies. Quant à cette visite prochaine de ta sœur, quelle bonne nouvelle ! La meilleure de la journée, tiens... Où habite-t-elle si ce n'est pas indiscret ?

— En Angleterre. Elle vient de rompre, son compagnon l'a trompée avec sa meilleure amie, et elle a le moral à zéro.

Lucas esquissa une grimace.

— C'est une vilaine trahison...

— Oui. En amour, il n'y a rien de pire, je crois. Je sais de quoi je parle, j'ai vécu la même chose, confia spontanément Freya.

Lucas lui lança un regard surpris. Il lui tenait toujours la main, et sa caresse devint plus ferme.

— C'est triste. Ce doit être difficile de faire confiance ensuite.

— Très difficile, admit-elle. J'avoue ne pas m'être attardée sur la question depuis cette mésaventure si décevante. Johnny, mon petit ami, filant le parfait amour avec ma meilleure amie, que je ne vois évidemment plus. Le plus dur, c'est la colère… Elle se loge en nous, elle nous ronge et, peu à peu, l'amertume gagne le terrain. Ce qui est encore pire ! Je ne veux pas être amère à mon âge…

Lucas lui sourit.

— Ce serait dommage. Mais ce n'est pas le cas, donc tout va bien.

— Oui. Parce que je suis célibataire et heureuse de l'être !

— Je comprends bien… Célibataire et nomade. En voyage. Des missions à l'étranger pour ne pas s'attacher. Je me trompe ?

En parlant, il la scrutait gentiment.

Il lit en moi…

— Non.

Freya soutint son regard, le cœur battant. Après ce qu'ils venaient de vivre ensemble au refuge, cette conversation si intime la troublait profondément. En même temps, c'était agréable… Shadow s'était couché sur la couverture qu'elle lui avait apportée, et semblait dormir.

Une étrange impression l'envahit alors. Comme si cette scène s'était déjà produite dans sa vie auparavant. *Un déjà-vu.*

— Liv est la fille que ma mère, Elise, qui est néerlandaise, a eue d'un deuxième mariage, reprit-elle. Avec mon père, elle était très jeune et inexpérimentée. Donc, entre eux, ça n'a pas marché du tout. Ils se sont séparés, et je me suis retrouvée dans un pensionnat de luxe en Angleterre.

— Mais tu t'entends bien avec Liv ?

— Oui… Disons que j'ai envie et la volonté de bien m'entendre avec elle, puisque nous avons la même mère. Mais nous sommes très différentes, forcément. Quant à ma mère, je ne l'ai pas revue depuis des années.

Lucas arqua un sourcil étonné.

— J'étais fâchée contre elle, expliqua Freya, surprise de se confier si aisément. Mais en venant ici, à Amsterdam, et en invitant Liv, j'espère bien revoir Elise en compagnie de ma sœur, et régler les problèmes du passé une bonne fois pour toutes.

Lucas acquiesça de la tête.

— Sage résolution.

Un silence s'établit. Freya sentait qu'entre eux le courant passait si bien, tout à coup. Comme s'ils se connaissaient depuis longtemps. Et Lucas lui tenait toujours la main…

Et elle ne la retirait pas.

— Bon, cette pizza, on la commande ?

— Franchement, si c'est pour moi, ce sera inutile, dit Lucas. En fait, je n'ai pas faim. Et toi ?

— Moi non plus, avoua Freya avec sincérité.

Elle avait faim d'autre chose… Quelque chose qui lui était interdit, elle le savait. Quelque chose qui commençait à devenir palpable. Une tension, un magnétisme qui s'installait, et que Lucas ne semblait pas refuser. Au contraire… Les caresses qu'il lui prodiguait sur la paume restaient délicatement appuyées, comme un langage secret. Maintenant, à chaque petit cercle effectué du bout de ses doigts, elle ressentait des picotements dans son avant-bras, mais aussi dans son ventre… Des picotements de désir.

— Et Martijn, qui comptait tant pour toi, tu l'as rencontré à quelle occasion ? Si tu veux bien parler de lui, bien sûr…

Lucas hocha de nouveau la tête, tristement.

— C'est avec Roshinda que j'ai commencé à m'engager au refuge, et, là, je suis tombé sur Martijn. Ce sans-abri m'a touché plus que les autres, et il s'est confié à moi autant que je l'ai fait avec lui. Quand Roshinda m'a quitté, du jour au lendemain, il a essayé de me consoler ! Deux hommes seuls et déçus, voilà ce qu'on était… Après l'accident qu'il a eu à l'armée et qui l'a laissé infirme, sa femme est partie en emmenant leurs enfants. Il a tout perdu à ce moment-là, sa famille, son emploi, son domicile. Fou de douleur, il s'est mis à boire. Moi…

Lucas haussa les épaules.

— Je me noie non pas dans l'alcool, mais dans le travail ! En tout cas, je devrais probablement informer Roshinda de ce qui est arrivé à Martijn, oui… Mais on ne se parle plus. On ne s'est pas adressé la parole depuis qu'elle a rompu. Elle est mariée maintenant. Elle vit sa vie, je vis la mienne.

— Elle est mariée ? s'écria Freya, stupéfaite. Elle a fait vite !

— Eh oui. Mais je ne suis pas sûr qu'elle soit heureuse. Bref, c'est une longue histoire...

Freya le regarda dans les yeux, admirant le bleu intense de ses prunelles. Elle sourit, émue. Doucement, elle dégagea sa main. Un sourire rêveur se dessina sur les lèvres de Lucas.

— Nos passés sont ce qu'ils sont. On a été déçus, l'un comme l'autre, et on se retrouve ici, tous les deux, dans cette vieille maison qui appartenait à ta grand-mère, après la mort d'un ami..., murmura-t-il. Et Shadow dort, ajouta-t-il en désignant le berger allemand. Il est tranquille, lui.

— Plus que nous, c'est sûr. Les animaux savent vivre le moment présent.

— Nous aussi... Si on veut. Si on ne se pose pas de questions... Pas trop, du moins. Parfois, c'est nécessaire.

Freya acquiesça en silence.

Quand Lucas tendit la main pour lui caresser le visage, elle se laissa faire. Puis, spontanément, elle se pencha vers lui et posa la tête sur son épaule, comme elle l'avait fait un peu plus tôt, quand ils étaient au bord du canal. Lucas lui embrassa le front. Ce fut un long baiser tendre. Elle leva la tête, et la bouche de Lucas se posa sur la sienne, tout doucement.

— J'ai un aveu... Je ne voulais pas être attiré par toi, tu sais, chuchota-t-il. Car tu ne fais que passer par ici...

— Alors que toi, tu as tes racines ici, murmura-t-elle. Moi non plus, je ne voulais pas être attirée par toi. Et pourtant...

Le cœur battant, elle le regarda dans les yeux, et un léger vertige la saisit. Que s'apprêtaient-ils à vivre ensemble ? Exactement ce qu'elle ne souhaitait pas...

Alors qu'en réalité, viscéralement, elle en mourait d'envie. Depuis la toute première seconde de leur rencontre.

— Pourtant, on est là, toi, Freya la nomade, et moi, l'enraciné, ajouta-t-il sur le ton de la plaisanterie. Et tu me plais terriblement.

— C'est réciproque.

Lucas sourit... Et elle craqua complètement.

Il commença à l'embrasser avec douceur, presque pudiquement, et elle répondit de la même manière. Effleurements... Mordillements... Comme s'ils se goûtaient l'un l'autre. Puis un léger gémissement s'échappa de sa gorge, et elle approfondit son baiser, envahie d'un élan irrépressible. Lucas l'embrassa passionnément...

Et elle ferma les yeux, tout entière envoûtée par la saveur de ce baiser. Ce n'était pas qu'un appétit sexuel qu'elle ressentait entre eux. Il y avait aussi le besoin de canaliser la douloureuse tristesse liée à ce qu'ils avaient vécu au refuge, et de se propulser vers la vie, comme pour prendre une revanche sur le destin brisé de cet homme qu'ils n'avaient pas pu sauver.

Enlacés, ils se redressèrent et se dirigèrent vers la chambre. La pièce était plongée dans la pénombre, juste éclairée par la lumière qui venait du salon. C'était très bien ainsi, songea confusément Freya. Lucas dut le deviner car il n'alluma pas. Peut-être avait-il besoin, lui aussi, d'intimité et de pudeur, malgré le désir charnel qu'il éprouvait. Il ne cessait de l'embrasser, lui mordillant les lèvres, les goûtant du bout de la langue avant de mêler son souffle au sien. Les yeux mi-clos, elle répondait maintenant à ses baisers avec la même ardeur. Plus rien, sauf la fin de la nuit, ne pourrait les freiner.

En lui tenant la main, Lucas l'attira sur le lit, et elle s'allongea sur le dos. En silence, il commença à la caresser, glissant les doigts sous le T-shirt qu'elle portait, lui découvrant la peau, dégrafant son soutien-gorge pour libérer sa poitrine. Freya se laissait faire, déjà envahie de spasmes de plaisir mêlés d'appréhension. Elle ne s'était pas donnée à un homme depuis si longtemps...

Comme s'il avait lu dans ses pensées, il lui effleura le visage d'un doigt, et la regarda profondément dans les yeux.

Elle soutint son regard.

Oui, entre eux, le lien avait changé, et ce n'était pas seulement à cause de la mort de Martijn. C'était comme s'ils se comprenaient intimement, sans avoir besoin de parler.

Elle sourit et attira Lucas contre elle.

À partir de ce moment-là, plus rien ne compta que leurs corps, bientôt dénudés, et l'ivresse des sensations qu'ils partageaient.

Contre toute attente, Freya éprouva une audace inconnue. Elle se glissa sur Lucas pour mieux sentir la force qui palpitait en lui, appréciant la largeur de ses épaules, ses muscles durs, son ventre plat de sportif. Elle le couvrit de baisers partout, gourmande, se réjouissant de l'évident plaisir qu'il manifestait. À son tour, il la caressa longuement, s'attardant sur la courbe de ses hanches, le creux de ses reins, remontant jusqu'à ses seins qu'il fit durcir dans le creux de sa paume.

Peu à peu, Freya s'abandonnait, glissait dans un monde de délices qu'elle avait oublié. C'était si merveilleusement bon... Quand Lucas vint en elle, ce fut comme un éblouissement sensuel, un tourbillon qui l'emporta vite sur des rives inexplorées. Elle avait l'impression de n'avoir jamais encore fait l'amour. Il la serrait contre lui, éperdument, tandis qu'il allait et venait en elle. Parfois, il lui chuchotait des mots incompréhensibles, et l'embrassait à en perdre haleine...

Il fut le premier à exploser de plaisir et, presque tout de suite après, Freya l'accompagna dans la jouissance. Elle s'agrippa à lui tout en l'accueillant au plus profond d'elle-même. Ils ne faisaient plus qu'un.

Un long moment, ils restèrent immobiles. Autour, tout était silencieux, si bien qu'on entendait parfaitement leurs respirations à l'unisson. Freya perçut aussi quelques bruits dans le salon, à côté. Ce devait être Shadow qui bougeait sur sa couverture. Elle appuya la tête dans le creux du bras de Lucas, ferma les yeux et huma le parfum musqué que dégageait l'aisselle masculine. Elle aurait aimé que cette étreinte dure toujours...

— J'ai déjà envie de recommencer, murmura-t-il alors à son oreille.

Elle se mit à rire.

— Envie partagée...

11

— Vous m'avez sauvé la vie, docteur Van de Berg. Je voulais juste vous remercier !

La queue-de-cheval blonde de Valerie Maijer-Schrot rebondit sous sa casquette de base-ball alors qu'elle lui tendait un immense bouquet de fleurs.

— Merci ! s'exclama-t-il, surpris.

Debout derrière la jeune fille, Freya sourit d'un air ému comme il découvrait un petit ours en peluche marron au milieu des pétales.

— C'est adorable ! Et il porte le T-shirt de ton équipe de foot !

Les yeux brillants, Valerie le lui reprit des mains.

— Mon équipe s'est réunie pour le choisir et vous l'offrir. Si vous voulez le garder ici, ce serait cool ! La prochaine fois qu'on gagnera un match, on vous remerciera officiellement. Et quand je participerai aux championnats féminins, je vous remercierai encore !

Elle installa la peluche contre le vase de tulipes, près de la fenêtre, que Freya avait posé là ce matin même. Lucas avait acheté les tulipes pour la salle de consultation lorsqu'ils avaient longé le stand de la fleuriste en se rendant à la clinique ensemble. C'était la troisième fois qu'il passait la nuit chez Freya…

Sous prétexte de l'aider à promener Shadow.

Il savait parfaitement qu'il prenait un risque… Celui de se retrouver seul, encore une fois.

Freya n'avait pas émis le souhait de prolonger son contrat à

Amsterdam l'année suivante. Elle avait envie de repartir loin, de voyager…

De fuir ? Elle lui avait un peu confié ses déboires familiaux. Peut-être était-ce la raison pour laquelle elle ne posait pas vraiment ses bagages.

Malgré tout, et consciemment, Lucas adorait la retrouver en fin de journée, l'enlacer et savourer le plaisir qu'ils éprouvaient ensemble.

Il reporta son attention sur Valerie qui, munie de son smartphone, prenait une photo de la peluche et du bouquet de tulipes. Puis la jeune fille s'assit de nouveau sur le canapé, à côté de sa mère.

— Alors, comment te sens-tu après ton opération ? demanda-t-il.

— Super bien ! répondit l'adolescente avec enthousiasme. Je devrais pouvoir reprendre l'entraînement bientôt, non ?

Sa mère lui tira doucement, et affectueusement, sa queue-de-cheval.

— Ma chérie, tu sais que le Dr Van de Berg n'encourage pas une reprise rapide.

Valerie fit une grimace en croisant les bras sur son maillot de la Cougar Football League.

— Mais enfin, maman, je me sens en pleine forme. Il m'a soignée, pas vrai ?

— Docteur Van de Berg…

Mme Maijer-Schrot le regarda avec espoir et lassitude. Elle avait des cheveux blonds très courts, et portait une veste de sport rouge qui semblait bien chaude pour l'été.

— S'il vous plaît, expliquez à ma fille… Elle me pose la même question sans arrêt.

Freya se percha discrètement sur le bord du canapé, si près de lui que Lucas aurait pu la prendre sur ses genoux. Il aperçut, sous sa blouse blanche, une partie de ses cuisses nues et l'étoffe bleue de sa jupe. Soudain, il ressentit un désir fou… Il chassa aussitôt les idées qui jaillissaient à son esprit, aussi audacieuses que perturbantes. Ce matin, juste au réveil, ils avaient fait l'amour dans un demi-sommeil, et leur étreinte avait été si délicieuse…

— Comme le Dr Van de Berg l'a expliqué tout à l'heure,

intervint Freya, la procédure peu invasive qu'il a pratiquée sur votre *pectus excavatum*, c'est-à-dire la poitrine creuse ou thorax en entonnoir...

— Je préfère l'expression en latin, coupa Valerie. Mon coach a dit que ça ressemblait à une formule magique : *Pectus excavatum !*

— Oui, bien sûr.

Freya échangea un rapide coup d'œil avec lui et sourit.

— En tout cas, l'intervention s'est très bien passée, poursuivit-elle. L'opération n'a nécessité que deux petites incisions et n'a duré que quarante-cinq minutes. Mais même si tu n'as pas très mal, même si les blessures ont été minimisées, et même si tu vas te rétablir bien plus vite que si un autre médecin avait pratiqué une opération plus invasive, sache que c'est malgré tout un sérieux traumatisme pour ton corps. Par conséquent, tu dois te donner le temps de guérir. Je te conseille d'arrêter tout entraînement pendant au moins trois mois.

Valerie écarquilla les yeux d'un air chagriné et des larmes brillèrent au bord de ses paupières. Sa lèvre inférieure trembla légèrement tandis qu'elle s'efforçait d'assimiler l'information fournie si clairement par Freya.

— Trois mois ?

Elle se tourna vers sa mère.

— Maman, c'est impossible, l'équipe a besoin de moi ! Si je suis absente pendant trois mois, l'entraîneur devra me remplacer... J'en mourrai !

— Allons, allons, tu l'as dit toi-même, je viens de te sauver la vie, répliqua Lucas d'un ton gentiment moqueur. Si j'étais toi, je suivrais les conseils du Dr Grey, ajouta-t-il en fixant les yeux verts en amande de l'adolescente. Trois mois sans foot, et ensuite on fait le point.

Valérie s'essuya les paupières, puis se leva d'un bond.

— Je vais boire quelque chose, annonça-t-elle en se dirigeant vers la porte.

— Évite de tout raconter sur les réseaux sociaux, déclara sa mère. Inutile que le monde entier soit au courant...

Une fois que sa fille se fut éclipsée, Mme Maijer-Schrot poussa un gros soupir.

— Elle veut obtenir une bourse, confia-t-elle. Elle vous l'a dit ?

— Non, nous n'étions pas au courant, admit Lucas, regardant Freya qui emportait le bouquet pour le placer sur une table.

Elle se mit à arranger les fleurs dans le vase pendant qu'ils continuaient à parler.

— Ma fille ne vit que pour le sport, vous l'avez deviné, reprit Mme Maijer-Schrot. Elle ne pense qu'à ça. Depuis des années, elle rêve d'obtenir une bourse d'études, et elle a peur de perdre l'avantage qu'elle aurait pu garder si elle n'avait pas cessé de s'entraîner...

— Je comprends, mais Valerie est encore très jeune. Elle a du temps devant elle, souligna Lucas.

— Oui, mais elle est aussi très ambitieuse, rétorqua Mme Maijer-Schrot avec une certaine fierté. Elle n'a pas l'habitude de s'entendre dire qu'elle ne peut pas faire quelque chose.

— D'accord. Sauf qu'elle vient d'être opérée. Nous devrons voir comment elle progresse. Si elle se repose suffisamment, il n'y a aucune raison qu'elle ne puisse pas réaliser ses ambitions.

— Vous le pensez vraiment ? demanda Mme Maijer-Schrot d'un ton inquiet.

Freya revint vers eux.

— Je ne vais pas vous mentir, déclara-t-elle. L'une des questions les plus difficiles mais aussi les plus fréquentes que posent les parents, comme vous le faites en ce moment, est de savoir ce qui va arriver à leur enfant pas seulement demain, mais dans trois à cinq ans, et même au-delà...

— Exactement, renchérit Lucas. Certains parents voudraient s'assurer que leur fils ou leur fille vivra assez longtemps pour voyager, se marier, aller à l'université... Malheureusement, nous ne possédons pas une boule de cristal et, si nous espérons le meilleur pour nos patients, on ne peut pas engager notre parole quant à leur devenir.

— Mais il faut rester optimistes, ajouta Freya. En principe, tout devrait bien se passer pour Valerie. Elle a été opérée dans les meilleures conditions. C'est très différent dans des pays moins développés tels que le Vietnam où j'envisage d'aller travailler... Là-bas, un jeune de l'âge de Valerie n'aurait pas pu s'en sortir aussi bien qu'elle, pour de nombreuses raisons. Alors, vous voyez, madame Maijer-Schrot, nous sommes optimistes, répéta-t-elle.

Lucas lui lança un bref coup d'œil. Elle venait de reparler du Vietnam… Donc, elle partirait bientôt d'Amsterdam.

Son cœur se serra.

En une fraction de seconde, comme dans un kaléidoscope, il revit ce qu'ils avaient partagé ces dernières semaines. À la clinique, au refuge, avec les résidents, la mort de Martijn… Les gens le connaissaient en tant que chirurgien hautement qualifié, cumulant les succès opératoires avec des patients tels que la jeune Valerie, mais personne ne savait ce qu'il ressentait - encore à ce jour - à cause de son incapacité à avoir pu aider le pauvre Martijn.

Personne, sauf Freya.

Le fait de retrouver la jeune femme la journée, de travailler avec elle dans des moments difficiles comme celui-ci, et de la prendre dans ses bras le soir, n'effaçait pas entièrement son chagrin, mais c'était un merveilleux baume apaisant. Un baume ainsi qu'une forme de distraction, de rêverie romantique ô combien bienfaisante…

— Par conséquent, madame Maijer-Schrot, poursuivait Freya, nous avons réussi à soigner votre fille avec efficacité, et c'est une chance. Valerie a aussi la chance de pouvoir bénéficier de tous les soins dont elle a besoin aujourd'hui. De même, elle pourra être suivie au long cours. Donc, oui, nous avons toutes les raisons d'être optimistes.

Freya le regarda, mais il détourna les yeux.

— Elle ne semble pas préoccupée par ses cicatrices, ce qui est une bonne chose, ajouta-t-elle.

— Au contraire, elle en est fière, répondit la mère de l'adolescente. Vous avez vu ses photos ? Je crois qu'elle vous a cité sur certains clichés, docteur Van de Berg.

— C'est gentil de sa part, mais je n'ai pas du tout le temps d'aller sur les réseaux sociaux, dit Lucas en se levant. Maintenant, si vous voulez bien m'excuser, je dois me rendre à mon prochain rendez-vous. Je suis sûr que le Dr Grey peut finir de répondre à toutes vos questions.

— Naturellement, répondit Freya en le contemplant d'un air surpris.

Lucas prit son téléphone, ses notes, et évita de nouveau de croiser le regard de la jeune femme.

C'était curieux. Il savait, depuis le début, que Freya ne resterait pas à Amsterdam. Elle lui avait clairement parlé de ses projets de missions à l'étranger, qui lui tenaient tant à cœur. Ils étaient devenus amants, oui, et ce n'était qu'une aventure sans lendemain. Tout avait été limpide...

Alors pourquoi se sentait-il soudain autant trahi ?

Cela n'avait aucun sens...

En se dirigeant vers son bureau, Lucas réalisa alors que tout se mélangeait dans son esprit. Son passé avec Roshinda, la mort de Martijn, sa collaboration avec Freya, leur complicité... Et leurs nouvelles relations amoureuses.

Des relations éphémères.

Freya n'avait rien en commun avec Roshinda. Elle ne lui avait rien caché. Il n'y avait donc aucune raison qu'il ait l'impression d'être floué. Aucune.

Il fallait impérativement qu'il se ressaisisse. Freya resterait encore quelques mois dans le service. Ils se verraient encore, ils feraient encore l'amour... Voulait-il que ce soit simple entre eux ? Fluide ? Bien sûr. Peut-être garderaient-ils contact lorsqu'elle quitterait le pays. Peut-être qu'une amitié forte se nouerait entre eux... Et ce ne serait pas du tout comme avec Roshinda, dont il n'avait plus la moindre nouvelle...

Lui aussi devait rester optimiste.

12

Durant les jours suivants, Freya eut l'étrange impression que Lucas était devenu plus froid. Depuis l'entretien avec la mère de la jeune Valerie, il semblait distant et préoccupé. Il n'était pas souvent venu chez elle, pas même pour revoir Shadow auquel il tenait tant. Mais il lui avait envoyé plusieurs SMS qui, quant à eux, étaient chaleureux et même tendres. De petits mots gentils et encourageants. Et quand ils s'enlaçaient, secrètement, au détour d'un couloir, Lucas avait les yeux brillants. Lorsqu'il se glissait contre elle, entre les draps, il se montrait passionné.

Sans doute ne fallait-il pas chercher à analyser la situation. Entre eux, tout avait brusquement changé, et ils avaient passé - et passaient encore - de délicieux moments ensemble. Contrairement à ce qu'elle avait imaginé, Freya se sentait plus femme que jamais dans les bras de Lucas. Libre et sûre d'elle. Mais peut-être était-ce parce qu'elle savait que leur aventure ne durerait pas.

Elle ne risquerait pas de s'attacher...

Elle ne souffrirait pas.

Le vendredi soir, Lucas lui adressa un nouveau message. Le lendemain, en fin de journée, il prévoyait d'aller voir ses parents, qui vivaient à la campagne.

Ça me ferait plaisir que tu viennes avec moi pour le week-end. En plus, Shadow pourra courir dans la nature…

Perplexe, Freya hésita.

C'est pour le bien-être de Shadow ? Dans ce cas, emmène-le !

La réponse de Lucas fut brève et directe :

Non, viens. J'ai envie de te revoir.

Lucas a envie de me revoir ?

Freya sourit. Elle aussi souhaitait le retrouver, dans d'autres conditions, un climat plus détendu peut-être. Ailleurs. Quitte à vivre une aventure, autant qu'elle soit le plus agréable possible, pas vrai ?

— Tes parents vivent dans un moulin ?

L'étonnement qu'exprimait le visage de Freya le fit sourire. Devant eux, au bout d'une longue allée de gravier bordée de tulipes multicolores, se dressaient le vieux bâtiment et sa grande roue restaurée de la propriété d'Abcoude, à une quinzaine de minutes d'Amsterdam.

Ici, le calme régnait.

Lucas en avait bien besoin, et il espérait que Freya partagerait son ressenti.

— Eh oui. Je n'ai rien voulu te dire pour que tu aies la surprise. Tu as vécu aux Pays-Bas quand tu étais enfant, j'imagine que ce genre d'endroits t'évoque des souvenirs...

— Bien sûr ! Des peintures murales, des contes... Tu as grandi ici ? demanda Freya.

— Tout à fait. Le moulin date du XIXe siècle, et quand ils l'ont acheté après leur mariage, mes parents ont dû se lancer dans des travaux titanesques. L'ensemble a été entièrement refait, modernisé, sans perdre le cachet architectural.

Lucas se gara et ouvrit la portière pour aller libérer Shadow, installé à l'arrière. Le berger allemand bondit à l'extérieur en remuant joyeusement la queue.

— C'est magnifique, s'exclama Freya en descendant du véhicule.

Elle regarda les champs et collines qui s'étendaient tout autour, les prés fleuris, les sapins et chênes centenaires. Des brebis broutaient dans une prairie à côté, et Shadow renifla longuement la clôture, sans doute prêt à la franchir. Lucas le rappela, et le chien revint aussitôt.

Le soleil de cette fin de journée estivale enrobait d'une lumière chaude la façade blanchie à la chaux du moulin à vent. Lucas inspira profondément, heureux d'être là avec Freya et Shadow. Leur présence l'aiderait à accepter l'inévitable : la dégradation lente et cruelle de son père, qui perdait la mémoire chaque jour davantage. Sa mère s'efforçait de paraître philosophe, faussement détachée, résignée peut-être, sans dramatiser, mais Lucas n'était pas dupe. Elle souffrait beaucoup.

Se retournant vers Freya, il éprouva aussitôt un sentiment paisible et rassurant. Elle portait une robe sans manches vert émeraude qui lui arrivait aux genoux, et de fines sandales blanches. Une allure élégante, sérieuse, qui contrastait avec le chignon fluide qu'elle avait noué au sommet de son crâne. De fines mèches s'en échappaient, créant un flou ravissant autour de son joli visage.

— Ça va ? demanda-t-elle, devinant peut-être l'appréhension qui le gagnait à la perspective de revoir son père.

— Oui. Surtout parce que tu es là.

Il la prit tendrement par l'épaule et l'invita à se diriger vers le spacieux hall d'entrée. Shadow marcha sagement à leurs côtés.

— Bonjour ! s'écria Mira en venant à leur rencontre.

Âgée de soixante-cinq ans, sa mère était grande, mince, et quelques mèches blanches éclaircissaient sa courte chevelure blonde. Vêtue d'une ample chemise de coton blanc et d'un pantalon bleu pâle, elle avait égayé sa tenue d'un collier de perles turquoise que son mari lui avait offert à l'occasion d'une de leurs croisières aux Caraïbes. Elle avait les traits tirés mais souriait.

— Lucas, mon chéri, merci d'être là... Et vous devez être Freya, c'est ça ? ajouta-t-elle en contemplant la jeune femme.

— Oui. Enchantée de vous rencontrer, madame Van de Berg.

— Appelez-moi Mira, je vous en prie. Vous êtes l'amie de mon fils, donc, pour moi, vous êtes un peu comme ma fille !

— C'est gentil, merci, dit Freya.

Lucas sourit. Depuis le temps qu'il n'était pas venu accompagné... Sa mère semblait aux anges.

— Comme ça sent bon ! fit-il en l'embrassant sur les joues.

— C'est un gâteau aux carottes pour le dessert. Végétalien, précisa fièrement Mira.

— Végétalien ? répéta Lucas, surpris.

Les yeux brillants, Mira leur indiqua de la suivre dans la cuisine. Une grande pièce aux murs blancs, inondée de soleil, avec un équipement ultramoderne et de vieilles poutres traversant le haut plafond. La baie vitrée donnait sur le jardin fleuri. Il y régnait un savoureux mélange de senteurs d'oignons, d'ail, de cannelle, très réconfortant.

— Presque végétalien. Je n'ai pas utilisé les jaunes d'œufs, juste les blancs, expliqua Mira. J'aime innover et, pour mon mari, je préfère éviter tout ce qui est potentiellement nocif pour l'organisme : gluten, sucre raffiné, viande... Tu m'as rapporté mon livre de recettes ? reprit-elle, se tournant de nouveau vers lui. Mon fils aime cuisiner, donc je lui ai prêté mon ouvrage préféré, mais, aujourd'hui, j'en ai aussi besoin, ajouta-t-elle à l'intention de Freya.

Lucas observa sa mère. Joviale, elle n'en avait pas moins les nerfs à vif, cela se voyait.

— Bien sûr.

Il prit le livre dans le sac qu'il avait en bandoulière, et en sortit également une bouteille de vin rouge qu'il posa sur le comptoir, à côté de l'ouvrage.

— Parfait, Lucas, merci beaucoup. Bon, vous deux, laissez-moi continuer à cuisiner pour le dîner. Fred est dans le salon.

Lucas glissa un bras sous celui de Freya et se dirigea vers la pièce d'où provenait de la musique classique, un concerto de piano de Schubert, le compositeur préféré de son père. Tandis qu'ils traversaient le couloir aux murs ornés de vieilles photographies, Freya s'arrêta pour regarder les clichés. Sur l'un d'eux, on le voyait lançant sa coiffe en l'air le jour de la remise de son diplôme de médecin ; sur un autre, Simon et lui âgés d'une dizaine d'années, mimant un combat de kung-fu sur un trampoline ; un troisième montrait sa mère et son père le jour de leur mariage devant la Oude Kerk à Amsterdam...

— Tu as un seul frère ?

— Oui, Simon. Il est directeur d'une agence de publicité à Rotterdam.

Freya hocha la tête.

— Un métier très différent du tien...

— Il a aussi une vision de la vie très différente, confia Lucas. Simon est plus terre à terre. D'ailleurs, il veut placer notre père dans une institution spécialisée, ajouta-t-il d'une voix plus basse. Il y a un fort désaccord entre nous.

— J'imagine...

La jeune femme ébaucha un sourire un peu triste.

— Dans nos familles, on n'a pas toujours des alliés. J'en sais quelque chose. Et la cuisine ? reprit-elle d'un ton plus animé. C'est aussi ta passion ?

— « Passion » est un bien grand mot. J'aime cuisiner, bien sûr, peut-être grâce à ma mère ! Ça fait longtemps que je n'ai pas cuisiné chez moi, sur la péniche que tu ne connais d'ailleurs toujours pas...

— Pourquoi ?

— Je suis seul. Ça n'a pas vraiment d'intérêt.

— Tes dîners étaient légendaires, dit Freya en souriant. Joy m'en a un peu parlé.

— Ah, oui... Avec Roshinda, nous recevions beaucoup. Aujourd'hui, je mène une autre vie. Je pense que je vais vendre ma péniche. J'y ai trop de souvenirs, et j'ai envie de changer.

— Tu as raison. Le changement, c'est le mouvement, donc une dynamique positive !

Lucas croisa le regard de Freya et s'y perdit un court instant.

— Une dynamique positive, oui...

Ou une fuite en avant ?

S'abstenant de tout commentaire, il enlaça Freya.

— Je suis vraiment heureux que tu sois là.

Il l'embrassa au coin des lèvres et, tandis qu'elle se pressait doucement contre lui, sentit aussitôt le désir les embraser. Dès qu'ils se frôlaient, se touchaient, c'était irrésistible. Un magnétisme sensuel les enveloppait l'un l'autre. Freya laissa échapper un petit soupir et s'écarta, une lueur coquine au fond du regard.

— J'ai faim de toi, murmura-t-il en lui caressant les seins à travers la fine étoffe de sa robe d'été.

En guise de réponse, Freya lui effleura la bouche du bout des doigts.

Dans la cuisine, Mira fit tomber quelque chose, et Shadow aboya. Quant à Fred, son père, il se trouvait à quelques mètres, dans le salon, écoutant de la musique. Lucas songea alors que leur étreinte ressemblait à celles qu'il vivait quand il était adolescent… Un moment secret, fugitif. Sauf que, cette fois, il était très adulte, très responsable, et très conscient d'être en train de commettre la même erreur qu'avec Roshinda. Freya partirait un jour, le laisserait pour aller vivre la vie qu'elle voulait mener…

D'un autre côté, il avait envie de vivre pleinement le moment présent. Plus que jamais.

— Allez, ressaisissons-nous, dit-il, dissimulant son trouble. On aura du temps pour nous plus tard. Viens.

Glissant un bras autour de l'épaule de la jeune femme, il l'invita à le suivre dans le salon.

— Fred a toujours été fort et d'un grand soutien, vous savez, et il s'occupait de tout… Maintenant, c'est à moi de tout gérer, déclara Mira avec une surprenante facilité. Un cap douloureux vient d'être franchi pour lui quand il a appris qu'il n'avait plus le droit de conduire. Ça le met encore en colère, il ne comprend pas… Mais c'est ainsi, on ne peut pas le laisser prendre le volant à présent.

— Non merci, j'ai déjà assez bu, dit Freya en plaçant une main sur son verre comme la mère de Lucas voulait, tout en parlant, la resservir.

Toutefois, elle était touchée par la confiance que lui témoignait Mira. Comme si toutes deux se connaissaient depuis longtemps et pouvaient tout partager, même les choses les plus difficiles de la vie.

Malgré la maladie et l'âge, Fred Van de Berg restait un bel homme. Voilà de qui Lucas tenait son physique séduisant ! Son père se montrait joyeux et positif. Sauf que régulièrement, dans ses phrases, il hésitait, se trompait et cherchait ses mots.

Comme la cuisine, la salle à manger possédait une grande baie vitrée qui donnait sur la campagne, une vaste plaine baignée, à cette heure, par le soleil couchant. Quelques instants plus tôt, Lucas lui avait demandé si elle pouvait prendre une photo de ses parents et lui - elle serait aussi sur le cliché grâce au déclenchement du retardateur. Ils avaient posé sous les impressionnantes ailes du moulin. L'éclairage naturel avait été parfait.

— Encore du vin ?

Mira proposait de nouveau de la servir. À croire qu'elle n'avait pas compris, songea Freya.

— Tu essaies de soûler Freya, maman ? la gronda affectueusement Lucas, qui était assis de l'autre côté de la table.

— Ah, j'avoue que j'ai souvent tendance à aimer partager... C'est comme ça que j'ai réussi à amadouer ton père, ajouta Mira en riant. Tu t'en souviens, Fred ? Notre premier rendez-vous, quand tu as finalement admis que tu vivais encore chez tes parents ?

La mère de Lucas la regarda et sourit. Ses yeux bleus pétillaient.

— Nous n'avions que dix-huit ans. J'ai su, bien avant lui, que nous ferions notre vie ensemble. Nous avons dégusté un excellent whisky ici même, sur la terrasse de ce vieux moulin. Nous avons envisagé de l'acheter dès ce tout premier jour...

Maintenant, Fred gardait le regard fixé sur ses mains à la peau tachetée, abîmées par ce qui semblait être des années passées à l'extérieur. Il secoua la tête, effleura lentement sa barbe grisonnante et marmonna des excuses.

— Je ne...

Il s'interrompit et regarda autour de lui comme s'il cherchait dans le vide et ne trouvait rien.

Freya capta un éclat de tristesse dans les yeux de Lucas, mais il se ressaisit vite, désirant sans aucun doute paraître fort et soutenant. La gorge serrée, elle regretta de ne pas pouvoir le réconforter. Il prenait sur lui, pour sa famille.

Alors que Mira tripotait avec découragement le pied de son verre de vin, Lucas posa une main rassurante sur celle de son père.

— Ne t'en fais pas, papa.

De toute évidence, Fred ne conservait plus aucun souvenir de son premier rendez-vous avec Mira.

Freya contempla Lucas. Son geste affectueux ainsi que le ton de sa voix la bouleversaient profondément. Ce n'était pas seulement parce que, depuis le début du dîner, Fred se rappelait d'événements qui n'étaient jamais arrivés, les confondant avec d'autres qui étaient réellement survenus. C'était parce qu'elle constatait à quel point, au-delà de la tristesse et de la frustration qu'éprouvaient Lucas et sa mère, ils étaient tous proches l'un de l'autre. Elle-même n'avait jamais pu vivre ce lien-là avec sa propre mère et Liv. Un lien fort ; indéfectible.

— Bon, et ce beau berger allemand, alors ? demanda soudain Mira, cherchant un sujet plus léger à aborder avec Freya. Depuis combien de temps avez-vous Shadow ?

— Quelques semaines. Je suis sa famille d'accueil, précisa Freya. Temporairement.

L'idée de devoir expliquer qu'elle n'avait pas vraiment prévu de renouveler son contrat à la clinique la mit soudain mal à l'aise.

— Freya ne peut pas garder le chien. Elle ne sait pas combien de temps elle va rester à Amsterdam, déclara Lucas.

Mira interrogea son fils du regard.

— Freya a envie de s'engager pour une mission médicale au Vietnam, précisa-t-il.

En prononçant ces mots, il lui jeta un coup d'œil. Freya y perçut une lueur indéchiffrable. Reproche ? Intérêt ? Déception ? Elle n'aurait su dire. Elle n'était certaine que d'une chose : dès que Lucas la regardait, son cœur s'affolait.

— J'ai été au Vietnam une fois, dit Fred en s'extirpant brusquement de sa torpeur.

— Non, chéri, tu n'y es jamais allé, rectifia Mira d'une voix douce. Mais tous les deux, nous avons toujours voulu nous y rendre.

Freya la vit reporter son attention sur elle.

— Vous partiriez si loin ?

— En principe, oui...

Freya s'éclaircit la voix, gênée d'aborder ce projet qui, pour elle, n'était pas encore sûr.

— Rien n'est entériné. Je dois d'abord régler certaines affaires ici, notamment vendre la maison que m'a léguée ma grand-mère, expliqua-t-elle. D'ailleurs, maintenant que j'y pense, ma mère vit près d'ici, à Weesp.

— Oh ! c'est un endroit charmant, n'est-ce pas ? affirma Mira. C'est à Weesp que se trouve mon professeur de dessin. J'y vais tous les vendredis après-midi.

— Personnellement, je ne connais pas encore, avoua Freya.

Mira la dévisagea avec une telle bienveillance qu'elle ressentit le besoin de poursuivre :

— Je n'ai pas revu ma mère depuis très longtemps. Mais pendant mon séjour ici, j'espère qu'on pourra se réconcilier. S'il n'est pas trop tard, murmura Freya plus pour elle-même.

— Trop tard ? Pourquoi donc ? Que s'est-il produit entre vous pour que vous ne vous parliez plus ? demanda Mira d'un air attristé.

Freya sentit sa gorge se nouer. Elle détourna le regard, consciente d'être totalement chamboulée par cette simple question.

— Freya n'a probablement pas envie de raconter tout ça maintenant, intervint Lucas.

Il se leva et posa tendrement les mains sur ses épaules.

— Viens avec moi quelques instants, proposa-t-il.

Surprise, Freya lui lança un coup d'œil, croisa le regard compatissant de Mira, et décida de le suivre avant de fondre en larmes devant les parents de Lucas...

Il lui glissa un bras autour des épaules et la guida vers la cuisine.

— Excuse-moi, Freya, dit-il dès qu'ils furent seuls. Je n'aurais pas dû évoquer ton projet de départ au Vietnam, et ma mère peut se montrer très indiscrète...

— Elle est adorable. Ne t'inquiète pas..., répondit-elle, essayant de dominer le trop-plein d'émotions qui l'envahissait.

Mais plus elle s'efforçait de se maîtriser, plus elle avait envie de pleurer.

— En étant ici, chez tes parents, je ne peux pas m'empêcher de penser à ma famille, ou plutôt à celle que je n'ai pas eue... Et te voir si gentil avec ton père malade, ta mère si affectée et courageuse, ça me touche. Tout à coup, je me rends compte que, moi, j'ai été affreusement égoïste, lâcha-t-elle, des sanglots dans la voix. Par exemple, je suis partie vivre aux États-Unis sans prévenir ma famille ! Je n'ai jamais vraiment réfléchi à ce que mes départs successifs provoquaient chez mes proches ! Ni réfléchi au fait que je n'ai jamais tenté de me lier depuis la trahison de celle qui a été ma meilleure amie ! C'est idiot, non ? Je n'ai pas cessé de fuir, de m'aveugler peut-être...

Les mots sortaient, en cascades, sous le coup d'une émotion que Freya ne cherchait même plus à contrôler.

Lucas la dévisageait en silence, l'air grave.

— Viens...

Il l'attira contre lui et la serra très fort dans ses bras. Freya ferma les yeux, laissant enfin ses larmes couler.

— Je suis désolée, je suis si émotive... Je ne me reconnais pas ! murmura-t-elle en s'essuyant rageusement les paupières.

— Tu décompresses, je crois... Et c'est très bien.

— Très bien ? répéta-t-elle en s'écartant pour le regarder. Ce n'est pas le moment ! On est venus pour se détendre, rendre visite à tes parents, promener Shadow...

Elle haussa les épaules et poussa un long soupir.

— OK. C'est décidé, je dois revoir ma mère au plus vite.

— Excellente résolution. Comme Weesp n'est pas loin du tout, je t'emmène et je t'attends.

— Quand ?

— Maintenant. On prévient mes parents, on leur laisse Shadow, ce qui ne posera aucun problème vu qu'ils adorent les animaux, et on file à Weesp.

Freya resta silencieuse, hésitante mais tentée.

— Tu ferais ça pour moi ?

— Absolument.

Il la regardait avec une telle gentillesse qu'elle fut submergée de reconnaissance et de tendresse. Elle se blottit dans les bras de Lucas, posa la tête contre son épaule, et ferma les yeux un instant, le cœur battant. Ça lui donnait tant de force qu'il l'accompagne... Qu'il soit là, tout simplement. Jusqu'à présent, elle s'était toujours débrouillée seule. Dans un autre contexte, elle aurait peut-être pu interpréter le geste de Lucas comme une preuve d'amour... Mais il s'agissait bien sûr d'autre chose. De l'amitié et de la solidarité, voilà tout. Et c'était merveilleux, surtout pour elle qui, oui, depuis si longtemps, restait obstinément seule.

13

Freya eut les nerfs à vif pendant tout le trajet jusqu'à Weesp. Les questions tourbillonnaient dans sa tête. Et si sa mère ne voulait pas la voir ? Ce serait peut-être justifié, mais tellement blessant… Souvent, Freya pensait que trop de temps s'était écoulé pour qu'Elise et elle puissent réellement se réconcilier. Elles étaient si fondamentalement différentes.

Leur relation, qui n'avait jamais vraiment démarré, n'était-elle pas irrémédiablement brisée ?

Mais, en même temps, elle souhaitait tant découvrir la femme qui lui avait donné naissance. Elle avait envie d'apprendre à l'aimer, de pouvoir échanger simplement avec elle sur les choses de la vie, sur le présent, éventuellement l'avenir toujours incertain, de partager des points de vue, des anecdotes… Sans trop aborder le passé, source de tristesses et de frustrations.

— Tu vas bien ? demanda Lucas, devinant sans doute ce qu'elle éprouvait.

Il glissa une main au-dessus du levier de changement de vitesse et vint la poser doucement sur ses genoux.

L'espace d'un instant, elle hésita à la prendre. Elle n'avait aucune idée de ce qui se passait vraiment entre eux, mais elle avait l'impression que leur relation se transformait rapidement de manière incontrôlable. C'était en train de devenir un lien fort, complice, qui risquerait de la faire souffrir comme jamais.

— Oui, ça va…, prétendit-elle.

Et elle se força à respirer profondément.

Il n'était que 21 heures, et il faisait encore jour.

Peut-être que sa mère serait en train de préparer une dernière tasse de thé ou de tisane avant d'aller se coucher, ou de se servir un gin tonic. Peut-être serait-elle en train de faire du yoga, ou de coudre, broder, dessiner... Qu'aimait-elle donc ? Comment vivait-elle aujourd'hui ? Quelles étaient ses passions ? Plus elle y réfléchissait, plus Freya se rendait compte qu'elle s'apprêtait à rencontrer une parfaite inconnue.

— J'espère juste qu'elle voudra bien me parler.

— Bien sûr qu'elle le fera, c'est ta mère, après tout...

Lucas bifurqua à droite et la voiture s'engagea dans Appelstraat, la rue bordée d'arbres où Elise vivait avec Stijn.

— Tu es prête ?

Freya esquissa une moue sceptique.

Non, je ne le suis pas du tout...

Lucas lui embrassa tendrement la main, et Freya sentit son pouls s'accélérer.

— Bel endroit.

Lucas se gara devant la maison.

C'était une charmante bâtisse ancienne, pittoresque, qui devait dater du XVIIIe siècle. La couleur ocre des grosses pierres contrastait avec le vert clair des volets. Le toit de chaume descendait en pente douce, assez bas. Devant, le jardin était empli de plantes et fleurs joliment entretenues, avec un abri pour oiseaux, une table et des chaises d'osier peint en noir. Freya distingua un attrape-rêves suspendu devant l'une des fenêtres de la façade.

— Je vais t'attendre au coin de la rue, proposa Lucas.

— D'accord.

Freya ôta sa ceinture de sécurité. Avant qu'elle ait ouvert la portière, Lucas lui saisit le bras et la regarda dans les yeux.

— Souviens-toi, quoi qu'il arrive, tu l'auras rencontrée... Et moi, je serai là.

La gorge nouée, Freya parvint à sourire. Elle aurait voulu l'embrasser, se blottir contre lui comme elle l'avait fait chez les parents de Lucas, dans le couloir. Un moment hors du temps entre eux deux, malgré les circonstances qui exigeaient une certaine discrétion ! Ils s'étaient abandonnés l'un à l'autre, fugitivement, et elle avait adoré ça. Mais, là, c'était impossible.

— Merci d'être là, dit-elle simplement en lui effleurant le visage. Tu es adorable et, grâce à toi, je me sens plus forte.

Elle sourit de nouveau et descendit de la voiture.

En empruntant l'allée qui menait à la maison d'Elise et Stijn, elle eut l'impression que, subitement, tout fonctionnait au ralenti autour d'elle.

Elle parvenait enfin exactement là où elle avait tant voulu se rendre auparavant, sans oser franchir le pas.

Un parfum de jasmin embaumait l'air et, quelque part dans une mare, des grenouilles s'en donnaient à cœur joie. Aux alentours, tout était verdoyant, fleuri et calme.

Apparemment, sa mère avait bâti une vie idyllique, dans une petite ville tranquille. Quel contraste avec l'environnement chaotique que Freya avait connu quand elle était enfant...

La porte d'entrée était peinte en rouge. Sur le seuil, une statue représentant deux elfes à la mine effrontée se dressait au milieu d'une belle lavande en pot.

Le cœur battant, Freya pressa la sonnette et attendit...

Et attendit.

Et attendit.

Au bout de quelques instants, elle se dirigea vers l'une des fenêtres et jeta un coup d'œil à l'intérieur. Une lumière douce éclairait la pièce où l'on apercevait un piano, des plantes, un canapé confortable ainsi qu'un chevalet portant une toile. Mais il n'y avait personne.

Un mélange de déception et de soulagement l'envahit. Elle s'apprêta à faire demi-tour quand une voix venant de derrière elle la fit sursauter :

— Je peux vous aider ?

Freya se retourna et découvrit une femme d'une trentaine d'années qui contournait la maison. Elle portait un bol, un paquet de croquettes, et arborait des cheveux bleus coiffés avec des dreadlocks.

— Bonsoir, je cherche Elise... Je suis Freya. Sa fille.

— Sa fille ?

Un grand sourire s'épanouit sur le visage de l'inconnue.

— Cool ! Je suis Olga, sa voisine. Elise n'est pas là, elle est partie à Miami. Je viens donner manger aux chats pendant son absence...

— La cuisine de ta mère ressemble beaucoup à celle que j'ai toujours rêvé d'avoir quand j'étais petite, lui confia Freya en acceptant la tasse de thé qu'il lui tendait. Les poutres apparentes, la baie vitrée, la luminosité, le style moderne du mobilier...

Elle esquissa une moue et but une gorgée d'un air soulagé.

— En tout cas, quelle soirée !

— Oui, quelle soirée, répéta Lucas, compatissant.

Ils venaient de rentrer de Weesp et, sentant à quel point la jeune femme était déçue, il l'avait invitée sur sa péniche. Pour la première fois, il osait lui ouvrir les portes de sa « maison flottante », ainsi qu'il l'appelait. Shadow étant provisoirement resté chez ses parents, c'était plus simple par rapport à Sheba.

À leur arrivée, Freya avait observé les lieux avec admiration, et avait souri en découvrant Sheba dans son vivarium.

— Un serpent impressionnant ! Je t'avouerai que j'en ai entendu parler...

— En bien, j'espère. Sheba a le don d'effrayer tout le monde alors qu'elle est complètement inoffensive. Mais bon, c'est un python...

— Et tout le monde n'aime pas les pythons, avait-elle commenté. Moi, ça va, je n'ai pas peur : en Afrique, j'ai vu pas mal de bêtes de toutes sortes, et je suis en quelque sorte immunisée !

Ils étaient assis l'un à côté de l'autre sur le pont d'où l'on pouvait jouir d'un panorama magnifique sur le canal et les quais animés. De l'autre côté, sur la berge, on apercevait une famille d'oies sous un saule pleureur. C'était calme, paisible, agréablement en dehors de l'agitation citadine.

— J'aurais dû me renseigner auprès de Liv, reprit Freya après un long silence. Ma sœur m'avait dit que notre mère était en Islande, mais je n'aurais jamais pu imaginer qu'elle serait déjà repartie. Quand je pense qu'elle est maintenant à Miami...

— Il faut croire que ta mère aime voyager. Telle mère, telle fille ?

Freya hocha la tête, l'air perplexe.

— Liv devait être au courant, se contenta-t-elle de répondre. Mais je n'ai pas posé suffisamment de questions… Et j'aurais dû contacter ma mère pour la prévenir ou tenter d'en savoir plus avant de me rendre sur place.

Elle haussa les épaules, garda un silence songeur quelques instants, puis le regarda et sourit.

— Changeons de sujet, tu veux bien ? J'ai l'impression que cuisiner est important dans ta famille ! Ta mère est un vrai cordon-bleu.

— C'est sûr.

Lucas se mit à rire.

— Elle aime bien manger, et prépare les plats dont elle raffole… Du coup, toute la famille en profite. Elle m'a rendu sensible à l'harmonie des mets et des vins, mais aussi à la chaleur humaine qu'un bon repas permet de partager.

— Et tu as voulu qu'au refuge ce soit pareil.

— Oui, avec une nourriture bien plus simple et moins coûteuse, forcément. Mais toujours de qualité.

Freya acquiesça et, tranquillement, ôta ses sandales. Pieds nus, en robe d'été, elle lui parut soudain tellement sensuelle qu'il eut envie de l'enlacer et de lui faire l'amour, là, tout de suite… Au lieu de quoi il lui prit la main et la pressa tendrement dans la sienne. Freya lui sourit.

— Et tu cuisinais avec Roshinda ?

Lucas fut surpris qu'elle mentionne aussi naturellement le prénom de la femme qu'il avait aimée auparavant. Il pensa de nouveau qu'à la clinique leurs collègues avaient dû lui parler de Roshinda… Et peut-être des soirées qu'il organisait sur la péniche.

— Oui. Elle aimait beaucoup cuisiner, admit-il. On a commencé ensemble au refuge, puis ici même, pour nos amis.

— Et quand elle t'a quitté, tu as poursuivi au refuge.

— Exactement. Mais…

Lucas eut soudain envie de tout lui raconter. Il était temps que Freya connaisse l'intégralité de son histoire personnelle avec Roshinda. Une histoire qui appartenait définitivement au passé et qui le chagrinait beaucoup moins depuis un peu…

Depuis qu'il se rapprochait de Freya ? Oui, sans aucun doute.

— À propos de Roshinda, je t'ai dit qu'elle s'est mariée rapidement, et ça t'a étonnée, poursuivit-il. Ce que je ne t'avais pas précisé, c'est que c'était un mariage arrangé.

Freya écarquilla les yeux.

— Arrangé ? Et elle ne t'en avait pas parlé ?

— Si, j'étais au courant. Mais ça ne m'a pas empêché d'être attiré par elle. Une attirance très réciproque, évidemment.

Freya retira la main qu'il avait gardée dans la sienne et s'écarta pour l'observer.

— Vous avez joué avec le feu…

— On peut dire ça. Je l'ai bien regretté, avoua Lucas. Ça a été une grosse erreur de ma part.

Un court silence s'établit.

— Et où habite-t-elle maintenant ? demanda Freya.

— Je l'ignore. Je sais juste qu'elle s'est mariée à Jaipur. Je crois que son mari était un ami de la famille. Le père de Roshinda avait organisé leur union pour que ce soit bénéfique à leurs affaires respectives. Une histoire d'argent et d'intérêts communs.

Freya hocha la tête d'un air sceptique.

— On est bien loin des sentiments romantiques… Mais toi, tu savais vraiment qu'elle était censée épouser cet homme alors que vous étiez ensemble ?

— Eh oui.

— Je pensais que vous étiez amoureux…

— On l'a été. Mais son amour pour moi n'a pas freiné Roshinda. Elle a choisi d'accepter ce mariage pour ne pas déplaire à sa famille, et personne n'aurait pu interférer avec cette décision. Même pas moi. Il a fallu du temps pour que j'accepte cette vérité. Le pire, c'est que Roshinda est repartie en Inde la même semaine où l'on a diagnostiqué que mon père souffre d'Alzheimer.

— Oh… C'est dur.

— Très dur. J'ai fait face comme j'ai pu. Depuis, je n'ai pas eu de nouvelles d'elle. Pas un seul mot. Roshinda m'a envoyé plusieurs exemplaires du magazine pour lequel elle travaille et dessine, mais ils ne m'étaient pas spécifiquement adressés.

Freya fronça les sourcils.

— Mais tu n'as pas essayé d'entrer en contact avec elle ? Tu aurais pu parler à sa famille, non ? Discuter, tenter de les convaincre... D'autant qu'elle n'était quand même pas pieds et poings liés à son futur époux, j'imagine.

Lucas haussa les épaules, tandis que Freya paraissait choquée par la situation qu'il évoquait. Lui-même, quand il décrivait ce qui s'était passé avec Roshinda, se sentait stupéfait, encore maintenant, alors que tout était terminé depuis longtemps.

— Elle refusait que j'échange avec sa famille.

— Et toi ?

Lucas croisa le regard perplexe de Freya.

— J'y ai beaucoup pensé, mais j'ai respecté le souhait de Roshinda. Elle s'est montrée catégorique. Alors j'ai finalement décidé de couper les ponts. Elle a fait de même de son côté. Silence complet entre nous. Je me suis concentré sur mon travail, ici, aux Pays-Bas, et sur les problèmes de mes parents. De toute manière, je crois que la famille de Roshinda et son mari ne veulent pas que je sache où elle se trouve, conclut-il.

— Tu le crois ou tu en es sûr ?

Il contempla le joli visage de Freya. Elle l'observait et l'écoutait avec une bienveillance sincère. C'était émouvant. Il n'avait pas l'habitude de se sentir ainsi soutenu.

— Je préfère ne plus me poser la question. J'ai bien d'autres préoccupations.

— Alors tu n'as jamais envisagé de prendre l'avion, au moins pour t'entretenir avec elle ?

— Comment aurais-je pu aller en Inde, Freya ? répliqua-t-il, gagné par une sourde irritation. On a besoin de moi ici.

Freya resta silencieuse un moment, les sourcils toujours froncés. Il devinait ce qu'elle avait à l'esprit : s'il avait vraiment aimé Roshinda, il aurait fourni plus d'efforts pour la retrouver, lui parler ou se battre pour elle. Il savait déjà tout cela, oui. Il savait aussi que quelque chose d'autre l'avait empêché d'agir ainsi, et ce n'était pas seulement la maladie de son père ou son travail à la clinique.

— OK, c'est presque une fausse excuse, admit-il. J'aurais pu m'absenter quelques jours... Sauf que je n'en ai pas eu envie. J'étais très en colère contre moi-même parce que j'étais stupidement tombé amoureux de Roshinda, alors que j'étais conscient que ça ne durerait pas.

— Elle l'était également, non ? souligna Freya. Elle savait qu'elle allait épouser quelqu'un d'autre.

— C'est vrai.

Il réalisa pour la première fois qu'il n'avait jamais réellement blâmé Roshinda. À croire qu'il avait été le seul responsable.

— Aucune femme n'est venue sur cette péniche depuis qu'elle est partie, reprit-il. Je me dis que Sheba effraierait une éventuelle petite amie, alors que cette femelle python est vraiment amicale... Sauf si tu es une souris !

Bien qu'il ait tenté d'alléger la conversation, Freya sourit à peine. Elle tourna la tête pour contempler l'eau du canal et soupira doucement.

— Tu n'étais pas obligé de me raconter ce qui s'est passé avec Roshinda, mais je suis heureuse que tu l'aies fait. Je te connais mieux, maintenant.

— Un peu mieux. Moi aussi, je te connais un peu mieux. Je sais que toi aussi, tu repartiras, poursuivit-il.

Il regretta aussitôt ses paroles qui trahissaient son attachement pour elle.

Freya reporta l'attention sur lui. Dans la semi-obscurité, il percevait une interrogation silencieuse sur son visage.

— Oui, sans doute. Mais je dois d'abord finir de nettoyer la maison, la rénover... et la vendre. J'ai du travail en perspective.

Lucas lui prit la main et lui caressa doucement la paume.

— Tu veux que je t'aide ?

Freya le dévisagea d'un air surpris.

— Toi ? Tu es déjà très occupé.

— Mais je connais des professionnels dignes de confiance : décorateur d'intérieur, agent immobilier... Je t'en ai déjà parlé.

— Oui, merci. C'est gentil. En réalité, il n'y a aucune urgence.

Ma sœur Liv vient bientôt, on en discutera toutes les deux et on verra.

Lucas eut alors l'impression que Freya n'était pas si sûre d'elle à propos de son projet de vente. En revanche, se remémorant la déception amoureuse qu'elle avait vécue, il se demanda si, en vérité, son envie de voyager sans arrêt n'était pas surtout motivée par sa crainte de s'attacher et de souffrir de nouveau.

Dans ce cas, ils étaient deux… Deux dans le même bateau, au sens propre comme figuré, songea-t-il dans un élan d'humour ironique, contemplant le pont de la péniche éclairé par la lune.

Lui aussi avait envisagé de ne pas s'attacher à un lieu. Il avait choisi de vivre sur une embarcation peu de temps avant de rencontrer Roshinda, car il espérait un vent de liberté, une certaine poésie dans sa manière de vivre, en contraste avec son quotidien à la clinique. Il avait effectivement aimé revenir ici jour après jour, organiser des dîners, des fêtes, inviter des amis…

Aujourd'hui, il voyait les choses autrement. De quoi avait-il envie au juste ?

De ça, réalisa-t-il en regardant ses doigts entrelacés à ceux de Freya. De la tendresse, de la complicité, un silence amical… Et le désir d'enlacer la jeune femme aussi souvent qu'il le souhaitait.

Sans plus réfléchir, il serra Freya contre lui et chercha ses lèvres.

14

Freya ressentit un long frisson et laissa échapper un soupir, s'abandonnant contre le grand corps musclé de Lucas. Ils s'embrassaient passionnément, mêlant leurs souffles comme si leur vie en dépendait. Elle ferma les yeux, envahie de plaisir...

Enivrée.

Elle avait l'impression d'un voyage merveilleux chaque fois qu'il la prenait ainsi dans ses bras et s'emparait de ses lèvres. Surtout depuis quelques jours... Lucas semblait toujours avoir faim d'elle et, dès que possible, il venait la chercher et la dévorait de baisers.

Comme là, maintenant, dans cet amphithéâtre de la clinique qu'éclairaient des veilleuses aux lumières douces. Lucas l'y avait entraînée, utilisant son passe pour déverrouiller la porte de la salle, et elle avait accepté en riant de ce comportement digne de deux adolescents. Une lueur coquine au fond du regard, il lui avait déboutonné le haut de sa blouse blanche et avait commencé à lui caresser les seins.

— J'ai tellement envie de toi, murmura-t-il.

Il lui déposa une kyrielle de baisers sur la gorge et plus bas, à la naissance de sa poitrine déjà gonflée de désir.

Freya gémit doucement, gagnée par une excitation intense qui faisait littéralement fondre le stress de la journée. Il était à peine 13 heures, elle avait une consultation dans une heure, mais elle s'en moquait presque...

— Maintenant que ta sœur est arrivée, je te vois à peine, chuchota-t-il à son oreille. Ça ne va pas du tout…

— Liv !

Freya s'écarta soudain.

Elle réajusta ses vêtements, referma ses boutons et s'obligea à se ressaisir.

— Elle doit me retrouver ici… J'ai prévu de l'emmener déjeuner à la cafétéria avec Joy et de lui faire visiter les lieux. Elle doit être en train de m'attendre ! ajouta-t-elle en se dirigeant d'un pas vif vers la porte.

Avant de sortir, elle capta le regard de Lucas.

— Et voilà, elle s'envole…, plaisanta-t-il.

— Pas pour longtemps ! promit-elle. À plus tard…

Liv jeta un coup d'œil amusé à sa chevelure décoiffée.

— Te voilà enfin, dit-elle tandis que Freya s'installait à table.

— Désolée du retard. Quelques minutes à peine, pas vrai ? ajouta Freya en souriant. Et puis, tu es en bonne compagnie…

Elle avait retrouvé sa sœur avec Joy, à la cafétéria, et toutes deux avaient déjà commandé un soda frais. Liv et Joy s'étaient rencontrées quelques jours plus tôt, lors d'un dîner que Lucas avait organisé sur la péniche. Il avait tenu à accueillir Liv, pour lui faire plaisir, et avait cuisiné un savoureux plat de fruits de mer, « une recette inventée par Mira ! », lui avait-il confié.

Depuis l'arrivée de Liv, et en dehors de ce repas, Freya n'avait croisé Lucas qu'à la clinique. Sans doute utilisait-elle la présence de sa sœur comme une excuse pour prendre un peu de distance…

Entre Lucas et elle, tout devenait un peu trop fort, intense… Déroutant. Elle n'avait pas prévu de vivre ce genre de relations… Pas du tout. En même temps, comment résister ? Dans les bras de Lucas, elle se perdait, elle oubliait tout… Elle apprenait à lui faire confiance. Mais, régulièrement, elle se répétait que ce n'était qu'une brève aventure sans lendemain. Et que tous deux le savaient.

En fait, réalisa subitement Freya, *ça tombe bien que Liv soit là.*

Durant cette semaine, durant ses moments de liberté, elle

s'était beaucoup promenée dans Amsterdam avec sa sœur, et s'était aussi consacrée à l'avancée de la rénovation de la maison. Elle avait contacté l'entreprise de décoration intérieure que lui avait recommandée Lucas, et terminé les travaux de peinture avec Liv. La vente serait peut-être plus simple, maintenant que les pièces étaient vides et les murs bien propres. En tout état de cause, elle refusait dorénavant de s'inquiéter et se donnait jusqu'à la fin de l'année pour terminer le chantier.

— Je suis vraiment heureuse que tu aies pu venir, dit-elle à Liv en essayant de se recoiffer du bout des doigts.

Elle n'avait pas eu le réflexe de vérifier son apparence avant de retrouver sa sœur et Joy ! Son baiser passionné avec Lucas laissait des signes visibles... Et invisibles. Son cœur battait encore trop vite.

— Je suis contente, moi aussi, de découvrir cette clinique où tu t'investis tant, répondit Liv. Et où est Lucas ?

— Ah, Lucas, répéta Joy, une lueur amusée au fond des yeux. Tu l'as donc rencontré ?

— Un soir, oui, répondit Liv. Qu'est-ce qu'il est sympa ! Et beau !

Freya vit Joy se tourner vers elle avec un air malicieux.

— Vous êtes très proches, tous les deux, maintenant...

— Oui..., admit Freya, gênée.

Elle n'avait pas dit à Joy ce qui se passait entre Lucas et elle. Mais sa nouvelle amie devait s'en douter.

— Lucas a une intervention prévue, donc je ne suis pas sûre qu'il ait le temps de bavarder. Alors, Liv, qu'est-ce que tu as fait ce matin ? poursuivit Freya, changeant de sujet.

Elle accepta avec reconnaissance la canette fraîche que lui tendait Joy. Elle avait chaud... Et elle savait très bien pourquoi. Encore les effets du baiser ! Et le regard insistant que lui lançait Joy...

— Je me suis promenée avec Shadow. Il est tellement attachant, ce chien ! Et tu as vu comme le quartier du Pijp a changé ? ajouta Liv d'un ton enthousiaste. Je me souvenais que c'était vraiment malfamé mais, maintenant, tout a été modernisé et c'est vraiment chouette... Oh ! Freya, tu te rappelles quand on y est allées petites ? On a acheté des sucettes vertes... Moi, j'ai trouvé que le goût était infect mais, toi, tu l'as mangée et ensuite tu as dit que tu avais l'impression de flotter et d'être sur un nuage ! Maman a éclaté de rire ! Elle ne t'a même pas grondée...

— J'aurais été plutôt inquiète, à sa place, commenta Joy, l'air incrédule. Ces sucettes n'étaient certainement pas destinées à des enfants ! Et vous avez d'autres souvenirs de votre vie à Amsterdam ?

— Quelques-uns... Pas très heureux, en ce qui me concerne, avoua Freya.

Celui qu'évoquait Liv d'un ton léger était, en fait, l'un des meilleurs. Elise avait ri avec elles. Un bon moment entre mère et filles...

— Une chose est sûre, j'aime bien revenir ici, lança Liv, rayonnante, en posant les coudes sur la table exactement comme Freya le faisait. Je découvre la ville autrement. Ça me change les idées ! Et tu sais, Freya, toutes les affaires de grand-mère Anouk qui restent encore à la cave... On pourrait les trier ensemble avec maman quand elle sera de retour de Miami !

Freya échangea un coup d'œil avec Joy. Elle écoutait sans rien dire, et s'apprêtait visiblement à se lever.

— Je vais vous laisser. Vous avez beaucoup à vous raconter, toutes les deux, et j'ai du travail, dit-elle. À plus tard !

— Oui, à tout à l'heure, répondit Freya. Quelle femme adorable... C'est la première personne que j'ai rencontrée à mon arrivée, précisa-t-elle à sa sœur.

Liv sourit.

— Cool. Alors qu'est-ce qu'on disait ?

— On parlait de maman.

Freya sentit sa gorge se nouer. Elle n'avait pas vraiment eu de nouvelles de leur mère, qui s'était juste fendue d'un bref texto pour s'excuser de ne pas avoir été là quand Freya s'était rendue chez elle.

À croire qu'Elise ne souhaitait plus communiquer non plus avec elle...

Peut-être qu'elle ne regrettait pas vraiment la façon dont elle s'était comportée quand Freya était petite. Ou bien peut-être l'évitait-elle maintenant elle aussi, tout comme Freya l'avait fuie pendant longtemps.

— Quand revient-elle de Miami ?

— Je ne sais pas vraiment. Elle a dû me contacter mais comme j'ai perdu mon téléphone...

Liv l'avait oublié dans le tram la veille.

Freya esquissa une moue.

— Ah oui, je n'y pensais plus. Tu n'as pas eu de nouvelles, j'imagine ?

— Tu parles...

Liv haussa les épaules.

— Quelqu'un a dû le récupérer. Il faudra que je m'en achète un autre. Tiens, regarde qui arrive !

Un grand sourire s'épanouit sur son visage. Suivant le regard de sa sœur, Freya sentit son pouls s'accélérer. Lucas les rejoignait. Il portait sa blouse blanche entrouverte, laissant apparaître la chemise qu'elle avait commencé à déboutonner peu de temps auparavant... Les boutons avaient été remis, les cheveux de Lucas étaient lisses. Rien ne transparaissait de leur étreinte furtive... Rien sauf le coup d'œil qu'il lui lança. Une étincelle brillait au fond de ses prunelles, en signe de connivence.

— Je pensais que tu te préparais pour une opération ! lança Liv.

Tous deux se tutoyaient déjà, comme s'ils se connaissaient depuis longtemps. Durant le dîner à bord de la péniche, Lucas avait posé de nombreuses questions à la jeune femme, admirant son cursus littéraire en Angleterre.

— J'ai encore le temps, une bonne heure, dit-il, posant les mains sur le dossier de sa chaise.

— Alors ça va, répondit tranquillement Liv. En attendant, viens te rafraîchir avec nous !

Freya la contempla, surprise par la familiarité qu'elle témoignait à l'égard de Lucas. Liv était une jolie jeune femme blonde aux yeux verts qui ne laissait pas les hommes indifférents. Malgré son récent échec amoureux, elle paraissait confiante et sûre d'elle.

— C'est vendredi prochain que j'ai une intervention très compliquée, ajouta Lucas en s'asseyant à son côté. Je peux ?

Et sans attendre de réponse, il lui prit son verre et but quelques gorgées. Freya remarqua soudain que Liv le dévisageait, ouvertement admirative. Une légère irritation la gagna.

— Vendredi après-midi, nous ferons tout ce que nous pourrons pour soigner le futur bébé d'un ami. Celui de Ruben et d'Anne-Marie, précisa-t-il inutilement à son intention.

Freya était au courant, bien sûr. Mais il s'adressait aussi à Liv.

— Lucas peut soigner leur bébé, qui souffre d'une pathologie compliquée, grâce à une opération révolutionnaire qu'il a déjà effectuée plusieurs fois, expliqua-t-elle à sa sœur.

— Ah oui ?

Liv regarda de nouveau Lucas comme s'il était un héros. Un sourire rêveur flottait sur ses lèvres.

L'irritation qu'éprouvait Freya s'accentua.

— Ruben et Anne-Marie ont eu du mal à se décider mais, finalement, ils ont opté pour une intervention chirurgicale avant la naissance de leur enfant, ajouta-t-elle. Ce sera risqué mais Lucas devrait réussir...

— Je suis confiant, déclara-t-il en lui souriant. Tu le sais.

Freya acquiesça en silence, lisant en lui ce qu'il n'avouerait jamais. Dorénavant, elle connaissait l'expression de ses yeux. Elle connaissait les rides de son visage et la façon dont elles trahissaient les émotions ou les doutes que Lucas ressentait. Après la mort de Martijn, son assurance avait été ébranlée. Il s'en était tellement voulu de ne pas avoir su lire les signes précurseurs, si tant est qu'il y en ait eu... Mais jour après jour, Lucas remontait la pente.

— J'espère que tout se passera bien, dit Liv d'un air pensif.

Et subitement, elle posa une main sur le bras de Lucas et le lui serra gentiment.

Lucas sourit de nouveau et, contre toute attente, plaqua fermement ses doigts sur ceux de Liv.

Freya fut aussitôt assaillie par une vision remontant à de nombreuses années en arrière ; une vision qui l'avait hantée...

Le souvenir de Johnny et Beatrice qui, dans un coin d'une discothèque où ils s'étaient rendus tous ensemble, chuchotaient, sans doute pour s'organiser afin d'échapper à son attention, se souvint Freya. Une situation qui, à l'époque, était venue en écho des manquements de sa mère qui, de la même façon, l'avait si souvent mise de côté.

Mais Liv n'est pas comme Beatrice !

Freya se leva d'un coup. Il n'était pas question qu'elle se laisse de nouveau envahir par ses démons intérieurs. Mais elle se sentait si peu confiante, tout à coup... Et tellement vulnérable ! Le fait qu'Elise lui ait seulement envoyé un bref message, sans prendre de ses nouvelles, l'avait sans doute profondément déstabilisée. Encore plus qu'elle ne l'avait imaginé.

Malgré son malaise, elle comprit toutefois que, dans la mesure où elle n'avait pas l'intention de rester vivre à Amsterdam, elle n'avait rien à attendre de Lucas. Strictement rien. Elle le savait et lui aussi. Par conséquent, il pouvait parfaitement la laisser tomber, tout comme, d'une certaine manière, il avait tourné le dos à Roshinda. Évidemment, ce serait terrible s'il se laissait séduire par... Liv ! Mais sa sœur était d'emblée bien plus disponible qu'elle... Et Liv avait évoqué l'idée de s'installer à Amsterdam de façon permanente.

Le cœur serré, Freya regarda sa sœur.

— Je te fais découvrir la clinique ? proposa-t-elle, s'efforçant de sourire.

— Avec plaisir ! À plus tard, Lucas, lança Liv, insouciante, en lui emboîtant le pas.

Des pensées profondément dérangeantes tourbillonnèrent dans sa tête pendant toute la visite. Elle emmena sa sœur dans la salle de repos, la salle de jeux, le service de néonatalogie, et dans le centre de formation du personnel. Mais elle se sentait très éloignée de Liv, à des années-lumière, tandis que les mêmes réflexions s'imposaient à elle, en boucle, obsédantes.

Lucas avait souffert avec Roshinda parce que celle-ci avait dû s'en aller brutalement. Maintenant, il entamait une relation avec elle, mais il savait qu'elle s'en irait, elle aussi. Il ne lui avait pas demandé de rester à Amsterdam... Probablement parce qu'il n'éprouvait aucun sentiment réel pour elle. Ou peut-être n'osait-il pas lui poser la question ? Du coup, peut-être s'intéressait-il à Liv...

Parfois, Freya songeait qu'il était temps qu'elle cesse de parcourir le monde et qu'elle pose ses valises. Dans les bras de

Lucas, elle avait eu envie de rester ; de s'ancrer une bonne fois pour toutes. Hélas, rapidement, la crainte revenait… Cette crainte qui ne la quittait pas depuis son enfance désastreuse avec une mère qui n'avait pas su l'aimer.

Alors, finalement, elle en revenait toujours à la même conclusion : il lui faudrait partir. Vite.

Partir pour ne pas souffrir.

15

— J'ai confiance en toi, dit Anne-Marie en lui prenant les deux mains et en se redressant dans le lit. Mais je suis terrifiée.

— Essaie de te détendre autant que possible, répondit Lucas avec gentillesse.

Il s'adressait à la jeune femme sur le même ton professionnel qu'il employait avec tous ses patients avant une opération, et s'efforçait d'oublier le nombre de fois où il avait partagé des soirées et des dîners avec Ruben et elle, avant et après leur mariage et la naissance de leur premier enfant. Au fil des ans, il avait même parfois envié l'entente parfaite que le couple entretenait…

Jamais il n'aurait pu imaginer qu'un jour tous deux remettraient entre ses mains la bonne santé de leur deuxième bébé.

— Où est le Dr Grey ? demanda Ruben en les rejoignant dans la chambre.

Il apportait une composition florale enveloppée de papier cristal qu'il voulut poser sur la table de nuit, sauf qu'il fit un faux mouvement et que les fleurs tombèrent par terre.

Une maladresse qui trahissait sa nervosité.

— Désolé ! s'exclama-t-il.

— Laisse, je m'en occupe, dit aussitôt Lucas.

Mais Joy s'était déjà accroupie pour ramasser les fleurs.

— Tout va bien, affirma-t-elle en rassemblant les tulipes et les roses éparpillées.

En prononçant ces paroles apaisantes, elle lui lança un coup d'œil solidaire, et Lucas la remercia en silence pour le calme qu'elle témoignait. C'était d'autant plus important qu'il ignorait où se trouvait Freya.

Quelque part dans la pièce voisine, un bébé pleurait, ce qui intensifiait sûrement l'anxiété d'Anne-Marie.

Lucas consulta l'horloge en forme de tulipe fixée au mur. Freya était en retard pour la consultation préopératoire. Bizarre.

— Je suis sûr que le Dr Grey ne va pas tarder, affirma-t-il. Elle a dû être retenue. Mais le Dr Rosenthal, notre autre confrère, peut venir vous décrire plus en détail le déroulement de l'intervention, si vous le souhaitez. De toute façon, le fait que Freya ne soit pas là n'affectera en rien ce qu'on va accomplir… Au bloc, tout est prêt.

— Je te suis tellement reconnaissant de te charger en personne de cette opération, répéta Ruben.

Lucas sourit, sincèrement confiant. En revanche, il ne comprenait pas l'absence de Freya. Ces derniers temps, il l'avait moins vue, parce que Liv était là, mais Freya n'avait jamais manqué un rendez-vous professionnel.

Cinq minutes s'écoulèrent.

Dix minutes.

Finalement, ils ne pourraient pas l'attendre.

Tout en pédalant en direction de la clinique, Freya s'imprégnait du calme de l'après-midi, imaginant qu'elle partageait ce bien-être avec la patiente que Lucas s'apprêtait à opérer. Une même pensée l'habitait depuis quelques heures. *Et si c'était moi qui étais sur la table d'opération ? Et s'il s'agissait de mon bébé dont le cœur ne fonctionne qu'à moitié ?*

Freya ne put s'empêcher d'envisager la suite d'un tel scénario. Si une telle situation lui arrivait un jour, peut-être que ce serait une sorte de reflet de la façon dont elle avait vécu jusqu'à présent… Combien de temps avait-elle passé à ne donner que la moitié d'elle-même aux autres ? Elle ne pouvait même pas s'engager auprès de ce pauvre Shadow qui vivait tantôt chez elle, tantôt chez les parents de Lucas ! Fred l'adorait. Une chance que Lucas ait une famille généreuse…

Son téléphone sonna soudain, interrompant ses réflexions. Freya s'arrêta au bord du canal pour répondre.

Quand elle lut le nom de son correspondant, son cœur s'emballa. C'était sa mère…

— Allô ?

— Freya ? Ah, bonjour, heureuse de t'entendre, lança Elise à l'autre bout du fil.

Elle semblait un peu essoufflée.

— Désolée, je suis en plein décalage horaire… Je viens d'arriver de l'aéroport. Liv m'a dit que tu voulais qu'on se voie ? Je suis à la maison.

Freya abaissa la béquille de son beau vélo rouge aux chromes brillants, et mit pied à terre. Ses genoux tremblaient légèrement. Au même instant, un bateau de touristes passa, créant des remous, ce qui la ramena aussitôt à la réalité.

— Quelle maison ?

— Celle d'Anouk… Ta maison.

Freya s'efforça de réfléchir. C'était surréaliste. Elise se manifestait à l'improviste, alors qu'elle-même était attendue à la clinique d'une minute à l'autre.

— Liv te fera entrer. Là, je dois aller au travail.

— Liv est absente. Je suis dehors, je sonne à la porte… Et son téléphone est éteint.

— Elle l'a perdu, expliqua Freya. Liv est partie ? Elle lisait un livre sur le balcon il y a dix minutes, quand j'étais encore sur place !

Sa mère poussa un long soupir.

— Écoute, si tu ne veux pas me voir, je vais rentrer en taxi. Stijn est déjà en route. J'ai juste pensé, vu que je passais par Amsterdam…

Freya réfléchit rapidement. Lucas n'avait pas besoin d'elle pour l'intervention prévue sur Anne-Marie, puisqu'elle ne détenait aucun rôle chirurgical. Exceptionnellement, elle pouvait lui faire faux bond. Elle appellerait la clinique en chemin et s'expliquerait. Il comprendrait.

— Attends-moi, dit-elle. Je serai là dans quelques minutes.

Dans un sens, Lucas n'était pas mécontent que Freya ne soit pas là. Il se demandait tellement ce qui lui était arrivé qu'il se détournait mentalement de l'enjeu personnel de l'opération en cours. Il effectuait les gestes les uns après les autres, avec précision, sans trop s'inquiéter. L'intervention était censée durer deux heures, et ils avaient déjà dépassé de dix minutes le temps estimé, mais tout se passait bien.

Il savait que Ruben patientait à l'extérieur, mort d'inquiétude. Pour sa part, Lucas était confiant. Le petit cœur du bébé n'était pas parfait, mais il ferait tout ce qui était en son pouvoir pour s'assurer qu'il continuerait à battre, maintenant et à l'avenir.

En agissant, il oubliait presque qui était la personne qu'il opérait. À ses yeux, le corps humain était telle une œuvre d'art, unique à l'extérieur mais étrangement identique à l'intérieur. Roshinda avait souligné cette vérité anatomique dans ses impressionnants dessins. Son art graphique avait mis en relief la beauté du corps humain, qu'il avait la chance d'observer, de réparer et d'aider à s'épanouir au quotidien.

Mais autant Lucas comprenait le fonctionnement du corps, autant la nature de l'esprit humain lui échappait. Par exemple, celui de Freya… Elle s'engageait dans son travail, dans une mission ponctuelle, mais jamais sur le long terme. Et son propre esprit, tiens… Pourquoi ne se détachait-il pas de Freya alors qu'il savait très bien qu'il souffrirait lorsqu'elle partirait ?

Ces derniers jours, il s'était posé cette question des centaines de fois, et revenait toujours à une seule et même réponse : Roshinda n'était pas la femme qui lui était destinée. Freya, elle, l'était. Sinon pourquoi ressentait-il une telle attirance malgré les obstacles ? Malgré la distance qu'elle lui imposait, et qu'elle démentait chaque fois qu'ils se revoyaient ? Quand il prenait Freya dans ses bras, quand il l'embrassait, il sentait bien ce qui ne s'exprimait pas avec des mots… Quelque chose d'inexplicable, qui les propulsait l'un vers l'autre de manière irrésistible. Qu'était-ce, au juste ? Quel sentiment ?

Au fond de lui, Lucas le savait bien…

Très bien.

Ce sentiment faisait battre son cœur dès qu'il pensait à Freya… Tout le temps. Et de plus en plus fort.

Le visage de Ruben trahissait un profond soulagement.

— Tout s'est passé comme je l'espérais, répéta Lucas en retirant son masque.

Il venait de rejoindre son ami dans la salle d'attente.

— Sois rassuré. Anne-Marie a parfaitement réagi, et l'endoprothèse qu'on vient de poser va faire son travail.

— Merci… Merci mille fois, dit Ruben en lui enlaçant les épaules avec affection. Je peux voir Anne-Marie ?

— Tout à l'heure. Là, elle est en salle de réveil, et elle risque de dormir encore un moment. Elle est en sécurité, en bonne santé, et votre bébé ira bien.

Lucas s'installa sur la chaise en plastique à côté de Ruben. La fatigue se ressentait après une telle concentration en salle d'opération, mais il ne pouvait pas se laisser aller. Pas maintenant. Il avait encore trop à faire.

— Bébé Oscar doit être impatient de nous rencontrer, nous, ses parents, et son nouveau parrain, reprit Ruben d'un ton joyeux.

Lucas sourit.

— Oscar ? Vous avez donc choisi son prénom ?

— On l'avait juste évoqué, Anne-Marie et moi. On attendait d'être sûrs de… Enfin, tu comprends.

— Oui.

Lucas posa une main réconfortante sur le bras de Ruben.

— Et qui est le parrain ?

— Toi, pardi ! Enfin, si tu acceptes.

Lucas éprouva une vive émotion.

— Avec plaisir. Je suis touché.

— Docteur…

Levant les yeux, Lucas vit que Joy se tenait sur le seuil.

— Le Dr Grey a téléphoné pour s'excuser. Elle a eu une urgence familiale, et comme le protocole n'exigeait pas expressément sa présence ici pendant l'intervention, elle a pris la liberté de s'absenter cet après-midi.

— Et elle a bien fait, répondit-il. Merci de m'avoir transmis le message.

Mais en prononçant ces mots, Lucas fut envahi d'une sourde déception. Il aurait aimé partager avec Freya son bonheur de se savoir bientôt parrain d'un bébé qu'il venait d'opérer...

Partie remise, se dit-il. *Enfin, peut-être.*

Cela faisait déjà cinq ou six heures que Freya parlait avec sa mère.

Après l'avoir retrouvée devant chez elle, et avoir plaqué un magnet « *Miami Vice* » flambant neuf sur le réfrigérateur - un achat qu'Elise avait effectué à la dernière minute à l'aéroport –, Freya avait proposé qu'elles profitent du soleil pour se promener dans les rues pavées d'Amsterdam. Elles avaient longé des parcs, des terrasses de café, des canaux, et s'étaient finalement rendues au Westerpark où elles s'étaient assises sur un banc, côte à côte.

Au début, elles avaient évoqué son travail et le voyage d'Elise à Miami. Freya avait appelé la clinique pour s'excuser de son absence, et, peu à peu, s'était détendue. Elle s'était alors surprise à discuter plus facilement.

— Merci d'être venue si vite, malgré le décalage horaire.

Elise sourit. L'observant, Freya trouva que sa mère ne semblait pas avoir tellement changé au cours de toutes ces années. Elle avait certes quelques rides de plus autour des yeux et de la bouche, mais elle paraissait bien dans sa peau et beaucoup plus heureuse qu'autrefois. Mais Freya la reconnaissait parfaitement...

Et elle reconnaissait aussi, dans le sourire et le léger froncement de sourcils, des traits distinctifs de son propre visage.

— Il fallait que je vienne. Sinon je pressentais que je raterais la seule occasion que j'avais de te parler ainsi, face à face. Juste toi et moi, ajouta Elise.

Elle ébaucha une moue attristée.

— Je suis tellement désolée... Je n'ai pas été une bonne mère pour toi. Pas suffisamment bonne, en tout cas.

Freya garda le silence quelques secondes. Elle aurait eu tant à dire... Tant à partager ! Mais impossible de trouver les mots.

— Tu as fait de moi ce que je suis aujourd'hui, déclara-t-elle simplement. Et d'après certaines personnes, ce n'est pas si mal !

Bien sûr, à cet instant, elle pensait à Lucas qui paraissait quand même assez attiré par elle...

Sa mère émit un petit rire.

— Pas mal du tout, tu veux dire ! Tu es très belle, ma fille. Et je suis fière de ce que tu es devenue. Bon, j'avoue que j'étais très inconsciente quand je t'ai eue, poursuivit-elle en lui tendant la main.

Émue, Freya la saisit.

— J'étais beaucoup trop jeune, je n'étais pas préparée à la maternité et, au lieu de profiter de toi, de nous, et de m'adapter, je me suis considérée comme incapable de t'élever... Et j'ai fini par te repousser, lâcha Elise.

Son visage devint grave.

— C'est terrible quand ça arrive. Je pensais t'offrir une meilleure vie en permettant à ton père de t'envoyer dans ce pensionnat chic, mais j'aurais dû te garder auprès de moi.

— Tu as sans doute agi de ton mieux, concéda Freya en regardant distraitement un garçon d'une dizaine d'années faire voler un cerf-volant.

— C'est sûr. Il n'empêche que je m'en suis beaucoup voulu... J'ai pris conscience que je t'avais exclue de ma vie quand tu es partie aux États-Unis avec Beatrice.

Freya sentit son cœur se serrer.

— J'ai été très blessée pendant longtemps, et très seule aussi, avoua-t-elle. Tu sais que Beatrice m'a trahie ? Elle a épousé Johnny...

— Oui, j'ai été mise au courant, dit Elise.

Elle serra tendrement sa main.

— Mais ce séjour que tu as fait aux États-Unis t'a beaucoup apporté, n'est-ce pas ? Toute cette expérience que tu as vécue... Fantastique ! De plus, on trouve des endroits magnifiques là-bas...

Freya acquiesça. Elles parlèrent alors de leurs voyages, de la vie, de l'amour... Quand, en fin d'après-midi, le parc ensoleillé commença à se remplir de promeneurs qui, pour la plupart, émergeaient sans doute des bureaux environnants, elle réalisa que sa mère, fatiguée par le décalage horaire, bâillait beaucoup, peinant à rester éveillée. Elle se rendit également compte que, pour la première fois depuis très longtemps, elle se sentait complètement en paix.

— Tu sais, tu peux venir à Weesp, et rester à la maison quand tu veux, proposa Elise alors qu'elles se disaient au revoir sur le quai de la gare Centraal. J'ai une belle chambre pour t'accueillir. Liv et toi pouvez aussi venir ensemble. Alors, tu m'accompagnes ?

— J'aurais bien aimé, mais j'ai des choses à faire. Une autre fois avec plaisir, répondit Freya.

Sa mère et elle avaient tellement discuté qu'elles n'avaient pas vu le temps passer. Comment l'opération d'Anne-Marie s'était-elle déroulée ? Elle devait vite appeler Lucas... Mieux encore, elle se rendrait plutôt chez lui, décida-t-elle.

— Mais merci, maman, ça me touche. Je suis très contente qu'on ait enfin pu se retrouver.

— Moi aussi. Plus que tu ne le crois, ma fille. Je suis vraiment si fière de toi !

Visiblement émue, Elise la serra dans ses bras, et lui fit promettre de lui donner rapidement des nouvelles.

Soudain plus légère qu'elle ne l'avait jamais été, Freya se dirigea à pied vers le quai où la péniche de Lucas était amarrée.

Pendant le trajet, elle résista à l'envie de lui téléphoner. Elle avait l'intuition que l'opération avait été un succès, sinon Lucas l'aurait contactée. De son côté, peut-être s'était-il douté, à l'annonce de l'impératif familial qui la retenait, qu'elle avait pu rencontrer - enfin - sa mère.

En marchant, Freya songea aussi beaucoup à Elise, et à tout ce qu'elles s'étaient dit. Bien sûr, un après-midi de discussion ne compensait pas des années de séparation. Mais c'était un début... Le commencement de nouvelles relations. En tout cas, elle l'espérait.

Une fois à bord de la péniche, Freya fit le tour du pont et constata que Lucas n'était pas là. Peut-être était-il resté auprès de Ruben, ou peut-être avait-il dû retourner voir son père, pensa-t-elle, un peu déçue malgré tout.

Elle retourna vers le quartier du Jordaan et, peu à peu, une étrange sensation de gaieté l'envahit de nouveau. Soudain, tout lui semblait si agréable, si facile... Qui aurait cru que quelques heures passées au soleil avec sa mère transformeraient ainsi sa vie ?

Arrivant devant chez elle, Freya contempla la bâtisse typique auréolée de la lumière de cette fin d'après-midi. C'était joli, pittoresque... Et accueillant. *Et si je ne vendais pas ? Et si je repoussais mon départ d'Amsterdam d'une bonne année ?* Ce serait l'occasion de poursuivre, peut-être, avec Lucas...

Parce qu'elle se sentait bien avec lui. Tellement bien ! Ce serait dommage de tout gâcher en s'envolant loin pour ne pas risquer de s'attacher et de souffrir...

Alors qu'elle serait triste de partir !

Le sourire aux lèvres, Freya s'avança vers l'entrée de sa maison.

C'est alors qu'elle aperçut une silhouette masculine à travers la fenêtre de la cuisine. Surprise, elle s'immobilisa et regarda.

Lucas ? Que faisait-il chez elle ?

Puis elle constata qu'il n'était pas seul. Liv se trouvait avec lui.

Ils riaient ensemble.

Abasourdie, Freya vit Liv poser une main sur l'épaule de Lucas et lui montrer quelque chose à l'autre bout de la pièce. Lucas se pencha vers Liv... Il la frôlait presque...

Freya sentit son sang se glacer.

Que fabriquaient-ils, tous les deux ? De toute évidence, ils s'entendaient bien tels des complices !

Comme Beatrice et Johnny ?

Terrassée, Freya n'hésita pas une seule seconde.

Elle fit demi-tour et se précipita vers la gare.

16

— Mais enfin, où est-elle ?

Maintenant, Lucas se sentait vraiment inquiet.

— Elle ne répond pas à mes appels.

— Moi, je ne peux pas la joindre, je n'ai plus de téléphone, dit Liv.

Accroupie par terre, un pinceau à la main, elle apportait consciencieusement la touche finale aux pochoirs muraux qui décoraient à présent la chambre du bas.

Lucas avait commandé des pizzas et accroché des ballons festifs, imaginant la joie qu'éprouverait Freya…

Mais elle n'était pas là et ne donnait aucun signe de vie. Que se passait-il ?

— Tu veux que je te dise, Lucas ? Ça lui ressemble bien, soupira Liv.

Lucas sentit sa gorge se serrer.

— J'aime ma sœur autant que toi, mais bon, je sais qu'elle a déjà fait ce genre de choses auparavant, ajouta Liv. Elle s'en va. Partir, c'est son truc.

— Je suis au courant, dit-il d'un ton brusque.

Il quitta la pièce. Il ne voulait pas de cette conversation avec Liv. C'était à Freya qu'il voulait s'adresser. C'était Freya qui lui manquait, là, beaucoup.

Il s'avança vers le balcon, essayant de comprendre. D'abord, Freya avait manqué un important rendez-vous professionnel, pour des raisons familiales, sans préciser lesquelles, et maintenant elle était introuvable. Oui, peut-être était-elle tout simplement loin, à présent. Peut-être avait-elle déployé ses ailes et s'était envolée sans même lui confier où elle allait...

Mais Lucas n'y croyait pas.

Intuitivement, il sentait que ce n'était pas l'explication juste.

Maintenant, il connaissait mieux Freya, tout comme elle-même le connaissait. Elle n'agirait jamais ainsi... Pas sans lui avoir fourni une très bonne raison.

À moins qu'il ne l'ait contrariée ? Blessée ? Peut-être n'avait-elle pas apprécié ce qu'il lui avait dévoilé sur ses relations avec Roshinda et la manière dont il avait réagi ? Peut-être l'avait-elle jugé de façon négative et qu'elle préférait couper court ?

— Lucas !

Liv le rejoignait, l'air abasourdie, brandissant un aimant de réfrigérateur, un magnet portant l'inscription « *Miami Vice* ».

— Voilà ce que je viens de découvrir ! Si Freya l'a mis sur le frigo, c'est que quelqu'un le lui a offert... Et ça ne peut être que notre mère, qui est revenue de Miami ! Elles ont dû se retrouver ici !

Voilà qui expliquait donc une partie de l'absence de Freya...

Utilisant l'appareil installé dans le hall, Liv passa un coup de téléphone. Lucas l'entendit chuchoter puis soupirer longuement.

Lorsqu'elle revint, elle était pâle.

— J'ai appelé ma mère. Freya est bien là-bas, avec elle. Je viens de lui parler. Elle m'a lancé qu'elle est venue ici et, par la fenêtre, elle nous a vus ensemble : elle a cru qu'on était en train de s'amuser tous les deux... Qu'on était intimes ! C'est fou... Je n'ai pas réussi à la convaincre qu'elle se trompait complètement. Je vais à Weesp. Je prends le train et je la ramène illico !

— Certainement pas, répliqua Lucas, le cœur battant. Je file chez votre mère. Je dois discuter avec Freya. Merci, Liv.

Quelques instants plus tard, en route pour Weesp, et après avoir vainement tenté de joindre Freya une fois de plus, Lucas s'efforça de maîtriser les émotions qui jaillissaient en lui. Il se sentait inquiet, énervé, triste, mais aussi prêt à tout pour Freya...

Parce qu'il tenait à elle. Énormément.

Sauf que, de toute évidence, elle ne lui faisait pas confiance. Elle avait souffert dans le passé à cause d'un homme qui l'avait trahie avec sa meilleure amie, et là, l'apercevant en compagnie de sa sœur, Freya avait dû imaginer qu'il se passait quelque chose entre Liv et lui...

Quelle absurdité !

La bonne nouvelle ? Elle s'était réfugiée chez sa mère. Donc elles se parlaient de nouveau.

Mâchoires crispées, Lucas traversa la ville, s'engagea dans la campagne, et parvint rapidement à Weesp.

Il passa devant la maison aux volets verts et au toit de chaume, et se gara un peu plus loin. Puis il resta au volant quelques instants, et réfléchit.

Des années plus tôt, il avait laissé Roshinda partir. Peut-être parce qu'il l'aimait beaucoup ; oui, il l'aimait bien...

Mais il ne l'aimait pas passionnément.

Alors qu'il aimait Freya de tout son cœur. Il l'aimait tellement qu'il n'envisageait pas une seule seconde qu'ils ne se retrouvent pas au plus vite...

Cela changeait tout.

Freya s'en voulait.

Remords, anxiété... Tout se mélangeait en elle.

Elle avait réagi de façon excessive, mais ses vieux mécanismes de défense s'étaient activés dès qu'elle avait surpris, par la fenêtre, Lucas et Liv physiquement proches l'un de l'autre.

Elle n'avait pas expliqué à sa mère ce qu'elle pensait avoir vu. De plus, Liv avait été catégorique au téléphone.

— Il est fou de toi, Freya, et si tu crois que je te ferais une chose pareille, tu as perdu la tête. Je ne suis pas Beatrice, et Lucas n'est pas Johnny !

Freya savait que c'était vrai. Maintenant, regrets et honte lui donnaient la nausée.

— Que s'est-il passé ? demanda de nouveau sa mère en l'invitant à s'installer sur le canapé à côté d'elle.

Elise l'avait accueillie vêtue d'un pyjama violet, et Freya s'en était d'abord voulu de l'empêcher de dormir. Mais à présent, sa mère ne semblait plus se soucier du décalage horaire.

— C'est à cause du beau chirurgien de la clinique où tu travailles ? Liv me l'a mentionné...

Freya laissa échapper un soupir en prenant place près d'elle.

— J'ai tout gâché, avoua-t-elle en contemplant le chevalet, le piano décoré de photos des voyages de sa mère et de Stijn, le chat noir lové sur les coussins d'un fauteuil. On vit une belle histoire, Lucas et moi... Et je pense que je tiens à lui. Mais j'ai cru le voir en train de me tromper... En même temps, je ne me suis pas réellement engagée avec lui, précisa-t-elle. Mon contrat expirera à la fin de l'année, et je n'ai pas demandé de renouvellement. Entre nous, ce n'est sans doute qu'une aventure, donc il est libre et...

Elle s'interrompit, découragée.

— Il est normal que tu aies des craintes après ce qui s'est passé entre Beatrice et Johnny, répondit sa mère. Cette expérience douloureuse laisse des traces. Si je rencontrais Lucas, je crois que je saurais s'il est fait pour toi. Il suffirait que je le regarde dans les yeux... On sent, au regard d'un homme, s'il est digne de confiance. Comment sont les yeux de Lucas ?

Freya ne put s'empêcher de sourire.

— Attends, dit-elle en s'emparant de son smartphone et en cherchant la photo qu'elle avait prise de Lucas et de ses parents, au moulin.

En zoomant sur le séduisant visage de Lucas, elle éprouva autant de chagrin que de regrets. Depuis plus d'une heure, elle ne répondait pas aux appels de Lucas. Elle avait refusé de lui parler, de l'écouter, de comprendre...

Parce qu'elle serait incapable de comprendre... ?

En même temps, peut-être s'était-elle trompée ? Liv le lui avait affirmé !

Mais peut-être que Liv mentait.

Beatrice, qui avait été son amie si chère, avait parfaitement su dissimuler ce qui se passait entre Johnny et elle. Sauf que, par moments, Freya voyait que Beatrice l'observait bizarrement. Avec de la culpabilité ? Par la suite, Freya s'était souvent accusée de ne pas avoir su décoder les signes.

Elle n'avait pas rêvé en voyant la main de Liv effleurer celle de Lucas à la cafétéria… Elle n'avait pas rêvé en les apercevant si proches l'un de l'autre chez elle.

Sourcils froncés, sa mère étudiait la photo de Lucas affichée sur l'écran.

— Je connais cette femme… C'est Mira. Elle est dans mon atelier de dessin. Je lui ai acheté un petit elfe de décoration quand je suis allée en Islande. Parfois, on prend un café ensemble après les cours.

— Tu connais la mère de Lucas ? s'exclama Freya, stupéfaite.

En souriant, Elise lui enlaça affectueusement les épaules.

— Eh oui. Curieux hasard, n'est-ce pas ? En tout cas, si Lucas ressemble à sa mère, il est merveilleux !

Bouleversée, Freya contempla la photo. Les yeux de Lucas exprimaient de la gentillesse et de la bienveillance. *Oui, bien sûr…* Elle l'avait remarqué dès qu'elle l'avait rencontré. Des centaines de personnes faisaient confiance à Lucas chaque année, et lui-même lui avait fait confiance, même en sachant qu'elle pouvait partir du jour au lendemain et qu'elle refusait de s'attacher.

— Comme je suis bête, murmura-t-elle.

Au même instant, la sonnette de la porte d'entrée retentit.

Lucas était vêtu d'une chemise d'été en coton clair, d'un jean bleu foncé et de baskets aux lacets vert vif. Souriant, il serra la main d'Elise, et Freya entendit sa mère évoquer l'Islande, des elfes, Mira, des boissons fraîches… Et s'excuser.

Son cœur cognait comme un tambour dans sa poitrine.

— Je ne sais pas quoi dire, murmura Lucas en s'avançant vers elle dès qu'ils furent seuls.

Ils se trouvaient au milieu du salon, et le chat, bondissant de son fauteuil, commença à s'enrouler autour de leurs jambes.

— Je suis désolée, avoua Freya en s'approchant de lui. Je ne voulais pas agir comme si je me méfiais de Liv et toi. J'ai juste eu…

— Peur ?

Il lui prit les mains dans les siennes, et ses yeux bleus la dévisagèrent tellement intensément que Freya eut la sensation d'être happée… Envoûtée.

— Tu as eu peur d'éprouver des sentiments, alors que tu avais prévu de ne pas t'attacher ? Tu as eu peur d'avoir envie de rester ici, et donc tu t'es inventé une raison de fuir ?

Bouleversée, Freya réalisa qu'il l'avait très bien comprise, sans la juger ni la blâmer. Un autre homme l'aurait déjà laissé tomber.

— Je me trompe ? interrogea-t-il sans lui lâcher les mains.

— Non, admit-elle, gorge nouée.

Il soupira.

— Freya, tu es la femme la plus frustrante, la plus difficile…

Il pencha la tête vers elle.

— La plus enivrante, exaspérante…

Freya souriait quand il l'embrassa tendrement sur la bouche. Il ajouta tout bas :

— Tu as tellement de défauts, et d'ailleurs autant de qualités, que c'est exactement pour ça que je t'aime…

Il l'aimait ?

Soudain, Freya eut l'impression qu'un voile se déchirait en elle.

— Mais qu'est-ce que tu faisais avec Liv ? Je suis d'abord allée à la péniche, je pensais t'y trouver. Je voulais prendre des nouvelles d'Anne-Marie. Sauf que tu n'étais pas là. Avant, je n'ai pas pu te rejoindre à la clinique, ma mère est venue ! Elle m'attendait chez moi…

— Je sais, j'ai compris. Je suis heureux que vous vous soyez retrouvées toutes les deux. C'est très important. Quant à l'opération, elle s'est très bien passée. Je vais être le parrain du bébé d'Anne-Marie et Ruben. Un bon parrain !

— Félicitations, dit Freya en l'enlaçant. Tu seras sûrement un très bon parrain…

Et un très bon père.

Cette pensée la stupéfia. Et pourtant, subitement, elle imaginait des enfants courant dans la grande maison dont elle avait hérité, jouant avec un chien, peut-être Shadow, ou des chiens - sa grand-mère en avait eu plusieurs…

Lucas l'embrassa de nouveau. Cette fois, Freya s'abandonna à la douceur de ce baiser, oubliant presque qu'ils se trouvaient chez sa mère.

— On peut passer la nuit ici, il y a une chambre d'amis…

Mais Lucas l'entraînait déjà vers la porte et la voiture.

— Où va-t-on ? protesta-t-elle.

Il sourit.

— Tu te demandes ce que Liv et moi faisions ? Pour le savoir, il faut que tu reviennes à Amsterdam.

— Je n'arrive pas à croire ce que vous avez réalisé en si peu de temps !

Debout dans la cuisine, Freya contemplait tout ce qui l'entourait avec stupeur.

Quand ils étaient arrivés chez elle, Lucas lui avait d'abord masqué les yeux, puis il l'avait invitée à regarder. Découvrant le nouveau carrelage en mosaïque et les appareils électroménagers haut de gamme qui venaient à peine d'être installés, elle avait poussé un cri d'admiration.

— J'adore tout ! répéta-t-elle en ramassant un ballon blanc sur le nouveau tapis bleu du couloir. Comment avez-vous réussi cet exploit sans que je m'en rende compte ?

Heureux de la joie qu'elle éprouvait, Lucas l'enlaça et huma son parfum, une douce senteur de muguet.

— On a profité de ton absence. Tu étais censée être au travail avec l'équipe de l'après-midi, et quand tu es allée chez ta mère, tu nous as finalement accordé plus de temps sans le savoir, évidemment.

Lucas avait tout organisé et planifié. Il avait engagé une équipe de douze personnes qui accompliraient un travail de qualité dans la vieille maison de Freya, en respectant des délais ultrarapides. Il avait lui-même choisi la plaque de cuisson design, la tuyauterie en cuivre dans l'évier, la nouvelle table en bois suffisamment grande pour inviter des amis en nombre... Il avait tout fait livrer cet après-midi, travaillant d'arrache-pied, lui aussi, en collaboration avec le chef de chantier, pour que la surprise soit prête à temps. Liv avait été plus que ravie de participer.

— C'est magnifique, murmura Freya, clairement époustouflée. Et tout ça, dis-moi, ce ne serait pas pour que je ne vende pas et que je reste ?

Lucas l'embrassa dans le cou.

— J'aimerais bien, avoua-t-il. Mais si tu voulais vendre, la nouvelle décoration valorise l'intérieur et fera grimper le prix ! Entre nous, poursuivit-il, je préférerais vraiment que tu aies envie de vivre ici...

Freya sourit d'un air rêveur et, lui donnant la main, se dirigea vers la fenêtre. Ensemble, ils contemplèrent le canal en contrebas. La lune, qui se levait, se reflétait dans l'eau.

— Je pense que Shadow et moi serons très heureux ici. Je ne te remercierai jamais assez.

— Ta sœur y est aussi pour quelque chose. Je crois qu'elle souhaiterait que tu t'installes à Amsterdam. Elle envisage d'y résider de nouveau, longtemps.

Freya se blottit contre lui et poussa ce qui semblait être un soupir de soulagement.

Lorsqu'ils étaient revenus chez elle, elle avait d'abord pris Liv à part et s'était un peu disputée avec elle. Liv n'avait pas paru surprise. Lucas sentait que Liv connaissait bien Freya, et ne se vexait pas si sa sœur se montrait méfiante, sur la défensive, avant de craquer et d'ouvrir son cœur.

Peut-être que lui-même savait également, au plus profond de lui-même, que Freya pouvait réagir ainsi.

Comme il avait eu raison d'être allé la chercher ! Il n'aurait pas agi ainsi pour quelqu'un d'autre... Il ne l'avait jamais fait avant. Mais il n'avait encore jamais rencontré une femme comme Freya.

— Je t'aime aussi, dit-elle soudain.

Lucas sentit son cœur s'emballer. Avait-il rêvé ces mots ?

Freya leva les yeux vers lui, cherchant son regard.

— Tu m'as entendue ? insista-t-elle en posant les mains sur sa poitrine.

— Je t'ai entendue.

Il lui sourit, conscient que son sourire ne devait ressembler à aucun de ceux qu'il avait eus dans sa vie jusqu'à présent.

— Tu es sûre ?

— Certaine, murmura-t-elle. Je t'aime, Lucas.

Lucas l'embrassa tendrement au coin des lèvres.

— Moi aussi je t'aime, Freya. Et tu veux que je te dise ? Je ne suis jamais allé au Vietnam, et ça me plairait beaucoup de t'accompagner. Ma seule condition est que mon père soit bien soigné, et que je ne parte pas trop longtemps loin de lui. Je ne veux pas t'attendre… Je veux vivre avec toi.

Freya se serra contre lui.

— Alors on va s'organiser, affirma-t-elle. Si on se rendait au Vietnam ensemble, pour quelque temps, ce serait merveilleux. L'essentiel est qu'après on puisse rentrer ensemble à la maison…

— À la maison ? Ici ?

— Oui, ici… Ici, c'est chez nous.

— Je ne pensais pas te voir un jour ranger tes ailes…

Freya ébaucha un sourire ému.

— Je ne les range pas. Mais c'est important de savoir que j'aurai toujours un lieu sûr où me poser… Et encore plus important de savoir que tu voudras m'accompagner.

Lucas l'enlaça passionnément.

— Oh oui, Freya Grey, je serai avec toi, ici, là-bas… Toujours !

Épilogue

Un an plus tard

Sur l'écran de l'ordinateur portable, Liv affichait un sourire radieux et applaudissait.

— Félicitations, tous les deux, j'ai toujours su que vous étiez faits l'un pour l'autre !

Tandis que Lucas l'enlaçait amoureusement, Freya tendit sa main vers la caméra pour que Liv puisse admirer sa bague de fiançailles en gros plan. Liv contempla le diamant étincelant d'un air émerveillé.

— Que dire ? C'est juste... Waouh !

Freya sentit des larmes d'émotion lui piquer les paupières. Par la porte entrouverte, elle entendait l'océan et les vagues sur le sable. Elle avait l'impression de vivre un rêve...

Lucas l'avait demandée en mariage le soir précédent, sur la terrasse baignée par le clair de lune de leur luxueuse villa au bord d'une plage privée de Koh Lanta.

— J'attendais qu'on soit en Thaïlande, répéta-t-il à l'intention de Liv. J'aurais voulu faire ma demande plus tôt cette année, lorsque nous étions au Vietnam, mais la bague n'était pas prête. Il fallait qu'elle soit parfaite, et qu'on se trouve au bon endroit !

— Ça valait la peine d'attendre, mais j'aurais dit oui n'importe où, répondit Freya. Même dans ce bungalow qui s'écroulait à moitié cette nuit-là, quand on a été piégés à l'intérieur par la tempête !

Lucas esquissa une moue entendue à l'évocation de cette nuit passionnée lors de sa première mission au Vietnam. Des vents violents et une pluie torrentielle avaient ravagé le campement.

— Comment pourrais-je oublier ce que tu as fait quand...

— Euh, je vous signale que je suis toujours en ligne ! l'interrompit Liv. Et je ne suis pas seule !

Elle fit venir Shadow, et Freya se mit à rire. Elle avait presque oublié que c'était un appel vidéo. Liv gardait la maison d'Anouk pendant leurs vacances. Elle aimait s'occuper de Shadow autant que Fred et Mira.

Les parents de Lucas accueillaient le chien chez eux tous les quinze jours. La présence de Shadow donnait à Fred une nouvelle raison de se lever et de partir en promenade au lieu de rester chez lui à déprimer. Pour l'instant, son état demeurait stable et il trouvait son équilibre dans la maison familiale. Freya adorait leurs déjeuners du dimanche à Weesp, chez sa mère et Stijn, ou chez Fred et Mira. Ils évoquaient leurs voyages et partageaient de bons repas qui gonflaient le moral de Fred.

— Comment se passe ton nouveau travail ? demanda Freya à sa sœur.

Oubliant définitivement son ex, Liv avait quitté le Royaume-Uni, et accepté un poste de comptable dans une société de relations publiques à Amsterdam. Elle louait à présent un studio juste au coin de la rue.

— Très bien ! Par contre, je ne suis pas douée en cuisine ! ajouta Liv en riant. Maman vient cet après-midi avec Mira et j'ai promis de leur préparer un gâteau à partir d'une recette islandaise, mais c'est un peu raté !

Elle pointa la caméra vers la cuisine, et Freya ressentit un pincement au cœur en apercevant le magnifique espace que Lucas avait rénové, avec l'aide de Liv, un peu plus d'un an plus tôt. Qui aurait cru à l'époque que la maison d'Anouk deviendrait son véritable nid, et qu'elle serait fiancée au plus beau chirurgien cardiovasculaire des Pays-Bas... voire du monde entier ?

Ils étaient partis en mission, et en vacances, depuis qu'elle avait prolongé son contrat, si bien qu'à présent Freya vivait exactement tout ce qu'elle désirait. Elle avait des racines et des ailes !

Jamais elle n'avait été aussi heureuse... Sauf quand Liv utilisait toutes les casseroles de leur cuisine ! ça, c'était catastrophique !

Liv était en train de zoomer sur son gâteau complètement brûlé, devenu une espèce de tas marron ratatiné au fond du moule.

Lucas se mit à rire. Liv lâcha un grand soupir théâtral et fit tomber le gâteau par terre pour que Shadow le mange. Le chien le dévora avec avidité.

— Assure-toi qu'il ne laisse aucune miette ! recommanda Lucas, hilare.

Depuis qu'il avait vendu la péniche et emménagé chez elle, il assumait avec joie le rôle de chef cuisinier, ce que Freya appréciait immensément. Il était très fier de veiller à l'ordre qui régnait dans la cuisine, et leurs dîners étaient très attendus par leurs amis et familles.

Parfois, Freya était persuadée de sentir la présence chaleureuse de sa grand-mère Anouk en train de les contempler avec tendresse pendant qu'ils cuisinaient et partageaient de joyeuses tablées. Comment aurait-elle réagi à l'annonce de leurs fiançailles ? Aurait-elle fondu en larmes sous le coup de l'émotion, comme sa mère l'avait fait ce matin ?

Après avoir terminé l'appel vidéo avec Liv, Freya et Lucas allèrent marcher pieds nus, main dans la main, le long de la plage déserte.

La lune éclairait le sable d'un blanc pur. Ils s'avancèrent au bord de l'eau, et Freya se retourna pour regarder les traces de pas qu'ils laissaient sur le rivage. Les siennes étaient tellement plus petites que les empreintes de Lucas, mais ensemble, côte à côte, ils dessinaient un chemin parfait...

— Un jour, il y aura d'autres petits pas avec les nôtres, dit-il en se plaçant contre son dos et en l'enlaçant tendrement. Des pas d'abord minuscules, qui grandiront au fil du temps et iront partout où nous irons.

Elle sourit, sentant avec délice la brise agiter sa chevelure, et le corps robuste de Lucas presser le sien.

— Tu aimerais un garçon ou une fille ?

Avoir des enfants un jour lui avait longtemps paru inimaginable. Dorénavant, cette perspective l'enthousiasmait.

— Une fille, puis un garçon.

Freya pivota pour faire face à Lucas tout en restant dans ses bras.

— Tu le prévois dans cet ordre ?

— Non, bien sûr…

Lucas se mit à rire.

— J'ai juste promis à Ruben un ou une camarade de jeux pour Oscar.

Elle sourit en pensant au filleul de Lucas, qu'il adorait plus que tout.

— Oscar l'aura.

— Excellente nouvelle ! Dans ce cas, je vais avoir besoin de ta contribution au plus vite, poursuivit Lucas sur le ton de la plaisanterie.

Il resserra les mains autour de sa taille et fit glisser un doigt sous le sarong qu'elle portait au-dessus de son bikini.

— Docteur Van de Berg, tu m'imagines enceinte le jour de notre mariage ? lança Freya en riant. Que diraient nos invités ?

— Que tu es radieuse, magnifique, *ongelooflijk.*

— Je ne peux rien promettre par rapport au sexe…

— Ah, c'est ennuyeux ! Comment allons-nous faire ?

— Je parlais du sexe du bébé !

Freya éclata de rire en même temps que Lucas. Il l'embrassa passionnément et la souleva dans ses bras. Puis il l'emmena un peu plus loin du rivage, là où l'eau leur offrait un écrin idéal pour s'aimer…

JOANNA NEIL

Un ennemi aux urgences

Traduction française de
BARBARA BRISTOL

BLANCHE

HARLEQUIN

Titre original :
SHELTERED BY HER TOP-NOTCH BOSS

Ce roman a déjà été publié en 2020.

1

Ellie s'agitait sur son tabouret de bar, croisant et décroisant ses longues jambes fines.

Faisant tourner son cocktail entre ses doigts, elle observa les invités. Tout le monde semblait s'amuser follement, elle seule n'était pas dans l'ambiance.

Pourtant la réception battait son plein. De joyeux éclats de rire perçaient le tumulte de la musique et des conversations. Bavardant un verre en main ou se déchaînant sur la piste de danse, les invités étaient visiblement résolus à profiter de la soirée.

Mais comment partager leur insouciance ? Elle venait de vivre l'une des journées les plus terribles de son existence.

— Je suis content que tu sois venue malgré tout, lui dit Lewis en venant vers elle.

Il la fixait de ses chaleureux yeux noisette et lui souriait avec insistance, une boucle brune dansant sur son front.

Faire bonne figure demanda un sérieux effort à Ellie. Cela faisait plus d'une heure qu'elle feignait la décontraction alors qu'elle ne souhaitait qu'une chose. S'éclipser discrètement...

— Je n'ai pas voulu faire faux bond à Zoé, dit-elle. Elle tenait à avoir toute l'équipe autour d'elle pour fêter son départ.

Malgré sa fatigue, la vue de la reine de la fête qui passait avec entrain de groupe en groupe, bavardant gaiement avec ses futurs ex-collègues, lui arracha un sourire.

— Zoé me manquera. Je me réjouis qu'elle ait obtenu cette

magnifique promotion. Mais quel dommage que ce soit loin de nous !

— Elle ne va que dans le comté voisin, répondit Lewis. Je suis prêt à parier qu'elle reviendra souvent dans le Cheshire pour nous voir.

— Je l'espère.

Finissant pensivement son cocktail, elle se tourna vers lui.

— Ta femme n'est pas venue ? demanda-t-elle. Un empêchement ? Rien de grave j'espère.

Elle avait posé la question sans arrière-pensée. L'air embarrassé de Lewis l'étonna.

— Euh…, répondit-il en bafouillant, elle avait autre chose à faire. Une obligation familiale.

Elle n'eut pas le temps de s'interroger car Zoé venait vers eux, mais ce ne fut pas l'air radieux de son amie qui retint son attention. A côté d'elle se tenait un homme superbe qu'Ellie ne put se retenir de fixer, les yeux écarquillés. En retour, le bel inconnu la dévisagea d'une façon si insistante qu'elle sentit un frisson courir sur sa peau.

Lui était-il d'ailleurs vraiment inconnu ? Il provoquait une vague impression de déjà-vu en elle. Impossible pourtant de rattacher cette sensation au moindre souvenir. Non, elle ne pouvait pas le connaître… Un homme pareil ne s'oubliait pas.

Il était grand, remarquablement beau, d'une allure folle dans son élégant costume sombre. Des boutons de manchette en or rehaussaient les manches impeccables qui dépassaient légèrement de sa veste. Interrogeant de nouveau sa mémoire, elle se sentit gagnée, sans comprendre pourquoi, par un insidieux malaise.

— Ellie, je te présente James, fit Zoé qui semblait déborder d'enthousiasme, ses cheveux blonds dansant autour de son visage. C'est lui qui va me succéder à l'hôpital. Je commence à regretter que mon nouveau poste me fasse changer d'établissement. Dire que je pars quand *lui* arrive !

Intriguée, Ellie constata que Zoé lui désignait James d'un regard en coin qui signifiait : « Cet homme n'est-il pas à tomber ? » Mais James ne répondit que par un rire grave et profond. Saluant

Lewis d'un signe de tête indiquant qu'ils étaient de vieilles connaissances, il continuait de dévisager Ellie de ses yeux gris.

— Je suis particulièrement heureux de vous rencontrer, Ellie, dit-il d'une voix aussi sensuelle que son rire.

Ce fut comme si ce murmure courait le long de ses nerfs. Elle se sentit fondre, mais n'en montra rien.

— Enchantée, répondit-elle sobrement.

— Si j'ai bien compris, vous travaillez avec Lewis ?

— Pas dans le même service, mais au même hôpital. Je suis urgentiste.

A travers ses cils baissés, elle l'observait.

Zoé avait raison, il était à tomber ! De beaux yeux gris et d'épais cheveux noirs, des traits réguliers, une carrure athlétique et un corps mince et musclé dégageant une énergie rayonnante… Exactement le type d'homme qui faisait bondir les cœurs dans les poitrines. Elle se sentit envahie par une attirance irrésistible et une intense curiosité.

Mais James se tournait à présent vers Lewis.

— Tu viens toujours passer le week-end à la maison avec Jessica ?

— Plutôt deux fois qu'une !

— Tant mieux. Nous attendons votre visite avec impatience.

Comprenant sans doute qu'elle s'interrogeait sur ce bref échange, Lewis la regarda en souriant.

— James est mon cousin, dit-il. Il a toujours été très attentif envers moi. Tu sais, Ellie, j'ai eu le malheur de perdre mes parents quand j'avais une dizaine d'années. C'est le père de James qui m'a recueilli.

— J'ignorais pour tes parents, dit-elle, décontenancée. Je suis désolée, Lewis. Je suppose qu'il y a un lien très étroit entre ton cousin et toi. Comme entre deux frères ?

— C'est tout à fait ça ! fit Lewis avec chaleur.

— Je veille à ce qu'il reste dans le droit chemin, dit James avec un clin d'œil complice à son cousin. Mais j'ai quitté la région depuis quelque temps et je ne sais pas tout ! J'ignorais par exemple qu'il travaillait avec une aussi belle femme.

Elle se sentit rougir. Mais Zoé choisit ce moment pour entraîner

Lewis — qui ne semblait pas le moins du monde avoir envie de s'éloigner — pour lui présenter des amis.

Perplexe, Ellie les regarda traverser la foule des invités.

Zoé semblait satisfaite, comme quelqu'un qui vient de réussir une mission délicate. Lui avait-elle tendu un piège en la laissant seule avec James ?

Posant son verre vide sur le bar, elle le regarda pensivement.

— Pourquoi ai-je l'impression de vous avoir déjà aperçu quelque part ? demanda-t-elle doucement.

— J'ai la même impression, répondit-il en souriant, avant d'ajouter sur le ton de la confidence : Pour vous avouer la vérité, depuis que je vous ai vue vous approcher du bar tout à l'heure, j'ai harcelé Zoé pour qu'elle fasse les présentations.

Troublée, elle se sentit déshabillée par son regard, qui descendait le long de sa robe moulante, de ses jambes croisées et gainées de soie. Puis il revint s'attarder sur les épaisses boucles châtaines qu'elle avait laissées retomber souplement sur ses épaules pour la soirée.

Sa peau s'embrasa sous l'effet d'un feu soudain. Jamais le regard d'un homme ne l'avait à ce point troublée. Elle maintint les yeux sur lui et, de nouveau, elle eut l'impression de se trouver face à un visage familier. Curieusement, cette impression évoquait quelque chose de pénible, mais quoi ?

Etait-ce à l'hôpital qu'elle l'avait déjà vu ? Et si oui, dans quelles circonstances ?

— J'ai entendu dire que vous aviez déjà commencé votre travail au service des urgences, dit-elle pour tenter d'en savoir plus. Je ne crois pas que nous nous soyons déjà rencontrés. Pourtant, j'ai la curieuse impression...

Sentant revenir la sensation de malaise qu'elle ne comprenait pas, elle s'interrompit.

— Il y a un tel rythme aux urgences, fit-elle précipitamment, qu'on ne rencontre pas toujours les nouveaux venus dès leur arrivée.

— J'ai souhaité avoir un premier contact informel avec mes futurs collaborateurs, je me suis actuellement greffé à l'équipe de nuit. Mais je ne prends officiellement mon poste de chef de service que dans quelques jours.

Parvenant à ne pas broncher, elle se laissa dévisager.

— Mais moi, je sais comment je vous connais ! dit-il d'un air amusé. Je regarde souvent l'émission de télévision que vous animez, *Votre santé m'intéresse*.

Il avait un petit sourire provocant au coin des lèvres et une lueur taquine dans les yeux.

— Puis-je vous faire un aveu ? Vous êtes la présentatrice que je préfère et je constate que vous êtes aussi éblouissante à la ville qu'à l'écran. Tout homme digne de ce nom brûle devant son poste d'être un peu malade pour que vous veniez le soigner, j'en suis certain !

— Je ne le crois pas, dit-elle en riant, mais merci quand même. J'aime beaucoup faire cette émission. Cela me change des urgences et j'espère aider tous ceux qui se soucient de leur santé.

— Je suis persuadé que vous leur êtes extrêmement utile... Mais votre verre est vide. Voulez-vous boire autre chose ?

— Je m'apprêtais à partir, répondit-elle en secouant la tête. La journée a été difficile pour moi, à tout point de vue. Je vais appeler un taxi.

— Vous ne vous amusez donc pas ? demanda-t-il, le sourcil levé. A vrai dire, dès que je vous ai vue, je me suis demandé ce qui n'allait pas. Je vous ai trouvé un air préoccupé, et même abattu. Parler vous ferait peut-être du bien.

— Pas vraiment, répondit-elle.

Se laissant glisser du tabouret, elle se hâta de tirer sur le bas de sa robe et de détendre la mince étoffe plaquée sur ses hanches.

— Je ne veux pas vous empêcher de profiter de la soirée à cause de mes problèmes, dit-elle brusquement en voyant qu'il suivait des yeux chaque mouvement de ses mains. Après la journée terrible que j'ai eue, je n'aurais jamais dû venir à cette fête. Mais je ne pouvais pas faire cela à Zoé.

— Peut-être pouvons-nous parler plus tranquillement ailleurs ? dit-il, le sourcil toujours levé. Ma voiture est dehors. Où habitez-vous ?

— A Ashley Meadows. Mais je ne veux pas vous obliger à partir. Tout ira bien, je vous assure. Restez, amusez-vous.

— Je n'avais pas l'intention de rester très longtemps, répondit-il en jetant un coup d'œil à la superbe montre en or qui ornait son poignet. Je suis de garde à l'hôpital dans une heure. Ashley Meadows est sur le chemin.

Hésitante, elle resta un moment silencieuse. Après tout, quel mal y aurait-il à accepter cette proposition ?

— Eh bien... dans ce cas, j'accepte, merci. Il faut d'abord que je trouve Zoé pour lui souhaiter bonne chance, dit-elle en parcourant du regard la foule joyeuse des invités.

— Je vais prendre congé moi aussi, dit-il en lui emboîtant le pas.

Il leur fallut peu de temps pour assurer Zoé de leurs vœux de succès et de leur impatience de la revoir. Quelques minutes plus tard, Ellie était confortablement installée sur le siège moelleux d'une luxueuse voiture.

L'air conditionné assurait une température idéale, un lecteur de CD diffusait de la musique en sourdine. Bercée par le doux ronronnement du moteur, elle se laissa aller sur son siège, essayant de se détendre. Peut-être la musique l'apaiserait-elle. Suivant ses indications, James bifurqua dans Ashley Road.

— Etes-vous sûre de ne pas vouloir parler de ce qui vous tracasse ? demanda-t-il soudain. A l'évidence, il vous est arrivé quelque chose qui vous a bouleversée. Etait-ce personnel ? Ou bien cela concerne-t-il le service des urgences ?

Elle se renfrogna, aussitôt sur la défensive. Pourquoi confier à un étranger le souci qu'elle se faisait pour son frère ?

Noah était aux prises avec des dettes monumentales. Il l'avait appelée aux premières heures de la matinée, affolé par l'état plus catastrophique que jamais de ses finances. Elle aimait tendrement son jeune frère et aurait fait n'importe quoi pour l'aider, mais pourrait-elle encore y parvenir ?

Quant à l'autre problème... après tout pourquoi le garder pour elle ?

Personne ne pourrait hélas arranger les choses. Mais en parler, de surcroît avec un médecin, l'aiderait peut-être à accepter plus sereinement ce qui était arrivé.

— Aujourd'hui, nous n'avons pas réussi à sauver la vie d'une de nos patientes, dit-elle sans pouvoir réprimer un frisson. En tant que médecins, c'est une chose que nous devons être capables d'affronter. Mais c'était quelqu'un que je connaissais. La tante d'une ancienne camarade de classe. Sa mort a été un terrible choc pour moi. Cela me bouleverse de n'avoir pu la sauver. Ai-je fait ce qu'il fallait ? Ai-je été à la hauteur de ma mission ?

— Je comprends, dit-il d'une voix empreinte de sympathie. Cela a dû être terrible pour vous.

La voiture quitta la route principale et ils restèrent silencieux un moment. A présent, ils étaient dans la campagne. Le chemin s'étirait devant eux comme un long ruban, éclairé par les phares de la voiture qui faisaient surgir des clôtures et des haies vives de l'obscurité.

— Cela a été bien pire pour Amelia, dit-elle enfin. Elle a été pratiquement élevée par sa tante. Sa mort l'a dévastée.

De nouveau, elle hésita, puis, la voix tremblante, se lança.

— Amelia m'accuse de la mort de sa tante.

— Ne prenez pas cela trop à cœur, répondit-il d'un ton résolu. C'est une réaction fréquente face à la disparition d'un être aimé. Sous le choc, beaucoup des gens disent des choses qu'ils regrettent ensuite. Je suis persuadé que vous avez fait le maximum pour la tante de votre amie.

— Ce n'est pas l'avis de Mel. Nous nous sommes malheureusement perdues de vue après notre sortie de l'école. Si nous étions restées en contact, elle saurait que je suis devenue une personne fiable et un médecin expérimenté.

Au souvenir de leur altercation, elle sentit la nervosité l'envahir.

— Mel pense que j'aurais dû envoyer immédiatement sa tante en salle d'opération. Sincèrement, je ne pense pas qu'une intervention aurait pu la sauver.

— De quoi souffrait sa tante ? demanda-t-il en ralentissant.

A présent, on approchait d'un groupe de maisons, des lumières brillaient dans la nuit, annonçant un village.

— Quand on nous l'a amenée aux urgences, elle était à demi inconsciente, avait des douleurs dans la poitrine et respirait difficilement. Je l'ai tout de suite fait mettre sous oxygène. Bien entendu, j'ai fait pratiquer tous les contrôles nécessaires, prélèvement sanguin, scanner, échographie cardiaque.

Elle soupira.

— Les examens ont révélé un épanchement péricardique dû à une infection bactérienne aiguë. J'ai prescrit de puissants antibiotiques, j'ai fait drainer le fluide péricardique infecté. Mais rien n'y a fait. Le cœur a cessé de fonctionner.

Sa voix s'étrangla.

— Son âge et la détérioration de son état général ont joué contre elle. Son cœur n'a pas supporté la pression à laquelle il était soumis.

— Avez-vous expliqué tout cela à votre amie ?

— Oui. Mais je ne sais pas si elle était en état de comprendre. Après lui avoir annoncé la nouvelle, je suis allée chercher du thé et suis restée longtemps auprès d'elle. Je ne suis pas sûre qu'elle m'ait écoutée. Elle paraissait bouleversée et révoltée à la fois.

— Cela se passe parfois comme cela.

— Sans doute, répondit-elle pensivement en regardant les cottages qui défilaient derrière la vitre. Tournez à gauche. J'habite la vieille ferme au bout du chemin.

Elle se sentit réconfortée à la vue de son chez-elle. La lanterne suspendue sous le porche d'ardoises répandait une lumière accueillante, éclairant la façade de brique couverte de lierre et le jardin situé devant la maison.

— Vous vivez dans un endroit idyllique, dit-il en garant la voiture dans l'allée de gravier.

— C'est vrai. Je guettais cette vieille ferme depuis longtemps. Quand elle a été mise en vente, j'ai sauté sur l'occasion. Elle était en si mauvais état qu'elle était dans mes moyens. J'aime sa situation isolée au bout du village.

Elle hésita un instant, mais son impulsion fut la plus forte.

— Avez-vous le temps de prendre un café avant le début de votre garde ? Cela vous permettra de jeter un coup d'œil à l'intérieur de la maison, si cela vous fait plaisir.

Certes, elle ne le connaissait que depuis une petite heure, mais il dégageait une telle impression de chaleur et de sympathie !

Et surtout, elle avait envie de le sentir encore auprès d'elle, ne serait-ce que quelques instants...

— Avec plaisir, merci, répondit-il. J'adore ces vieilles fermes transformées en cottages. Elles ont beaucoup de caractère.

— C'est aussi mon avis, dit-elle en se glissant hors de la voiture.

Après la douce tiédeur du véhicule, elle fut saisie par l'air frais du soir. C'était la fin de l'été. S'efforçant de dissimuler qu'elle frissonnait, elle le précéda jusqu'à la porte d'entrée.

— « Cottage » n'est peut-être pas le terme qui convient pour cette vieille ferme campagnarde, bien que je l'ai rendue aussi douillette que possible, dit-elle avec un sourire en le faisant pénétrer dans le vestibule.

L'ayant conduit dans la cuisine, elle le vit avec fierté admirer le mobilier et les poutres de chêne du plafond.

— C'est la première pièce que j'ai rénovée, dit-elle en commençant à préparer le café. J'ai eu un mal fou à décaper les poutres. Mais j'étais si contente du résultat que j'ai écumé les brocantes pour dénicher des buffets du même bois, avec le même genre de patine dorée.

A sa grande satisfaction, il semblait sincèrement apprécier le cadre.

— Quelle pièce chaleureuse ! dit-il. Cette vieille cuisinière est extraordinaire ! Elle doit suffire à chauffer toute la cuisine.

— J'ai mis tout mon cœur à la remettre en état, elle aussi. J'adore expérimenter de nouvelles recettes. La cuisine est plus qu'un hobby pour moi. Une thérapie pour me détendre !

Elle vit une lueur d'amusement dans ses yeux. De nouveau, il lui sembla étrangement familier, comme s'il émergeait d'un passé lointain. Pourtant, les circonstances lui échappaient encore.

— Donc, en plus, vous cuisinez...

Il avait toujours ce demi-sourire aux lèvres qui la déconcertait.

— Eh bien, fit-il de l'air de quelqu'un qui dresse un bilan satisfaisant, aujourd'hui est mon jour de chance ! Je suis tombé sur la femme idéale !

— A votre place, je ne m'emballerais pas, dit-elle en riant. Je n'ai pas dit que j'étais bonne cuisinière.

Comme il joignait son rire au sien, elle continua la visite des lieux pendant que le café passait.

— J'ai fait abattre le mur de ce côté de la cuisine afin qu'elle ouvre directement sur la salle à manger et le salon. J'avoue que j'étais très inquiète du résultat.

— C'était injustifié, dit-il en la rejoignant dans le salon. Le résultat est parfait.

A présent, il se tenait tout près d'elle. Elle en oubliait son rôle de maîtresse de maison et n'était plus consciente que de la proximité de ce long corps souple auprès du sien, et de l'impression de force et d'assurance qui s'en dégageait.

Quand par inadvertance elle lui effleura le bras, elle sentit une onde de chaleur la parcourir et ne put s'empêcher de lever les yeux vers lui. Il avait soudain un air étrangement absent. Avait-il éprouvé la même sensation qu'elle ? Peut-être car il sembla faire un effort pour revenir à la conversation.

— L'agencement est parfait, dit-il enfin. Le coin salle à manger donne directement sur la cuisine et, grâce à la disposition en L de la maison, le living-room dispose de son propre espace. Bravo, c'est très réussi. Toutes les pièces sont bien disposées.

— C'est ce que j'espérais, dit-elle en essayant de reprendre le contrôle d'elle-même. J'ai beaucoup de chance d'avoir cette maison, mais sans mes cachets à la télévision je n'aurais pas eu les moyens de faire les travaux et de l'entretenir.

— En tant que fan inconditionnel de votre émission, répondit-il avec un sourire qu'elle trouva terriblement enjôleur, je peux certifier que vous valez largement chaque penny gagné. Vous avez l'art d'expliquer les choses les plus complexes d'une façon accessible à tous. Vous rendez votre programme extraordinairement vivant.

— Merci, c'est très gentil. Mais c'est un travail d'équipe, ce qui me permet de conjuguer mon rôle à la télévision et mon travail à l'hôpital.

Elle ne put se retenir de lui lancer un coup d'œil provocateur.

— Cela ne vous tente pas de faire un jour l'expérience de la télévision ?

— Oh non ! fit-il avec un sourire. Je n'ai pas le temps pour ce genre de choses. J'ai déjà trop à faire en dehors de l'exercice de la médecine. Je suis débordé. Quand je peux rajouter quelque chose à mon emploi du temps, ce sont des moments de détente. Je les passe en général sur mon bateau. Là, j'échappe à tout et à tout le monde.

Il s'interrompit. Le sourire qu'il lui adressait devint particulièrement charmeur.

— Pourquoi ne pas m'y rejoindre un de ces jours ? Cela nous permettrait de partager un long week-end de farniente.

— Cela mérite réflexion, James, répondit-elle prudemment, son instinct en alerte. Après tout, nous nous connaissons à peine.

— Il serait facile d'y remédier...

Préférant ne pas relever la remarque, elle amorça un retour vers la cuisine où l'arôme du café lui chatouilla agréablement les narines. En emplissant deux tasses, elle ne put empêcher un léger sourire de flotter sur ses lèvres. Finalement, malgré sa prévention contre lui, elle se sentait bien en compagnie de cet inconnu. Il avait presque réussi à la débarrasser de son cafard...

Elle lui tendit une tasse et le regarda y ajouter de la crème et du sucre qu'il remua d'un air de profonde réflexion.

— Racontez-moi comment vous êtes entrée dans le monde de la télé, demanda-t-il enfin. Avez-vous été repérée par un chasseur de talents ? Quelqu'un a-t-il écumé les services d'urgence à la recherche de l'oiseau rare ?

— Pas du tout ! s'exclama-t-elle en éclatant de rire. En fait, une productrice a pensé à moi parce qu'elle avait entendu parler des articles que j'avais écrits pour des revues et des vidéos que j'ai réalisées à l'usage des étudiants.

— Elle a bien fait.

— Je trouve aussi ! répondit-elle en allant fourrager dans le buffet. Vous n'avez pas envie de grignoter quelque chose ? Du fromage et des biscuits ? Ou une part de quiche ? On devrait se cotiser dans le service pour avoir toujours des petits gâteaux ou des crackers !

— Merci, pas pour moi, répondit-il en avalant une gorgée de café. Il est temps que j'y aille.

Avait-elle rêvé ? Y avait-il une nuance de regret dans sa voix ?

Ou devait-elle s'avouer honnêtement que c'était elle qui était déçue de le voir partir ?

— Vous m'avez dit que vous étiez débordé, dit-elle en le raccompagnant à la porte. Qu'est-ce qui vous occupe donc tant à côté de la médecine ?

— J'administre le domaine de mon père. Le régisseur a dû prendre un long congé pour régler un problème familial en Irlande. J'ai été obligé de prendre le relais.

Le domaine de son père.

Un coup de tonnerre retentit dans la tête d'Ellie. Revenant avec violence à sa mémoire, les souvenirs du passé l'assaillaient douloureusement. Réprimant avec peine un sentiment de nausée, elle essaya désespérément de contenir les pensées qui tournoyaient en désordre dans son esprit.

Il fallait qu'elle se calme !

Ce ne pouvait être cela...

Il n'était qu'un inconnu.

Pourquoi le domaine de son père aurait-il un rapport avec son histoire à elle ?

— Un domaine ? demanda-t-elle avec circonspection. Quelle sorte de propriété est-ce donc ?

— Un domaine agricole. On y fait principalement de l'élevage. Il y a aussi une ferme laitière, quelques hectares de verger pour la production de fruits et un lac pour la pêche.

Il ne cessait de la regarder en parlant, comme s'il guettait sa réaction.

— Mon père ne va pas très bien en ce moment, et il a du mal à gérer tout cela. Il n'a pas trouvé de régisseur pour faire l'intérim. C'est pourquoi je suis obligé de m'impliquer.

Elle sentit le sang se retirer de son visage.

— C'est du domaine de lord Birchenall que vous parlez, n'est-ce pas ? demanda-t-elle d'une voix blanche. Et vous êtes son fils ?

— En effet, répondit-il.

Il la fixait, l'air grave.

— Cela vous pose-t-il un problème ? demanda-t-il.

— Je savais bien que vous me rappeliez quelqu'un... que je vous connaissais... mais je n'aurais jamais pensé...

Reprenant son souffle à grand-peine, elle leva les yeux vers lui et soutint son regard.

— Vous avez changé. Vous êtes tellement plus...

De nouveau, elle sentit sa voix s'étrangler.

Où était passé l'adolescent dégingandé qu'elle avait connu ? Elle était face à un homme accompli, aux traits virils, à l'assurance forgée par l'expérience, irradiant la force et l'énergie.

— Evidemment, vous ne m'avez pas reconnue, murmura-t-elle.

Comment l'aurait-il pu ? Elle-même n'était qu'une gamine de treize ou quatorze ans quand il avait quitté le domaine de son père pour la faculté de médecine.

— Bien sûr que si, répondit-il. Votre parcours a fait de vous une autre, mais comment oublier la petite Ellie, intrépide et toujours prête à grimper aux arbres et à courir dans les bois ? A l'époque je gardais toujours un œil sur vous, pour le cas où vous vous seriez mise dans le pétrin.

Tiens donc ! Mais ce n'était pas la question prioritaire.

— Pourquoi me cachez-vous depuis le début que vous m'aviez reconnue ? demanda-t-elle.

En elle, la méfiance le disputait à présent à la colère. Consciente des éclairs de fureur que lançaient ses yeux verts, elle le fixait sans indulgence.

— Vous auriez dû me le dire dès que Zoé a fait les présentations.

— Et griller mes chances de pouvoir parler avec vous ? demanda-t-il en haussant les sourcils avec une expression faussement innocente. Je suis capable de bien des choses, Ellie, mais je ne suis pas un imbécile.

— Non, mais vous êtes le fils de lord Birchenall, dit-elle avec emportement. Et vous avez été élevé dans les valeurs qui sont les siennes.

— C'est-à-dire ?

— Tout ce qui compte pour lui est d'obtenir ce qu'il veut, de ménager son confort, de préserver son mode de vie parfaitement lisse et bien ordonné...

La sensation de donner enfin libre cours à un ressentiment longtemps contenu lui donnait de la force. Furieuse, les poings crispés, elle disait ce qu'elle avait sur le cœur, incapable de s'arrêter.

— Rien ne doit venir déranger son bien-être, sa tranquillité, n'est-ce pas ? Et malheur à l'infortuné qui se trouve à la merci de lord Birchenall.

— N'êtes-vous pas en train de céder au mélodrame, Ellie ?

— Comment osez-vous me dire une chose pareille ? répondit-elle en s'étranglant de fureur. Mon père a été le régisseur du domaine pendant plus de douze ans. Et votre père l'a jeté dehors. Nous avons tout perdu. La maison de fonction que nous habitions sur le domaine, et qui était notre foyer. Notre gagne-pain. Notre unité familiale.

— Cela a dû être terrible pour vous, j'en suis conscient. Mais êtes-vous sûre que votre père n'y est pas pour quelque chose ? Je me rappelle que le mien était souvent contrarié. Il y avait des problèmes, des choses qui n'allaient pas. Je ne sais pas tout, Ellie, mais je suis sûr d'une chose : mon père n'aurait pas agi ainsi à l'égard du vôtre sans une raison sérieuse.

— Il n'empêche que vous et votre père vous êtes souciés comme d'une guigne du sort de notre famille.

— C'est faux. Je me faisais du souci pour vous. Mais c'est à ce moment que j'ai quitté le domaine pour intégrer la faculté de médecine. Quand j'ai demandé à mon père ce qu'il était advenu de votre famille, il m'a répondu que vous étiez installés dans une maison du village voisin. Cela m'a rassuré.

C'en était trop. Ouvrant largement la porte, elle s'effaça pour lui indiquer sans équivoque de partir.

— Où serions-nous allés ? fit-elle, voyant qu'il restait debout face à elle. Les premiers mois, nous nous sommes réfugiés dans cette maison amie. Votre père est responsable du gâchis de nos vies, voilà tout.

Redressant les épaules, elle le fixa droit dans les yeux.

— Allez-vous-en.

Il franchit la porte, mais une fois dehors se retourna.

— Votre réaction me navre, dit-il. Tout ceci appartient au passé. Il est peut-être temps pour vous de tourner la page.

— Je ne crois pas que ce soit possible.

— Dommage, dit-il, la fixant toujours dans le clair de lune. Bonne nuit, Ellie.

Elle le regarda s'éloigner.

Dire qu'elle avait pensé que la journée n'aurait pu être pire…

2

— Merci, dit Noah en glissant dans son portefeuille le chèque qu'Ellie venait de lui tendre. Je te rembourserai dès que possible, c'est promis.

Son visage juvénile trahissait un intense soulagement. Il lui sourit, manifestement convaincu de ce qu'il disait.

— En ce moment, avec la disparition du magazine, les choses sont difficiles pour moi. C'était ma principale source de revenus. Mais tu vas voir ! Je vais me faire une place au soleil en travaillant en free-lance.

— Peut-être, mais cela te prendra du temps, répondit-elle en repoussant quelques miettes de toast.

Les difficultés de son frère la chagrinaient. Ils avaient traversé tellement d'épreuves ensemble ! Si seulement elle pouvait, d'un coup de baguette magique, l'aider à résoudre ses problèmes...

— En attendant, dit-elle, tu pourrais chercher une source de revenus moins aléatoire. Le monde de la photo offre des jobs réguliers. Dans la publicité, par exemple. Ou dans l'illustration d'ouvrages médicaux, même si cela n'est pas ton domaine.

Pour toute réponse, elle eut droit à une moue dubitative.

— Je sais que je dois trouver une solution, Ellie. D'ailleurs, j'ai passé tout le week-end à en chercher une. Mais la seule chose qui m'intéresse vraiment, c'est le photojournalisme.

Hochant la tête, elle commença à débarrasser la table du petit déjeuner.

— Tu veux encore du thé, Noah ?

— Merci non. Il faut que je file calmer mon propriétaire. Grâce à ça, dit-il en tapotant son portefeuille à travers sa poche, je ne l'aurai plus sur le dos pendant un moment.

— Et moi, je dois me préparer pour aller travailler, dit-elle en soupirant.

— Cela n'a pas l'air de t'enchanter... Un problème ? Je croyais que tu adorais ton travail.

Levant les yeux vers lui, elle se sentit gagnée par l'attendrissement. Son petit frère semblait vraiment se faire du souci pour elle.

— J'adore mon travail... en temps normal...

La fin brutale de la tante de Mel et les reproches de son amie l'avaient déstabilisée. Il lui faudrait quelque temps pour s'en remettre. Mais, ce matin, autre chose la tracassait.

— Le nouveau responsable du service prend officiellement ses fonctions aujourd'hui, dit-elle avec un profond soupir. Je l'ai rencontré à la soirée de départ de Zoé. Tu ne me croiras jamais... C'est le fils de lord Birchenall...

— Birchenall ? s'écria Noah d'une voix horrifiée. Cela ne m'étonne pas que tu sois dans tous tes états. J'espérais que nous en avions fini avec cette famille.

Il fronça les sourcils comme si quelque chose lui revenait.

— J'ai lu quelque part qu'il était de retour dans la région pour s'occuper de son père. Il paraît que ce vieillard de malheur a des problèmes cardiaques.

— Vraiment ? demanda-t-elle avec curiosité. James m'a dit que son père n'était pas bien en ce moment, mais il ne m'a pas donné de précisions.

— James ? fit Noah d'un ton réprobateur. Tu en es à l'appeler par son petit nom ? Attention ! Tel père, tel fils. Ils ont ça dans les gènes. On croit pouvoir leur faire confiance, mais au moindre problème ils vous enfoncent.

— Tu as peut-être raison, dit-elle pensivement. Nous verrons bien. Je vais rester sur mes gardes jusqu'à ce que je le connaisse mieux.

— Pfft... A mon avis, il n'y a rien à connaître. C'est une catastrophe que tu doives travailler avec lui, c'est tout.

Hochant la tête, il se pencha pour l'embrasser sur la joue.

— Cette fois, j'y vais, sœurette. Merci pour le petit déjeuner et bonne chance.

— Bonne chance à toi aussi, répondit-elle en soupirant.

Elle rangea la cuisine puis, juste au moment où elle saisissait sa veste pour sortir, la sonnette de l'entrée retentit.

— Lily ! s'écria-t-elle.

Elle était étonnée de découvrir sa voisine sur le pas de sa porte, mais surtout inquiète de son apparence.

La grossesse de Lily était avancée et ce matin elle paraissait cramoisie, congestionnée et à bout de souffle. Un bref coup d'œil lui fut suffisant pour voir qu'elle avait en outre les mains très gonflées. Les boucles brunes qui encadraient son visage étaient humides de sueur.

— Qu'est-ce qui ne va pas, Lily ? Le bébé arrive ? Des contractions ?

— Non, répondit Lily d'une voix hachée. Mais une ambulance vient me chercher d'une minute à l'autre. La sage-femme l'a appelée. J'ai une migraine terrible et les chevilles enflées. La sage-femme redoute de l'hypertension et une prééclampsie. Elle pense que je dois rester quelques jours en observation à l'hôpital.

— Je suis désolée, Lily, répondit-elle en lui entourant les épaules de son bras. Voulez-vous vous asseoir un instant ?

— Non, merci. Mais j'ai un grand service à vous demander.

— Tout ce que vous voulez, Lily. Que puis-je faire ?

— Je me fais du souci pour Jayden. Il est à l'école pour l'instant. La maman d'un petit camarade s'occupera de lui à la sortie. Si cela ne vous ennuie pas, pourriez-vous le prendre pendant la nuit tant que je serai à l'hôpital ? Je sais que c'est beaucoup vous demander, mais Harry est en voyage d'affaires en Suisse et mes parents en vacances à l'étranger.

Face au visage angoissé de Lily, elle n'hésita pas. Il lui suffirait d'augmenter le chauffage dans la petite chambre d'amis de l'étage et de faire quelques provisions pour satisfaire les goûts d'un petit bonhomme de quatre ans. Il n'y avait aucun problème.

— C'est d'accord, Lily. Je suis ravie de vous rendre ce service. Jayden est souvent venu à la maison, il ne sera pas dépaysé. Ne vous en faites pas et ne pensez qu'à vous.

— Oh merci, Ellie ! Je ne sais pas ce que j'aurais fait sans vous. Voici mes clés. Vous aurez besoin de venir prendre des vêtements pour Jayden, et quelques jouets.

Une expression d'anxiété apparut sur son visage.

— Il ne peut pas s'endormir sans son ours en peluche.

— J'y veillerai, Lily, c'est promis. Pour l'instant je vais attendre l'ambulance avec vous. Allons-y, dit-elle en l'entraînant à travers la cour.

Quand enfin l'ambulance emmena Lily, elle la suivit des yeux avec une certaine inquiétude. L'état de la future maman était préoccupant. Heureusement, elle était à présent entre les mains des services de secours et elle-même pouvait se rendre à son travail l'esprit en paix.

Redoutant d'être en retard, elle conduisit rapidement jusqu'à l'hôpital. Dès qu'elle eut retrouvé l'effervescence des urgences, les bienfaits du week-end s'envolèrent. La furieuse diatribe de Mel résonnait toujours à ses oreilles. A chaque arrivée de nouveaux patients, l'appréhension la saisissait. Pourvu qu'ils ne présentent pas de pathologies importantes ! Pourvu qu'elle n'ait pas à affronter de nouveau un cas désespéré ! Ce ne fut qu'après une heure ou deux d'intense activité qu'elle parvint à retrouver ses marques.

Mais il lui restait une autre raison de se sentir troublée.

De loin en loin elle apercevait James, en tenue d'hôpital, qui prenait possession de ses nouvelles fonctions. Souhaitant retarder au maximum l'inévitable confrontation, elle fit de son mieux pour rester à distance.

D'une certaine façon, elle regrettait de s'être emportée contre lui. A part son appartenance à la famille Birchenall, qu'avait-il fait pour mériter son courroux ?

Refusant de se laisser perturber par ces considérations personnelles, elle se concentra sur son travail. On venait de lui amener une jeune femme victime d'une chute de cheval pendant un séjour dans le complexe de vacances voisin, au bord du lac.

— Pas de chance, Natalie ! dit-elle à l'infortunée cavalière en examinant les radios. Vos vacances sont fichues ! Plus de cheval, ni de baignades ! Mais la bonne nouvelle est que vous souffrez d'une simple fracture du bras. Nous allons vous anesthésier pour la soigner et dans cinq ou six semaines elle devrait être réduite.

Pendant que, de retour à son bureau, elle rédigeait son compte rendu sur l'ordinateur, le sentiment d'une présence lui fit soudain lever les yeux.

James était là, debout à côté d'elle.

Elle sentit aussitôt tout son corps se tendre. C'était comme si son être entier se mettait aux aguets tandis qu'elle le regardait, inquiète de ce qui allait suivre.

Il était d'une élégance à couper le souffle. Au lieu de sa blouse et de sa tenue d'hôpital, il portait un costume sombre à la coupe impeccable et une chemise blanche qui lui conféraient un air d'autorité. Sa cravate aux teintes subtiles mettait son regard gris en valeur.

Peut-être devait-il participer à quelque réunion nécessitant une tenue formelle. Quoi qu'il en soit, sa simple présence la troublait. Moins elle aurait affaire à lui, mieux cela serait. Surtout s'il continuait à se présenter à elle comme un homme doté de virilité, d'énergie et de tous les signes du pouvoir et de l'assurance.

— Comment vous sentez-vous ? demanda-t-il. Pas trop difficile de vous remettre au travail après l'épisode malheureux du décès de Grace Holt ? Ce matin, vous sembliez nerveuse en accueillant vos premiers patients.

Interloquée, elle le contempla. Avait-il cru qu'elle n'aurait pas la force d'assumer sa tâche ? L'avait-il épiée ?

— Je me sens très bien, répliqua-t-elle sèchement, et je n'ai aucun problème.

— Hum, fit-il. Dans le cas contraire, il faut me le dire.

Il paraissait sceptique. La soupçonnait-il de se vanter ?

— Mon devoir est de veiller sur l'équipe comme sur les patients, dit-il. Je ne veux pas que vous vous sentiez seule si vous êtes en difficulté.

— Pourquoi serais-je en difficulté ?

Si elle avait su l'autre soir qui il était, elle n'aurait jamais commis l'imprudence de lui confier ses doutes. Quelle erreur ! A présent, il ne la lâcherait plus, guettant impitoyablement ses faiblesses et ses erreurs.

Décidant de l'ignorer, elle se tourna résolument vers l'écran de l'ordinateur. Sans doute comprendrait-il qu'elle avait un travail à terminer et qu'il n'avait plus qu'à partir.

Bien au contraire, à sa grande contrariété, il s'assit sur le bord du bureau si bien que, malgré ses efforts pour détourner le regard, elle avait sous les yeux l'étoffe de son pantalon tendue sur ses cuisses musclées.

Déstabilisée, elle laissa ses doigts courir sur le clavier, accumulant les fautes de frappe.

— Ellie, il y a beaucoup de choses en suspens entre nous, dit-il enfin en se penchant vers elle. Je sais que vous éprouvez de la rancune pour moi et ma famille. Il ne faut pas que cela soit une source de problèmes dans notre travail.

— Je suis persuadée que nous sommes capables de nous conduire l'un avec l'autre de façon strictement professionnelle.

Elle hésita un bref instant avant de continuer.

— J'ai peut-être eu tort de vous imputer les actes de votre père. Mais comment pourrais-je oublier ce qu'il nous a fait ? A cause de lui, le mariage de mes parents a volé en éclats. Ma mère reprochait à mon père de ne pas avoir été capable de garder son travail et d'avoir fait de nous pratiquement des sans-abri.

— Si je comprends bien, votre propre mère reprochait à son mari d'être le responsable de vos malheurs ?

Il la regardait d'un air scrutateur, la fixant calmement au fond des yeux.

— Et pourtant vous continuez à en vouloir à mon père de ne pas l'avoir gardé à son service ?

Pleine de méfiance, elle leva fièrement le menton.

— Mon père est quelqu'un de bien. Il s'est toujours enorgueilli de faire correctement son travail. Quand les choses ont commencé à déraper, le vôtre aurait dû lui parler et essayer de comprendre ce qui se passait.

— Si votre mère elle-même n'avait pas confiance en son mari, pourquoi mon père se serait-il montré plus confiant ?

— Ma mère souffrait de dépression, répondit Ellie. Elle ne savait plus ce qu'elle disait. D'ailleurs, elle a été incapable de nous élever, mon frère et moi. Mon père au contraire a été le ciment qui a permis à notre famille de tenir. Du moins jusqu'à...

— ... jusqu'à ce qu'il se mette à dérailler.

James s'était levé.

— Je suis désolé, Ellie, reprit-il. Je sais combien vous aimez votre père. Mais ce n'est pas une raison pour excuser sa conduite et rejeter tous les torts sur ma famille.

— Vraiment ? fit-elle, glaciale. La vérité est que mon père était gravement malade. C'est la raison pour laquelle lui qui avait toujours été exemplaire a soudain donné l'impression de sombrer dans la négligence. Mais qui s'est soucié de comprendre ce qu'il lui arrivait ?

Elle sentit son bip vibrer dans sa poche et se leva.

— Désolée. Un patient arrive.

Le laissant en plan, elle s'éloigna, mécontente d'elle-même. Comment avait-elle pu perdre son sang-froid à ce point ? Leurs relations de travail allaient maintenant tourner à la franche hostilité. Ce qu'elle avait de mieux à faire dans l'immédiat était de ne pas se laisser dominer par les questions personnelles et de se concentrer sur sa nouvelle patiente.

Il s'agissait d'une jeune femme enceinte qui perdait du sang en abondance.

— Elle a perdu connaissance pendant qu'elle faisait ses courses, lui dit l'infirmière. Cela l'a beaucoup angoissée. Elle est enceinte de trente-trois semaines. Son rythme cardiaque est très élevé et sa tension trop basse.

— Merci, Olivia. Il faut la placer sous perfusion pour éviter que son état ne s'aggrave et mettre une surveillance fœtale en place. Préparez le matériel, je vais faire pratiquer un scanner afin de trouver la cause du problème.

Se penchant vers la jeune femme, elle lui adressa un sourire rassurant.

— Je sais que c'est difficile, Phoebe, mais essayez de ne pas vous en faire.

Phoebe lui sourit faiblement, ses cheveux bruns collés à son front par la transpiration.

— Nous allons prendre soin de vous et de votre bébé, lui dit Ellie en suivant le chariot en direction de la salle de scan.

Ayant assisté avec attention au déroulement de l'examen, elle se tourna vers Olivia et lui parla à voix basse pour ne pas inquiéter Phoebe.

— Appelez tout de suite le Dr Lewis Reynolds, dit-elle. Le placenta couvre légèrement le col utérin, d'où les saignements. Il faut garder Phoebe en observation pour s'assurer qu'elle se repose et faire cesser l'hémorragie.

Elle s'occupait de faire envoyer les échantillons sanguins au labo pour analyse quand Lewis vint la rejoindre, le sourire aux lèvres.

— Salut, Ellie, content de te voir. Il paraît que tu as une patiente pour moi ?

— Oui, dit-elle en lui rendant son sourire. C'est rassurant de te savoir là pour veiller sur nos jeunes mamans, Lewis. Le placenta de cette patiente est mal positionné. A mon avis, il faut la garder en observation.

— Je vais l'examiner, répondit-il en saisissant le dossier, et je reviens tout de suite te tenir au courant.

De retour quelques instants plus tard, il se montra moins rassurant.

— Il faudra peut-être pratiquer une césarienne, dit-il. Mais je ne le ferai qu'en dernier ressort. En attendant, je vais la mettre sous stéroïdes pour aider le bébé à développer ses poumons.

Soudain, en parlant du cas de Phoebe, Ellie pensa à Lily.

— Tu as dû recevoir ce matin en obstétrique une patiente du nom de Lily Harcourt. C'est ma voisine. Elle présentait à mon sens tous les symptômes d'une prééclampsie. Je me fais du souci pour elle.

— Je ne savais pas que c'était une de tes amies. Nous l'avons mise sous oxygène et nous contrôlons son cœur et sa tension. Malheureusement, elle a fait une crise dès son arrivée, mais nous avons prévenu tout risque d'autres convulsions. Il est trop tôt pour qu'elle accouche. Il faut absolument la stabiliser.

— Ce ne sont pas de très bons signes, dit-elle.

Le cas de Lily l'inquiétait, mais Lewis l'entoura d'un bras protecteur.

— Ne t'en fais pas, Ellie. Nous veillons sur elle.

— J'en suis sûre, merci Lewis. Tu me tiendras au courant ?

— Bien sûr, dit-il.

Avant de partir, il la serra étroitement contre lui. Cela la réconforta mais, en le regardant s'éloigner, elle aperçut à sa grande surprise James debout dans l'encadrement de la porte, qui la fixait d'un air étrange.

Depuis combien de temps était-il là ? Quelque chose l'avait visiblement contrarié. Il avait dû voir Lewis la prendre dans ses bras, cela lui déplaisait peut-être qu'elle ait des liens d'affection avec son cousin.

Après tout, qu'il pense ce qu'il voudrait. Même s'il ne ressemblait pas à son père, il avait à l'évidence le penchant des Birchenall pour affirmer leur pouvoir sur tout un chacun. Il venait de prendre son poste, mais il voulait déjà s'assurer qu'il savait tout sur chaque membre de l'équipe. Elle l'avait vu observer les uns et les autres, avec cet air calme et supérieur qui semblait lui être naturel.

Sans broncher, elle tourna les talons, résolue à vaquer à ses occupations sans se soucier de lui. En fin de journée, elle fit un saut à la maternité pour voir Lily avant de rentrer chez elle.

La jeune mère était encore un peu congestionnée et lui sembla surtout très angoissée. Sans doute se faisait-elle du souci pour son petit garçon.

— Je m'occuperai de Jayden aussi longtemps que vous serez absente, Lily, lui promit-elle. Dès que le Dr Reynolds le permettra, je vous l'amènerai. En attendant, je vous le passerai au téléphone si cela peut vous rassurer.

— Oh, merci, Ellie.

— C'est bien naturel, Lily.

Sur le chemin du retour, elle prit le temps d'admirer la magnifique campagne du Cheshire, avec ses collines boisées et ses pentes douces. Le paysage était tellement apaisant qu'il lui fit oublier un moment que James Birchenall était une ombre de taille dans le tableau.

De toute façon, dès qu'elle eut récupéré Jayden elle comprit que c'en était fait de sa tranquillité.

— Est-ce qu'on va faire de la pâte à tarte ? lui demanda le petit bonhomme en grimpant dans la voiture. J'ai adoré faire des gâteaux avec toi quand je suis venu l'autre jour dans ta maison.

— D'accord, Jayden, c'est une bonne idée, dit-elle en se rappelant avec effroi les morceaux de pâte qu'elle avait trouvés collés un peu partout dans la maison pendant des jours.

— Et ce soir, dit-elle, prête à tout pour lui faire plaisir, nous ferons des spaghettis. C'est ton plat favori, n'est-ce pas ?

— Oh oui ! Ma maman m'en fait tous les jours, à tous mes repas, au petit déjeuner, au déjeuner, au goûter...

— Vraiment ? demanda-t-elle en retenant un sourire.

— Oui, murmura-t-il d'un air moins assuré.

— Pour commencer, allons chez toi prendre quelques affaires.

Ce fut le début d'une soirée bien remplie, au cours de laquelle ils firent de la pâte à pain et mirent quelques gâteaux au four. Jayden s'activa avec entrain mais, quand elle le coucha, il lui parut dix fois moins exténué qu'elle.

— Ma maman me borde toujours dans mon dodo, dit-il d'une petite voix soudain inquiète en grimpant dans le lit et en examinant la chambre d'un regard craintif.

— Je sais, mon cœur, dit-elle de sa voix la plus rassurante. Tu te rappelles ce qu'elle a dit quand nous lui avons téléphoné tout à l'heure ? Que tu pourrais bientôt venir la voir ?

Les yeux brillants de joie, le petit bonhomme approuva de la tête.

— Et maintenant, tu vas faire un gros câlin à ton nounours pendant que je vais te lire une histoire.

Heureusement, il s'endormit bien avant la fin de l'histoire. Après avoir éteint la lampe de chevet, elle quitta la chambre à pas de loup avec l'intention de se préparer une tasse de café bien méritée.

Mais à peine avait-elle regagné la cuisine que la sonnette retentit.

Inquiète, elle s'immobilisa. Elle n'attendait personne. Serait-ce Noah, aux prises avec de nouvelle difficultés ?

Pleine d'appréhension, elle alla ouvrir la porte.

Noah ne se tenait pas sur le seuil, c'était James.

Cette fois il n'était pas en costume, mais en tenue sport, pantalon de grosse toile beige et pull marin à longues manches. Pourtant, le même air d'autorité émanait de toute sa personne et quelque chose dans son attitude donnait l'impression qu'il ne venait pas pour une visite d'agrément.

— Un problème ? demanda-t-elle.

— D'une certaine façon, oui. Puis-je entrer ? Je ne veux pas vous déranger. Mais j'ai des choses à vous dire et je préfère le faire hors de l'hôpital.

— Bien sûr, dit-elle en s'effaçant pour le laisser passer.

Il avait un air terriblement grave. Qu'avait-il à lui dire de si important pour venir la voir chez elle au milieu de la soirée ? Elle se sentait gagnée par l'inquiétude.

— Allons dans la cuisine, fit-elle en le précédant. Je vais préparer du café.

Lui ayant désigné une chaise devant l'imposante table de chêne, elle posa face à lui une assiette de scones fraîchement sortis du four.

— Servez-vous. Voici du beurre et de la confiture de fraises.

A la vue des scones chauds et dorés, il sembla se détendre.

— Un échantillon de la cuisine maison ? demanda-t-il en souriant. Je me disais bien en entrant que cela sentait bon. Comment résister ? D'autant que je n'ai rien avalé de la soirée.

— Rien ? Ce n'est pas sérieux.

— J'avais trop à faire. Une appendicite perforée à opérer. Plusieurs réunions obligatoires, dont une dans la soirée.

S'interrompant, il prit un scone, le coupa en deux et le tartina largement de beurre et de confiture.

— Mmm, fit-il en mordant une bouchée.

Déconcertée par l'expression de béatitude qui se peignit sur son visage, elle le regarda savourer son scone. Il avait soudain un air enfantin devant lequel elle se sentit pendant un instant prête à fondre.

— C'est délicieux, dit-il enfin avec un sourire de bien-être.

— Je n'ai donc pas à craindre pour mon job ? fit-elle, taquine.

Apparemment surpris de la voir plaisanter, il la dévisagea d'un air interloqué.

— Je crois que vous avez quelque chose à me dire, dit-elle, se hâtant de revenir au vif du sujet.

— Ah..., fit-il.

Semblant rassembler ses idées, il termina son scone sans en laisser une miette et prit une gorgée de café.

— J'aurais préféré n'avoir jamais à vous dire une chose pareille, Ellie, dit-il enfin comme s'il pesait soigneusement chacun de ses mots. Mais voilà...

Il marqua une pause, la mettant au supplice.

— Amelia Holt est venue à l'hôpital. Elle voulait nous annoncer qu'elle allait déposer une plainte en bonne et due forme. Elle est persuadée que sa tante n'a pas reçu les soins qui s'imposaient et que c'est cela qui a entraîné sa mort.

— Oh non ! murmura-t-elle en se laissant tomber sur une chaise, ses jambes se dérobant sous elle. Qu'aurais-je dû faire, d'après elle ?

— Une péricardiectomie. A l'évidence, elle est allée farfouiller dans des livres, sur internet ou auprès de gens qui croient s'y connaître en médecine.

— Mais on ne pratique pas cette intervention à la légère !

Elle avait la bouche sèche, son cœur battait à tout rompre.

— Enlever le péricarde est très risqué. Le cœur de sa tante était trop faible pour supporter une telle intervention, dit-elle pourtant.

— Je suis d'accord avec vous, Ellie. Ce n'est pas non plus ce que j'aurais prescrit. Quoi qu'il en soit, nous devons prendre sa plainte en considération.

— Qu'allons-nous faire ? demanda-t-elle d'une voix faible.

Elle se sentait trembler et ses mains étaient tellement moites qu'elle dut les essuyer sur son jean.

— Nous allons prendre rendez-vous avec elle pour lui expliquer notre point de vue, répondit-il d'une voix calme. Si elle reconnaît que nous avons eu raison, il n'y aura plus de problème. Dans le cas contraire, nous serons obligés d'accepter une expertise.

— Je comprends... Je... J'ai juste à attendre et...

— Du calme, Ellie, dit-il en lui prenant la main et en la gardant entre les siennes. Tout ira bien. Vous n'avez rien à vous reprocher.

— Je sais, mais...

Elle s'interrompit. Il lui tenait toujours la main. Cela la réconfortait. L'envie de se laisser aller, de s'abandonner à cette pression douce et ferme l'envahit soudain.

— Ne craignez rien, Ellie, dit-il. Je suis de votre côté, j'irai avec vous à cette réunion.

— Merci, dit-elle faiblement. J'apprécie votre soutien.

Il l'observait, semblant attendre qu'elle se soit calmée.

— Bien..., dit-il en lui relâchant lentement la main. Maintenant, promettez-moi de ne plus penser à tout cela jusqu'à la réunion avec Mel.

— J'essaierai, dit-elle dans un murmure en soutenant son regard.

Elle regrettait de ne plus sentir la chaleur de sa main. Pourtant, n'était-il pas absurde de se laisser réconforter par un homme dont le père avait fait voler sa famille en éclats...

— Je suis désolé d'avoir été le messager d'une mauvaise nouvelle, Ellie.

Se ressaisissant, elle hocha la tête.

— Nous avons tous nos soucis, dit-elle. Vous m'avez dit que votre père n'allait pas bien. Il paraît que c'est sérieux ?

— En effet. Il a des problèmes d'insuffisance cardiaque, qui lui rendent la vie assez difficile.

Il sembla faire un effort pour se redresser.

— Mais, vous savez, on peut vivre des années avec ça. A condition d'adopter le mode de vie qui convient.

— Bien sûr, dit-elle, pensant avec une compassion qui la surprit elle-même à l'essoufflement, à l'inconfort et à la fatigue qui en résultaient. Ce doit être un réconfort pour lui de vous avoir. Habitez-vous au manoir ?

— Absolument.

— Je suppose que vous vous entendez bien, tous les deux.

— Très bien. Je suis son seul enfant, il compte sur moi pour m'occuper de tout et préserver le patrimoine familial.

— Votre carrière a pourtant dû vous prendre beaucoup de

temps jusqu'à maintenant. On ne devient pas chef de service par hasard.

— En effet, dit-il.

Il semblait prêt à en dire plus quand un léger bruit leur fit tourner la tête. Jayden se tenait dans l'encadrement de la porte, serrant son ours sur son cœur d'une main et se frottant les yeux de l'autre.

— Tu as éteint la lumière, dit-il en regardant Ellie d'un air accusateur. Fallait pas faire ça.

— Oh ! Jayden, mon chéri, je suis désolée ! dit-elle en se précipitant vers lui pour le serrer dans ses bras. Je vais te ramener dans ton lit et je laisserai la porte de ta chambre ouverte et la lumière allumée dans le vestibule. D'accord ?

Le petit bonhomme fit oui de la tête et elle se dirigea vers l'escalier, le tenant par la main.

— Je reviens tout de suite, dit-elle en se tournant vers James.

— Euh..., dit-il, l'air ébahi. Mais... Prenez votre temps. Je dois m'en aller... On m'attend à un dîner.

— Je vois. Si vous devez...

— Qui c'est lui ? demanda Jayden en se serrant peureusement contre ses jambes.

— Le docteur avec qui je travaille à l'hôpital, dit-elle en lui caressant les cheveux.

— Hello Jayden ! fit James avec un sourire.

Encore méfiant, le petit garçon ne répondit pas, mais l'observa à travers ses cils baissés.

— Allons, viens, Jayden, dit-elle d'une voix douce. Il faut dormir. Tu te lèves tôt demain matin pour aller à l'école.

Se tournant de nouveau vers James, elle lui jeta un regard.

— Donnez-moi une minute. Je viens tout de suite vous raccompagner.

— Je vous en prie, répondit-il. Je vais me débrouiller pour trouver la porte. A demain, Ellie.

— Dans ce cas, bonsoir, James.

Déconcertée, elle le regarda sortir. Il avait une expression indéchiffrable, mélange d'incrédulité et de perplexité.

Elle ne comprit qu'une fois qu'il fut parti.

Il avait pris Jayden pour son fils...

3

— Quelque chose te tracasse, Ellie ? demanda Lewis qui l'accompagnait jusqu'aux urgences. Un problème avec la télévision ? Tu parais soucieuse.

— Vraiment ? demanda-t-elle, masquant son désarroi par un sourire. Pourtant tout va bien, je t'assure.

En ce qui concernait la télévision, c'était vrai. Sa prochaine émission serait enregistrée dans quelques jours, et cela ne lui posait aucun problème.

Quant au reste, c'était une autre affaire...

Comme si elle n'avait pas assez d'ennuis, elle avait reçu le matin même un message inquiétant de Noah. Exactement le genre de message susceptible d'annoncer qu'une catastrophe allait lui exploser à la figure. Il était daté de la veille mais, accaparée par Jayden, elle ne l'avait consulté que ce matin.

> Les choses vont de mieux en mieux. Ai décroché une exclusivité fantastique. Le *Sunday Supplement* d'aujourd'hui publie un article et un reportage photo que j'ai réalisés sur les Birchenall. T'enverrai un exemplaire.

Cela l'avait glacée d'effroi.

Qu'avait bien pu inventer Noah ? Voir réapparaître James lui avait-il inspiré l'idée d'une revanche ? Elle n'avait pas besoin de connaître le contenu du reportage pour deviner qu'il n'était guère bienveillant. En dépit du ressentiment qu'elle-même éprouvait envers lord Birchenall, elle était choquée que l'on puisse donner de lui et de sa famille une image négative.

Malheureusement, il était trop tard pour freiner Noah. On était lundi, et l'article, prévu dans le magazine du dimanche, était paru la veille. Restait à espérer qu'il ne soit pas tombé sous les yeux de James.

— Est-ce la perspective de la réunion de demain avec Amelia Holt qui t'ennuie ? demanda Lewis, insistant.

— Un peu. Mais je m'efforce de ne pas y penser.

— Tu fais bien. Veux-tu que nous déjeunions ensemble demain ? fit-il avec sollicitude. Tu me raconteras comment cela s'est passé.

Elle accepta d'un signe de tête. Déjeuner avec lui était toujours un plaisir. Mais pour l'instant mieux valait ne pas lui parler de l'e-mail de Noah. Heureusement, ils étaient arrivés aux urgences et elle en profita pour changer de sujet.

— Comment va Lily ? demanda-t-elle. Je suis venue la voir ce week-end avec Jayden, qui était fou de joie de voir sa mère. Devant lui, elle a fait des efforts. Mais je l'ai sentie très déprimée.

— Il faut attendre, répondit-il avec une moue dubitative. Son fils et son mari lui manquent et ce repos forcé lui pèse. C'est mauvais pour son moral et sa tension s'en ressent.

— Son mari a proposé de rentrer de Suisse, mais elle l'en a dissuadé. Elle redoute que ses affaires n'en pâtissent. Il dirige sa propre société. Ils en vivent. Par manque de chance, il a en ce moment des difficultés avec la branche suisse.

— Problèmes de compétition interne ?

— Sans doute, répondit-elle. En tout cas, il lui a promis d'être là pour la naissance. En attendant, ils se parlent tous les jours au téléphone, cela la soutient beaucoup.

— Pour l'instant, je la garde au repos complet. Je ne pratiquerai une césarienne que lorsqu'elle sera stabilisée.

— Avec toi, elle est en bonnes mains ! Cela me rassure !

Il la regarda avec un petit sourire enjôleur.

— C'est uniquement parce que c'est une de tes amies que je la dorlote autant.

Riant tous les deux, ils se séparèrent devant le bureau où elle devait consulter la liste des patients à examiner.

James était là, examinant les comptes rendus du labo, et leva les yeux à son arrivée.

— Bonjour, dit-elle aussi aimablement qu'elle le put, mais il avait l'air hostile.

Il ne répondit que par un bref mouvement de la tête tout en suivant des yeux Lewis qui s'éloignait.

De nouveau, elle eut l'impression qu'il n'appréciait pas la complicité qui existait entre Lewis et elle.

— Je dois m'absenter un moment, dit-il. Pouvez-vous prendre en charge le cas d'angine de poitrine du box 3 ?

Non seulement il lui avait parlé avec brusquerie, mais un muscle tressaillait dans sa mâchoire. Toute son attitude révélait une tension extrême.

— Bien sûr, répondit-elle. Serez-vous absent toute la journée ?

— Je n'en sais rien. Mon père a eu un malaise hier et on vient de m'avertir que son état s'aggrave. Ma place est auprès de lui.

— Je suis désolée, dit-elle doucement, envahie d'une onde de sympathie à son égard.

Voyant qu'il la transperçait de son regard gris, elle se sentit frémir.

Ce qu'elle redoutait s'était produit, il avait lu les journaux du dimanche... C'était la raison de sa froideur...

— James..., commença-t-elle d'une voix étranglée, souhaitant prendre les devants, mais il la coupa.

— J'ai examiné le patient rapidement, dit-il d'un ton glacial. Il faudra sans doute placer un stent. J'ai prescrit des anticoagulants. Il aura aussi besoin d'un bêtabloquant et...

— Je ferai ce qu'il faut, James. Ne vous faites pas de souci.

Mais peut-être n'avait-il plus confiance en elle depuis le décès de la tante de Mel...

Serait-ce plutôt là la raison de sa froideur ?

— Ce n'est pas cela qui me cause du souci, fit-il d'une voix plus tranchante que l'acier.

— Quoi alors ?

— Demandez-le à votre frère, répondit-il, explosant soudain. Son article dans le journal d'hier est un tissu de mensonges. Mon père a toujours été irréprochable en affaires. Il n'a jamais harcelé ni fait chanter personne. Quant à ma vie privée, de quel droit l'étaler dans un vulgaire tabloïd ? Ce qu'a fait votre frère est honteux et impardonnable. Surtout dans l'état où est mon père.

Il laissa retomber le dossier qu'il avait en main et sortit si brusquement qu'elle n'eut pas le temps d'ouvrir la bouche. Elle avait soudain l'impression d'avoir du plomb dans l'estomac.

Ainsi, il avait bel et bien lu le journal.

Mais qu'avait donc pu raconter Noah ?

— Je ne l'ai jamais vu dans un tel état, dit Olivia en entrant dans le bureau. Je le comprends ! Si vous aviez vu l'article ! Il y en a un exemplaire dans la salle de repos. Vous devriez le lire.

— Mais à la fin, de quoi parle-t-il, ce fameux article ? demanda-t-elle, maîtrisant difficilement son agitation.

— De lui et de son père. Mais surtout de lui. Et de sa petite amie, Sophie Granger, qui appartient au gratin du gratin...

— Une petite amie ? Vraiment ? ne put-elle s'empêcher de s'exclamer.

Son cœur était en chute libre dans sa poitrine. Il ne lui était pas venu à l'esprit que James pouvait être avec quelqu'un. C'était pourtant inévitable. Un homme aussi séduisant et un aussi beau parti que lui !

Olivia confirma d'un hochement de tête entendu.

— Sophie Granger appartient à une famille richissime, proche des Birchenall. Le genre née avec une cuillère d'argent dans la bouche. Dans le journal, il y a plusieurs photos de James et de Sophie ensemble dans diverses circonstances.

Elle prit un ton de confidence.

— Mais il y a aussi des photos de lui sortant d'un dîner avec une autre femme. Une jeune femme superbe... L'article le présente comme un incorrigible don Juan.

Le choc était rude. Il lui fallut plusieurs secondes pour l'encaisser.

Mais peut-être rien de tout cela n'était-il vrai. Peut-être Noah s'était-il fait tout un cinéma pour avoir vaguement aperçu de loin James avec une femme...

D'un autre côté, pourquoi James se conduirait-il mieux que les autres hommes ? Elle-même avait connu une expérience désastreuse avec son ex-petit ami. Elle ne savait que trop à quoi s'en tenir sur leur compte.

— Et son père ? demanda-t-elle enfin. Qu'en dit l'article ?

— Que c'est un homme d'affaires impitoyable, fit Olivia avec une grimace consternée. Il paraît qu'il veut étendre son domaine au détriment de son voisin, pour agrandir sa ferme et son verger, et augmenter sa production de lait et de fruits. Le voisin se plaint d'être l'objet de pressions incessantes, apparemment c'est un véritable harcèlement.

— Oh mon Dieu ! gémit-elle.

Quelle mouche avait piqué Noah ? Où était-il allé fouiner, à la recherche d'un scoop sensationnel ?

— Cela me fait de la peine pour James, dit Olivia d'un air sincèrement désolé. Il n'est pas là depuis longtemps, mais il a su se faire aimer. Il est disponible, il nous écoute quand nous avons besoin de parler.

Elle eut un sourire attendri.

— Il s'est même mis à apporter des petits gâteaux et des crackers pour que nous puissions grignoter si nous avons un petit creux. Et il les paie de sa poche. Franchement, Ellie, est-ce qu'il n'est pas un bon patron ?

Que répondre ? Ne sachant plus où elle en était, elle ferma les yeux un instant. Avait-elle raison d'en vouloir à James ? Etait-il responsable du mal que son père leur avait fait, à elle et à sa famille ?

Il fallait qu'elle s'en explique avec lui.

Ce soir, si elle pouvait prendre Jayden un peu plus tard, elle irait le voir.

Et elle lui présenterait ses excuses pour la conduite de Noah.

Quant à Noah... Cela la surprenait qu'il ait agi ainsi. Il était encore jeune et un peu chien fou, mais ils partageaient les mêmes principes de droiture. Son ressentiment envers les Birchenall était-il si violent qu'il les ait enfreints ? Sans doute regrettait-il déjà ce qu'il avait fait.

Dès qu'elle eut une minute à elle, elle l'appela.

— Où avais-tu la tête, Noah, en réalisant ce reportage ? lui demanda-t-elle avec consternation. As-tu mesuré les conséquences ?

— J'ai juste tiré profit du hasard, protesta-t-il. Je passais devant ce restaurant branché quand j'ai vu sortir Birchenall avec une jolie fille qu'il serrait de près. C'est le genre de truc qui se vend bien auprès des magazines. Je vais pouvoir te rembourser ce que je te dois. Tu n'es pas contente ?

— Comment veux-tu que je le sois ! James est mon chef de service.

— Il s'en remettra ! fit Noah avec insouciance. Les gens comme lui ont l'habitude de ce genre de choses. Ils vivent en permanence sous l'œil du public.

Renonçant à lui faire comprendre la situation, elle raccrocha, plus perturbée que jamais. A elle de faire son possible et même l'impossible pour améliorer la situation.

A la fin de son service, elle s'assura que sa voisine pouvait garder Jayden et se hâta de rentrer chez elle pour se changer. Il était important qu'elle se sente à son avantage pour affronter à la fois James et son père.

Après mûre réflexion, elle opta pour une robe bleu nuit à plis souples, un maquillage léger apportant une touche de couleur à son visage. Elle laissa ses longues boucles soyeuses tomber naturellement sur ses épaules.

Cela faisait des années qu'elle n'était pas revenue sur le domaine. En conduisant au coucher du soleil, un flot de souvenirs d'enfance lui revenait à la mémoire.

A l'époque, sa famille vivait dans le pavillon du régisseur, un joli cottage situé sur le domaine. Elle avait passé des étés entiers à explorer les bois environnants avec une joyeuse bande de copains. Ils pêchaient de petits poissons dans le ruisseau qui traversait le domaine, cueillaient des fleurs sauvages dans les champs. Une vie de rêve, jusqu'à ce que son père perde pied et que l'univers familial s'écroule.

Quand le manoir lui apparut au bout de l'allée, elle le contempla avec un mélange d'admiration et de crainte.

Elle avait toujours été impressionnée par cette vieille demeure, avec ses fenêtres à encorbellement garnies de vitraux et sa façade envahie de vigne vierge. C'était un vaste bâtiment au toit de tuiles, avec deux ailes symétriques de part et d'autre d'un corps de bâtiment central. Un large porche y donnait accès.

Mais, aussi beau soit-il, ce lieu avait été à l'origine des malheurs de sa famille. Comment l'oublier ?

Elle gara sa voiture dans l'espace réservé à cet effet et, rassemblant son courage, s'approcha du porche pour actionner la cloche. Son cœur battait à tout rompre.

Comment James et son père réagiraient-ils à son intrusion ?

A sa grande surprise, James lui-même vint ouvrir, vêtu d'un pantalon de toile foncée et d'une chemise ouverte sur son cou hâlé.

— Ellie ?

Il la dévisageait, se demandant visiblement ce qu'elle faisait là.

— Un problème à l'hôpital ? demanda-t-il enfin.

— Non, pas du tout... Euh... Je voulais juste savoir si votre père allait mieux.

Il la scrutait en silence ; elle se tut un instant, gênée, le temps de laisser s'apaiser les battements de son cœur.

— Je tenais à vous dire que je suis désolée du mal que mon frère vous a fait, à vous et à votre père, avec son stupide reportage. Je ne pense pas qu'il...

— Entrez, dit-il enfin.

A sa suite, elle traversa un vestibule de dimensions imposantes et entra dans le salon. Les rayons du soleil couchant filtraient à travers les petits carreaux des fenêtres à encorbellement, répandant une lumière dorée dans la pièce et faisant scintiller des objets précieux dans une vitrine. Posées çà et là sur des guéridons, auprès de photos dans des cadres d'argent, des lampes ajoutaient leur douce lueur à cette ambiance d'un autre âge. Dans la cheminée monumentale au manteau en chêne d'un seul tenant, quelques bûches achevaient de se consumer.

— Comment va votre père ? demanda-t-elle.

James la considérait sans aménité.

— Un événement fâcheux l'a fait rechuter, dit-il sèchement.

— Puis-je vous demander... quel événement ? s'enquit-elle, plus morte que vive.

— La lecture des journaux du dimanche, figurez-vous. Le choc a fatigué son cœur et entraîné de sérieux troubles respiratoires. Je l'ai mis sous oxygène et lui ai administré ce qu'il fallait pour le soulager, mais aujourd'hui la presse l'a bombardé de coups de fil. Des journalistes ont littéralement fait le siège du manoir.

— Je n'en ai vu aucun.

— J'ai demandé à la police de les déloger.

Consternée, elle le vit s'assombrir.

— Mon père ne peut supporter aucune pression en ce moment.

— J'en suis bien consciente. Je suis très mal à l'aise à cause de ce qui s'est passé. Je ne pense pas que Noah ait mesuré la portée de son acte.

A sa grande surprise, il lui prit soudain le menton dans la main.

— C'est lui qui devrait être ici en train de s'excuser, pas vous.

Troublée par ce contact qui ressemblait trop à une caresse, elle chercha en vain que répondre.

— Voulez-vous boire quelque chose, Ellie ? demanda-t-il en se dirigeant vers une table chargée de verres et de flacons de cristal emplis de liquides ambrés.

— Un jus de fruits, si vous en avez. Je conduis.

Elle avait la gorge sèche, mais aussi terriblement besoin de quelque chose de reconstituant.

— Comme vous voulez, dit-il.

Il remplit un verre de glaçons et de jus de fruits, qu'il lui apporta avant de se servir une mesure de whisky.

— Comme cette pièce a du charme ! dit-elle en regardant autour d'elle. Je crois n'y être jamais entrée à l'époque. Quand j'apportais un message de la part de mon père, je passais par la porte de service. Votre gouvernante me donnait un cookie ou une part de tarte. Je crois que c'est grâce à elle que j'ai développé la passion de la cuisine.

— Harriet est toujours avec nous, dit-il en souriant. Mais elle travaille moins maintenant. Je l'aime beaucoup. Elle m'a pris sous son aile après la mort de ma mère. Pour moi, elle est un peu une seconde mère.

— Il y a plusieurs photos de votre mère dans cette pièce, dit-elle après un instant d'hésitation. Vous deviez être très jeune quand elle a disparu.

— J'avais à peine onze ans.

Elle se sentit voler de tout son cœur vers le jeune garçon livré au chagrin et à l'angoisse qu'il avait dû être.

— Cela a dû être un terrible choc, murmura-t-elle.

— Oui, terrible. Pourtant, elle était malade depuis longtemps. Je n'étais qu'un gosse et je rêvais d'avoir le pouvoir de la guérir.

Sentant croître sa compassion, elle s'enhardit et lui pressa brièvement le bras.

— Mais il y a de bons côtés à tout, fit-il pensivement. C'est ce qui m'a décidé à devenir médecin.

— Comment votre père a-t-il accepté cette décision ? Il aurait sans doute préféré que vous vous établissiez ici pour gérer le domaine.

— En effet, cela a généré des tensions entre nous. Avec le recul, je me rends compte que c'est la mort de ma mère qui a rendu mon père moins tolérant à l'égard des autres.

Et si elle touchait enfin du doigt la raison pour laquelle son propre père avait été congédié sans états d'âme par le père de James ?

Elle était perdue dans ses réflexions quand la porte s'ouvrit. A son grand émoi, elle vit entrer lord Birchenall. Il avait les mêmes traits réguliers que par le passé, mais ses cheveux étaient gris à présent et il marchait lentement en se tenant voûté. La même impression d'autorité qu'autrefois se dégageait pourtant de toute sa personne.

— James..., commença-t-il, mais il s'interrompit brusquement en voyant que son fils n'était pas seul.

Elle se sentit jaugée par le profond regard sombre qui s'appesantissait sur elle.

— Je ne crois pas avoir le plaisir de vous connaître, mademoiselle, dit-il avant de jeter un coup d'œil vers son fils, attendant visiblement que celui-ci fasse les présentations.

— C'est Ellie, père, dit-il. Vous ne la reconnaissez peut-être pas, elle a beaucoup changé. Elle est la fille de John Saunders.

Le vieil homme se redressa, ses yeux noirs lançant des éclairs.

— Comment osez-vous paraître ici après les insanités que votre frère a écrites sur notre compte ?

Sa respiration devint rauque et ses joues se colorèrent de façon inquiétante.

— Je n'ai pas lu l'article, répondit-elle, résolue à rester calme. Mais je comprends qu'il vous ait bouleversé.

Pour toute réponse, il la fusilla du regard et ricana. Coûte que coûte, elle irait au bout de sa démarche.

— Si je suis venue, dit-elle fermement, c'est précisément pour m'excuser de l'acte irréfléchi de mon frère. Je suis sûre qu'il n'a pas pensé aux conséquences. Mais vous devez aussi comprendre qu'il vous en veut de ce qui est arrivé à notre père. Je pense qu'il a saisi, en toute naïveté, une occasion de rétablir la balance, en quelque sorte.

Voyant à l'air excédé de lord Birchenall qu'il ne désarmait pas, elle se hâta de poursuivre.

— Je n'approuve pas ce qu'il a fait. J'essaie simplement d'expliquer ce qu'il y a derrière son geste.

— Pourquoi prendre sa revanche maintenant, après tout ce temps ? rétorqua lord Birchenall.

Soudain mal à l'aise, elle se sentit rougir.

— Je pense que c'est parce que James... pardon, votre fils et moi travaillons ensemble à l'hôpital. Cela a ravivé ses souvenirs. Noah n'était qu'un enfant quand mon père a perdu son travail. C'est maintenant, en tant qu'adulte, qu'il peut exprimer combien cela a été destructeur sur lui. Je ne savais pas que vous étiez malade et je suis désolée que cela vous ait fait du mal.

— Je me souviens de vous à présent, dit-il en la toisant. Vous étiez une jeune personne déchaînée et peu recommandable, vous semiez la pagaille dans le village et partout sur votre passage. Cela aussi, c'est ma faute, je suppose ?

Elle se sentit blêmir. Après l'effondrement de sa famille elle n'avait pas très bien tourné et avait même frôlé la délinquance. Pourtant, la violence de l'attaque du vieux lord la surprit. Tremblante, ne sachant plus que dire, elle désespérait de se sortir de ce mauvais pas quand James vint se placer à son côté.

— C'est pour s'excuser qu'Ellie est venue, père, dit-il fermement. Il est inutile de jeter de l'huile sur le feu.

Mais lord Birchenall la tenait toujours sous son regard implacable.

— Votre père s'est montré d'une négligence inadmissible dans son travail, dit-il, martelant ses mots. En dépit de mes avertissements, il ne s'est pas repris. Il a eu ce qu'il méritait. Il est seul responsable de ce qui lui est arrivé.

— Mon père a travaillé pour vous de façon exemplaire des années durant, répondit-elle, la voix vibrante. Quand il a flanché, c'est qu'il était malade. Etre congédié, privé de moyens et de domicile, avec le sentiment de ne pouvoir rien faire pour sa famille, l'a entraîné dans une spirale infernale.

— Vous devriez nous présenter des excuses en son nom, plutôt que de le défendre, laissa tomber le vieux lord avec une moue méprisante.

Puis, comme s'il la considérait comme quantité négligeable, il se tourna vers son fils.

— James, dit-il, j'étais venu te dire que Sophie a téléphoné.

Il sembla soudain vaciller sur ses jambes et tendit la main vers une chaise. Se précipitant, James lui offrit un bras secourable et l'aida à s'asseoir. Le vieux lord paraissait à présent très essoufflé et ne reprit la parole qu'au bout de quelques instants.

— Elle aussi a lu cet ignoble article, dit-il d'une voix sifflante. Il lui a fait beaucoup de peine. Je l'ai invitée à venir dîner avec vous. Elle a besoin d'être réconfortée.

— Père, je vous promets que Sophie ne restera pas peinée très longtemps, répondit James.

Elle sentit son cœur se serrer. James devait être bien confiant dans sa relation avec Sophie pour être sûr de la consoler si facilement. Décidément, elle n'avait plus rien à faire ici.

— Je vais y aller, dit-elle en reposant son verre. Il faut que j'aille prendre Jayden chez une amie.

A l'évocation de Jayden, James lança un bref coup d'œil à sa main gauche. Mais le moment n'était pas propice aux explications. D'ailleurs, elle avait eu tort de venir. Cela n'avait pas calmé lord Birchenall, au contraire. En outre, James s'apprêtait à recevoir sa petite amie pour le dîner. Elle dérangeait, c'était évident.

— Au revoir, lord Birchenall, dit-elle.

— Au revoir, mademoiselle Saunders, répondit-il en grommelant.

— C'est à présent le *docteur* Saunders, dit James.

Mais son père ne daigna pas réagir et elle laissa James la prendre par le coude pour la raccompagner.

— Je suis désolé de la façon dont mon père vous a traitée, lui dit-il quand ils eurent quitté le salon.

— C'est sans importance, murmura-t-elle.

Qu'il lui tienne fermement le bras était tellement réconfortant ! Pendant un bref instant, elle s'abandonna à l'illusion que si elle pouvait s'appuyer contre lui, tous ses problèmes s'envoleraient comme par enchantement.

— Mon père a toujours été très direct, dit-il. Je reconnais que c'est une qualité à double tranchant...

— C'est le moins qu'on puisse dire, répondit-elle en soupirant. Bonsoir, James.

— Bonsoir, Ellie, dit-il en ouvrant la porte donnant sous le porche.

Il était urgent qu'elle quitte ces lieux. Elle avait été bien naïve de s'imaginer pouvoir arranger les choses. Elle repartait plus troublée qu'elle n'était arrivée.

Et les raisons de son trouble étaient de moins en moins claires...

4

— Elle va rentrer quand à la maison, ma maman ?

En avalant les céréales du petit déjeuner, Jayden fixait Ellie avec de grands yeux interrogatifs.

Cela la rappela à l'ordre. Ses pensées l'avaient entraînée très loin. Trop loin. Vers James et le trouble qu'elle ressentait auprès de lui. S'abandonner à ses émotions serait dangereux. Elle savait maintenant qu'il avait hélas une petite amie...

Croisant le regard confiant de Jayden, elle lui sourit.

— Ta maman va beaucoup mieux, mon chéri. Quand le bébé sera né, elle pourra revenir très vite à la maison.

— Elle laissera le bébé à l'hôpital ?

— Mais non ! Quelle drôle d'idée, Jayden !

— Je veux pas que maman ait un bébé, dit-il en se tortillant sur sa chaise. Pourquoi elle le donne pas à l'infirmière ?

— Ne dis pas ça ! Tu seras très content d'avoir un petit frère ou une petite sœur pour jouer plus tard avec toi.

— J'en ai pas besoin. J'ai plein d'amis.

Inquiète de la réaction du petit bonhomme, elle s'empressa, dès son arrivée à l'hôpital, d'en parler à Olivia.

— Réjouis-toi qu'il s'exprime, Ellie, lui répondit celle-ci. Il n'y a rien de pire que les enfants qui refoulent leur angoisse et sont ensuite d'une jalousie incurable.

— Tu as raison. Il faut juste que je trouve un moyen de l'aider à surmonter ses craintes avant l'arrivée du bébé.

Se préoccuper de Jayden l'empêchait au moins de penser au

rendez-vous avec Amelia Holt, prévu en fin de matinée. Mais, l'heure approchant, elle sentit renaître son appréhension. Malheureusement, personne n'aurait pu sauver Grace Holt. Mais Amelia ne le reconnaîtrait jamais. Cela signifiait une plainte devant un tribunal, un procès et, pour elle, des effets désastreux sur sa carrière.

Certes, James serait présent au rendez-vous. Mais elle ne savait plus si elle devait en être rassurée ou troublée, tant en sa présence elle se sentait dominée par ses émotions.

Passant devant une salle de soins où elle le vit aux prises avec un cas délicat, elle ne put s'empêcher de s'arrêter. Admirative, elle observa à travers la vitre la sollicitude et l'efficacité avec lesquelles il s'occupait de son patient. Visiblement en proie à des difficultés respiratoires, celui-ci semblait souffrir beaucoup.

Tout à coup, le malheureux parut perdre connaissance. Les écrans de contrôle affichèrent un effondrement du rythme cardiaque et de la pression artérielle, et les moniteurs firent entendre leurs bip-bip et leurs sonneries stridentes.

Sans hésiter, elle se précipita dans la salle.

— Besoin d'aide ? demanda-t-elle.

— Oui, merci, répondit James d'un ton bref en se saisissant du matériel d'intubation.

— Quelle est exactement la pathologie de ce patient ?

— Je suspecte une inflammation aiguë du pancréas. Il s'est plaint de douleurs abdominales irradiant dans le dos et il a beaucoup vomi. En outre, fit-il d'un air soucieux, il a une maigreur d'anorexique.

— C'est vrai, à l'exception d'un ballonnement abdominal anormal, répondit-elle.

— Pouvez-vous poser la sonde naso-gastrique ? demanda-t-il une fois l'intubation réalisée. Il a tellement vomi que je redoute qu'il s'étrangle.

— D'accord, répondit-elle, le laissant vérifier l'oxygénation du patient.

— Il est complètement déshydraté, fit-il remarquer, l'air soucieux. A ce rythme, les reins ne vont pas tenir.

— Je prépare un goutte-à-goutte, dit-elle. Lui avez-vous donné un analgésique ?

— Je vais lui administrer de la mépéridine.

Elle soupira intérieurement. Si seulement elle possédait une infime partie de son assurance... Depuis la mort de Grace Holt, elle doutait d'elle-même et de ce qu'elle faisait. Même pour des choses aussi basiques que la mise en place d'un cathéter ou la stérilisation des instruments, elle envisageait les pires conséquences.

— Tout va bien, Ellie ? lui demanda-t-il soudain, la faisant sursauter.

Il fixait sur elle un regard inquisiteur. A l'évidence, il avait perçu son angoisse. Il allait falloir qu'elle se surveille. Ce serait terrible si lui aussi se mettait à douter de son professionnalisme.

— Tout va très bien, répondit-elle en se concentrant pour placer un cathéter dans le bras du patient.

— Je vais faire pratiquer un scanner, dit James. En l'occurrence, je ne pense pas que l'inflammation du pancréas soit due à des calculs biliaires, comme c'est souvent le cas.

— A quoi est-elle due selon vous ?

— Peut-être à un abcès. Ou à une inflammation générale. En attendant les résultats, je vais le placer sous antibiotiques puissants. Je suis à peu près sûr qu'il y a une infection.

De nouveau, elle se sentit scrutée par son regard perspicace.

— Etes-vous sûre d'aller bien, Ellie ? demanda-t-il pour la seconde fois.

— Tout à fait sûre.

— Tant mieux, répondit-il en la dévisageant comme s'il en doutait. Dès que nous aurons fini ici, nous préparerons l'entrevue avec Amelia Holt. Quoi qu'elle prétende, Ellie, rappelez-vous que vous avez fait ce qu'il fallait. Vous n'êtes pas responsable de la mort de sa tante.

La gorge nouée, elle hocha la tête, sentant l'anxiété revenir au triple galop.

— Vous êtes très pâle. Est-ce la perspective de rencontrer votre vieille amie de classe qui vous trouble à ce point ?

— Je ne pense pas qu'elle se considère encore comme mon amie, dit-elle avec amertume.

Elle aurait voulu se montrer intrépide et sûre d'elle, mais face à l'intensité de son regard elle se sentit incapable de dissimulation.

— J'avoue éprouver un peu d'appréhension, dit-elle.

— Je serai là, répondit-il en lui pressant la main. A nous deux, nous devrions la persuader qu'elle n'a aucune raison de porter plainte.

— Je l'espère !

Elle était loin d'être aussi optimiste que lui. Amelia avait toujours été excessive. Son chagrin ne pouvait que la rendre plus agressive.

— Essayez de ne pas vous en faire, Ellie.

— Je fais de mon mieux.

Le sourire plein de sollicitude qu'il lui adressa l'émut au plus profond d'elle-même. Seul un homme de cœur pouvait adresser un sourire pareil. C'était inouï qu'il soit aussi différent de son père...

— Comment va votre père ? demanda-t-elle pourtant, sachant qu'il se faisait du souci pour lui. Je m'en veux d'être venue hier soir au manoir. J'ai fait plus de mal que de bien.

— Décidément, vous culpabilisez pour tout ! dit-il avec un petit sourire amusé. Mais c'est moi qui suis désolé qu'il vous ait traitée comme il l'a fait. La maladie le rend particulièrement ombrageux.

Il soupira, l'air préoccupé.

— Son cœur est très atteint. Pour quelqu'un comme lui, c'est insupportable de se sentir fragilisé. Tout ce que je peux faire, hélas, c'est lui rendre les choses moins pénibles.

Il s'interrompit pour donner ses instructions pendant que leur patient, David Lengley, était emmené au scanner.

— Suivez-moi dans mon bureau, dit-il quand le chariot eut quitté la salle.

Le bureau où il avait choisi de s'installer ouvrait sur une cour tranquille fleurie de fuchsias et de géraniums. Il n'était là que depuis peu, mais le lieu reflétait déjà sa personnalité. Un grand bureau d'acajou et trois sièges de cuir d'aspect confortable formaient l'essentiel de l'ameublement. Au mur, quelques aquarelles représentaient de paisibles paysages de campagne. Une impression de sérénité se dégageait de l'ensemble. Les patients et leurs familles devaient s'y sentir en confiance.

Se dirigeant vers une machine à café installée dans un coin de la pièce, il lui en versa une tasse.

— Servez-vous en lait et en sucre, dit-il en sortant un paquet de biscuits d'un placard et en les disposant sur une assiette qu'il posa devant elle. Et prenez un biscuit. Cela fait du bien de grignoter quelque chose quand on est sur les nerfs.

Etre sur les nerfs lui coupait plutôt l'appétit mais, incapable de lui résister, elle en prit un.

— Vous ne m'avez pas dit ce qu'étaient devenus vos parents, demanda-t-il en s'asseyant en face d'elle. Comment vont-ils à présent ?

Comprenant qu'il faisait son possible pour lui éviter de céder au stress, elle se sentit fondre de reconnaissance.

— Mon père a retrouvé un travail de régisseur sur un domaine agricole. La propriété est loin d'être aussi grande que celle des Birchenall, mais cela semble lui convenir.

Elle s'interrompit pour avaler une gorgée de café.

— Je le vois souvent. Soit il vient dîner à la maison avec Noah, soit c'est nous qui allons chez lui.

— Et votre mère ?

— Il y a longtemps que je ne l'ai pas vue, murmura-t-elle. Elle a fait une dépression profonde quand nous avons dû quitter le pavillon. Il a fallu l'hospitaliser. Le traitement lui a fait du bien, mais à peine sortie de l'hôpital, elle a fui le Cheshire pour s'installer dans un petit village du Pays de Galles. Depuis, nous avons perdu le contact avec elle.

— Cela explique peut-être pourquoi vous êtes sortie du droit chemin dans votre adolescence, répondit-il d'un ton songeur. Etre abandonnée par sa mère est terrible.

— En fait, elle a proposé à Noah et à moi de venir avec elle. Mais c'était une offre de pure forme. Nous nous sentions mieux aimés et plus soutenus par notre père, en dépit des problèmes qu'il avait à surmonter, et nous n'avons pas hésité à rester avec lui. Je le reconnais, dit-elle, le rouge lui montant aux joues à ce souvenir, j'ai ensuite mal tourné. Votre père a eu raison de le rappeler.

Ce qu'elle avait retenu de cette époque était amer. Quand on a été trahie par sa propre mère, à qui faire confiance ? Elle en avait voulu à la terre entière. Pas étonnant qu'elle ait été une adolescente rebelle, qu'elle ait fait les quatre cents coups et qu'elle se soit attiré les pires ennuis.

En l'écoutant, James semblait faire un effort de mémoire.

— C'est à ce moment que j'ai quitté le domaine pour faire mes études de médecine, dit-il, et je n'ai pas tout su. Mais vos ennuis n'avaient-ils pas à voir avec l'alcool, la vie nocturne et quelques équipées sauvages ?

— Quelque chose comme ça, fit-elle, honteuse et rougissante au souvenir de ses incartades.

— Vous traversiez une période difficile, dit-il d'un ton compréhensif. Je sais ce que c'est d'être privé de sa mère. Mais moi, j'avais la chance d'avoir mon père et Harriet pour m'aider dans les mauvais moments. Votre mère n'a pas essayé de reprendre contact avec vous ?

— Pas vraiment. A part une carte pour Noël... et encore...

Elle se sentait ramenée loin en arrière quand un coup frappé à la porte la rappela à la réalité.

Cette fois, elle ne pouvait échapper à la confrontation tant redoutée.

Une assistante introduisait Amelia Holt...

Son ancienne camarade de classe semblait particulièrement tendue. Quand elle se leva pour l'accueillir, elle ne lui accorda pas un regard. Avec sa coupe de cheveux au carré, son strict tailleur bleu cintré à la taille, son pas décidé, elle donnait l'impression d'une femme d'affaires venue défendre un dossier bec et ongles.

D'emblée, James fit visiblement le maximum pour détendre l'atmosphère.

— Nous sommes ici pour comprendre les raisons de votre plainte et éclaircir ensemble la situation, dit-il après avoir invité Mel à s'asseoir et lui avoir offert un café.

Mais il eut beau argumenter, elle se révéla intraitable. Après une longue discussion où pourtant le traitement réservé à Grace

Holt lui avait été une fois de plus exposé dans tous ses détails, elle déclara :

— Si vous aviez fait davantage pour ma tante, elle serait encore en vie. Je sais qu'elle avait une faiblesse cardiaque, mais si le docteur Saunders avait réagi plus rapidement, elle aurait été sauvée.

— J'ai lu attentivement les comptes rendus qui ont été faits, répliqua James en désignant le dossier de Grace Holt. Je peux vous affirmer en conscience que le docteur Saunders a fait ce qu'il fallait. Son diagnostic a été rapide et pertinent. Le protocole de soins qu'elle a prescrit était celui qui s'imposait. Aucun de nous n'aurait pu faire mieux.

— C'est ce que vous prétendez, répondit Amelia en pinçant les lèvres. Mais je souhaite qu'un expert indépendant examine le dossier.

— C'est votre droit le plus strict, répondit calmement James.

Fermant les yeux, Ellie sentit la nausée l'envahir. Pendant des mois, elle aurait cette épée de Damoclès au-dessus de sa tête. Le doute s'insinuerait, ses collègues se demanderaient si tout compte fait elle n'avait pas commis une erreur...

— Restons-en là pour aujourd'hui, dit sèchement Amelia en se levant. Pourrez-vous m'informer de la date de la prochaine confrontation ?

— Naturellement, répondit James.

Le suivant des yeux tandis qu'il raccompagnait Amelia jusqu'à la porte, Ellie se sentit envahie par la détresse. Pas une seule fois au cours de la discussion sa vieille amie n'avait eu un regard pour elle...

— Cela aurait pu mieux se passer, fit tristement James en revenant vers elle.

Baissant la tête, elle se cacha le visage derrière ses longues boucles brunes. Il n'était pas utile que James voit à quel point elle était désespérée.

— Je vois que vous êtes déçue, dit-il en lui entourant les épaules de son bras, la forçant à relever la tête et à rejeter ses cheveux en arrière. Mais la situation n'est pas aussi grave qu'elle en a l'air.

Personne dans la profession ne donnerait raison à Amelia. Vous avez fait exactement ce qu'il fallait.

Il lui sourit d'un air encourageant.

— Si nous allions déjeuner pour en parler tranquillement ?

— Mel semblait tellement acharnée, dit-elle avec un soupir. Dire que nous étions amies dans notre enfance. Nous nous racontions nos petits secrets, elle me consolait quand j'allais mal...

— Elle est encore sous le choc de son deuil, dit-il d'un ton conciliant. Alors, ce déjeuner ?

Elle était sur le point d'accepter quand elle se rappela qu'elle avait prévu de déjeuner avec Lewis. Cela tombait mal. Elle aurait voulu passer encore un peu de temps avec James. Voir qu'il se rangeait résolument à ses côtés, qu'il semblait prêt à se battre pour elle, lui faisait un bien fou.

— Je suis désolée, dit-elle. Mais j'ai rendez-vous avec Lewis pour le déjeuner. Il s'inquiète de l'entrevue avec Amelia. Et de mon côté je m'inquiète pour l'une de ses patientes. Il s'agit de ma voisine, Lily. Elle souffre de prééclampsie et Lewis pense qu'il sera obligé de pratiquer une césarienne.

— Et cela ne vous gêne pas ? demanda-t-il d'un air étrangement contrarié.

— Quoi donc ? Qu'il pratique une césarienne ?

— Qu'il divulgue des informations sur une de ses patientes.

— Oh ! rassurez-vous ! répondit-elle, surprise de sa réaction. Il ne me dira rien de confidentiel.

Mais il continuait de l'observer d'une drôle de façon.

— Vous voyez beaucoup Lewis, n'est-ce pas ? demanda-t-il en lui emprisonnant brusquement la main. J'ai l'impression que vous êtes très amis, tous les deux.

— C'est vrai, dit-elle, ne comprenant pas où il voulait en venir. Il y a longtemps que nous nous connaissons. Quel est le problème ?

— Vous ne pensez pas que vous lui plaisez peut-être un peu trop ?

— Que signifie cette question ? demanda-t-elle, sur la défensive.

— Il m'a semblé se permettre beaucoup de familiarités avec vous. Ne me dites pas que vous ne le remarquez pas.

— Cela ne m'a jamais frappée, fit-elle, interloquée.

— Hum... fit-il, comme s'il ne la croyait pas. Vous n'ignorez pas que son couple bat de l'aile en ce moment.

Elle en resta bouche bée. Il y avait bien eu quelques rumeurs, mais elle n'y avait pas prêté attention.

— Tous les couples ont des hauts et des bas, dit-elle. Il ne faut pas croire les bruits de couloir.

— Je ne vous parle pas de ce que j'entends, mais de ce que je vois, Ellie. Je vous demande de rester prudente dans vos relations avec lui. Lewis est mon cousin et je l'aime comme un frère. Je me fais du souci pour lui. Il est vulnérable en ce moment et si vous lui donniez ne serait-ce que l'ombre d'une chance, il pourrait faire des choix qu'il regretterait ensuite.

Lui arrachant sa main avec indignation, elle le regarda en face.

— Comment osez-vous me parler ainsi ? Me croyez-vous capable d'une aventure avec un homme marié ?

— Je vous donnais simplement un conseil d'ami, dit-il froidement. Je vois que vous n'en êtes pas consciente, mais radio-couloir bruisse de rumeurs sur vous et lui. On murmure que vous êtes plus ou moins ensemble tous les deux. Attention, Ellie. Cela peut vous causer du tort à l'un et à l'autre.

— Merci du souci que vous vous faites pour moi, dit-elle sèchement. Je suis assez grande pour savoir ce que je fais. Et Lewis aussi. Quoi qu'il y ait entre nous, ce n'est pas votre affaire, cousin ou pas cousin.

Ouvrant violemment la porte, elle sortit, écumant de colère. Elle, une aventure avec Lewis ? Comment osait-il suggérer une chose pareille ?

Elle bouillait encore en arrivant à la cafétéria mais parvint à se calmer en garnissant son plateau et en allant s'asseoir à une table. Elle avait été trop sotte de croire que James lui faisait confiance. Elle aurait dû s'attendre au retour de bâton. Comme tout le monde en ce moment, il doutait d'elle et était prêt à croire n'importe quel racontar. Elle était vraiment seule contre tous...

— Salut, Ellie !

Levant les yeux, elle aperçut Lewis qui s'installa avec son plateau en face d'elle.

— Pardon pour le retard, dit-il, j'ai eu une matinée difficile. La patiente qui souffre d'un *placenta praevia* a fait une nouvelle hémorragie. Il a fallu la transporter au bloc en urgence. C'était ça ou le risque qu'elle perde son bébé.

— Tu parles de Phoebe ? Comment cela s'est-il terminé ?

— Bien. Il a fallu la transfuser, mais elle récupère et le bébé n'est plus en danger.

— Cela me fait plaisir, répondit-elle avec un sourire en attaquant ses lasagnes. Maintenant, parle-moi de Lily. Je n'ose pas l'interroger quand je viens la voir, surtout si Jayden est avec moi.

— J'aurais préféré te dire que les symptômes avaient disparu, répondit-il avec une moue dubitative. Nous surveillons sa tension et la présence de protéines dans les urines. Il est encore trop tôt pour la naissance, c'est pourquoi nous restons vigilants.

— A-t-elle eu de nouvelles crises ?

— Non, grâce au traitement préventif que j'ai prescrit.

Le temps lui semblait toujours court quand elle était avec Lewis. Cependant, les paroles de James lui trottaient dans la tête. Se pouvait-il que Lewis se montre entreprenant avec elle ? Il est vrai qu'il était toujours empressé et attentif. Mais n'était-ce pas là le simple effet de leur vieille complicité ?

— Il faut que j'y aille ! dit-elle soudain en regardant sa montre. Je devrais déjà être de retour aux urgences.

Sa hâte sembla amuser Lewis.

— Attention ! dit-il avec un sourire moqueur. Cela ferait mauvais effet. Ton nouveau patron pourrait te mettre une mauvaise note.

Elle se força à sourire.

Lewis était toujours prompt à plaisanter, mais pour ce qui était de faire mauvaise impression à James, le mal était déjà fait. Son emportement du matin était venu s'ajouter à une liste déjà longue. En peu de temps, James avait pu constater qu'elle avait un passé douteux, qu'une plainte était déposée contre elle, qu'elle n'avait pas craint de venir provoquer lord Birchenall chez lui et qu'elle était sujette à de brusques explosions de colère.

Bref, le genre de personne que l'on est enchanté de compter dans son équipe...

Heureusement, elle ne le vit pas du reste de l'après-midi, ce qui ne l'empêcha pas de se sentir fatiguée et mal dans sa peau en arrivant chez elle. La sonnerie insistante du téléphone l'accueillit.

C'était Noah, à qui elle ne put cacher sa mauvaise humeur.

— Qu'est-ce qui ne va pas ? demanda-t-il d'un ton inquiet.

— Tout, répondit-elle avant de lui raconter l'entrevue désastreuse avec Amelia et surtout les insinuations de James sur sa relation avec Lewis.

— Ne t'occupe pas de ce qu'il raconte et cesse de dramatiser, dit-il quand elle eut fini. Tu vois les choses en noir parce que, entre l'hôpital, tes émissions à la télé et Jayden par-dessus le marché, tu es débordée, fatiguée.

— Peut-être, murmura-t-elle, peu convaincue.

Mais ce coup de fil eut quand même un avantage : la rassurer sur la carrière de Noah.

— Je reçois de plus en plus de commandes de photos, lui avait-il dit, très excité. Le vent tourne enfin en ma faveur.

En surveillant Jayden qui découpait avec application des fleurs dans des serviettes en papier et les collait sur un morceau de carton bleu, elle attaqua machinalement quelques tâches ménagères.

— Regarde, s'écria Jayden en brandissant victorieusement le résultat de ses travaux. C'est une carte pour maman.

— Oh, la belle carte ! Ta maman sera très contente. Nous la lui apporterons à l'hôpital.

— Tu as vu ? J'ai mis plein de bisous dessus.

— Super ! fit-elle en se penchant avec un sourire sur les petits points de toutes les couleurs qui parsemaient l'œuvre d'art. Et maintenant que dirais-tu d'aller au lit ?

— Oh non ! Je suis pas fatigué du tout. Chez moi, je me couche jamais si tôt, dit-il d'un air enjôleur.

Amusée, elle le prit par la main.

— Viens te coucher quand même. Je te lirai une histoire puisque tu n'as pas sommeil.

Mais à peine la tête sur l'oreiller, le petit bonhomme sombra dans un profond sommeil. Laissant sa porte entrouverte, elle redescendit à pas de loup et terminait de ranger la cuisine quand un coup de sonnette retentit à la porte.

Une visite à cette heure avancée de la soirée, c'était étrange. Espérant qu'elle n'annonçait pas une nouvelle catastrophe, elle alla ouvrir.

Stupéfaite, elle vit James debout sur le seuil.

— J'espère que je ne vous dérange pas ? demanda-t-il, semblant avoir retrouvé son ton courtois. Il est tard, mais je termine juste ma journée. Comme vous êtes sur mon chemin de retour, j'ai pensé que c'était l'occasion de parler tranquillement.

— Dans ce cas, ne restez pas sur le pas de la porte, dit-elle en le faisant entrer.

Perplexe sur ce que réservait cette visite impromptue, elle le guida jusqu'au salon et débarrassa rapidement le canapé où Jayden avait laissé traîner ses petites voitures.

— Asseyez-vous, je vous en prie.

— Je suppose que Jayden est au lit à cette heure-ci, dit-il en prenant place sur le canapé.

— Oui. Il proteste toujours pour aller se coucher, mais il s'endort sans demander son reste.

Pour se donner une contenance, elle rassembla fébrilement les magazines épars dans la pièce et les rangea dans le porte-journaux. Comment ne pas avoir conscience du regard qu'il posait sur elle tandis qu'elle allait et venait ?

— Je suppose que vous êtes débordée, dit-il. Travailler à l'hôpital, assurer des émissions à la télévision, s'occuper d'un enfant, c'est beaucoup.

— C'est le cas de beaucoup de femmes, répondit-elle en saisissant un coussin qu'elle tapota plus que de raison avant de le déposer dans un fauteuil.

N'importe quoi pour rester occupée et retarder le moment de s'asseoir face à lui et de commencer à parler… D'autant qu'il avait lui-même l'air embarrassé et semblait hésiter à commencer la discussion, ce qui n'avait rien de rassurant…

— Puis-je vous poser une question ? demanda-t-il enfin d'un ton excessivement précautionneux.

— Euh… oui. Laquelle ?

— Où est le père de Jayden ?

Ah ! c'était donc cela ! Il méritait qu'elle fasse durer un peu le suspense.

— En Suisse, répondit-elle, imperturbable. Occupé à résoudre de graves problèmes pour la société qu'il dirige. Des problèmes financiers et des problèmes de personnel. Mais il fait parfois un saut jusqu'ici.

— Oh ! je vois...

— Vous ne voyez pas du tout !

Eclatant de rire, elle vint s'asseoir dans le fauteuil en face de lui.

— Jayden est le petit garçon de ma voisine, Lily. Vous savez, la patiente hospitalisée pour une prééclampsie.

— J'avais tout faux, dit-il d'un air contrit. Cela m'apprendra à me méfier des conclusions hâtives.

— Un principe que vous feriez bien d'appliquer..., dit-elle avec malice, pensant à ses insinuations sur Lewis et elle.

— Comment vous en sortez-vous avec cet enfant ?

— Plutôt bien, je pense. Il a l'air heureux ici. Mais cela le perturbe beaucoup que sa mère ait un bébé. Il pense qu'elle devrait le donner à quelqu'un.

— Classique mais fâcheux, dit-il en souriant.

— Oui ! Je ne sais pas comment résoudre le problème.

— Il existe sûrement des livres pour enfants qui racontent l'arrivée d'un bébé dans une famille. Cela peut l'aider à voir la situation sous un autre jour.

— Quelle bonne idée ! dit-elle. Comment n'y ai-je pas pensé ? Dès demain, je ferai un saut à la librairie pour choisir un ou deux albums.

Elle commençait à se sentir moins gênée par sa présence. Mais cela ne lui disait toujours pas pourquoi il était là.

— Puis-je connaître la raison de votre visite ? demanda-t-elle.

— J'estime avoir été indélicat à votre égard ce matin. Je suis venu pour m'excuser. Vous aviez raison, Ellie. Ce qu'il y a entre Lewis et vous ne me regarde pas.

— J'ai été moi-même un peu vive, reconnut-elle. Je redoute d'avoir eu une réaction excessive.

— Je suis heureux si le problème est réglé ! dit-il en se levant et en faisant un pas vers elle. J'aimerais qu'il n'y ait pas de tension entre nous.

— D'autant plus que nous nous voyons tous les jours, dit-elle en se levant à son tour.

Surprise, elle le vit se rapprocher davantage. Avant qu'elle ait pu réagir, il avait posé ses mains sur ses bras nus. Se maudissant de porter un léger corsage sans manches, elle sentit des ondes de chaleur courir sur sa peau.

— Et nous allons peut-être nous voir plus que vous ne le pensez, dit-il en souriant.

— Comment cela ? demanda-t-elle, le souffle un peu court.

A son contact, elle sentait son système nerveux s'affoler. Rester concentrée devenait de plus en plus difficile.

— Je dois me rendre dans les studios de la télévision samedi, répondit-il. Je vais enregistrer une émission sur l'histoire des Birchenall. Vous m'avez bien dit que vous y seriez vous-même ce jour-là ?

— C'est exact.

Intriguée, elle le regarda et esquissa un mouvement pour s'écarter. Mais, l'attirant plus étroitement, il l'entoura de ses bras.

— Comment se fait-il que vous participiez à une émission ? demanda-t-elle, s'efforçant de garder son sang-froid. Vous disiez que vous n'aviez pas de temps pour ce genre de chose.

Etre si près de lui la déstabilisait. Il semblait à la fois si proche et si lointain... A son grand désarroi, elle sentait naître en elle le désir d'un contact plus intime.

— Je l'ai dit en effet, répondit-il avec un demi-sourire. Mais j'ai parlé trop vite. C'est mon père qui a insisté pour que je fasse cette émission. Il est très fier de faire connaître notre passé, bien qu'il refuse l'intrusion des caméras chez lui.

Sous son regard gris, elle sentait scintiller en elle des myriades d'étincelles. Partageait-il son trouble ? Lui aussi semblait avoir du mal à rassembler ses idées.

— Bien qu'il ne l'avoue pas, je pense que les récents incidents avec la presse lui ont fait comprendre qu'il devait travailler son image, dit-il enfin. Quand l'opportunité de cette émission s'est présentée, il m'a demandé de m'en charger.

A présent, elle sentait sa main courir dans son dos, descendre lentement le long de son épine dorsale et se lover au creux de sa taille, juste au-dessus de ses hanches.

— Pour lui faire plaisir, j'ai accepté, dit-il d'une voix plus sourde.

De nouveau, elle voulut se dégager, mais il la tenait fermement dans ses bras. Tentant un mouvement, elle ne réussit qu'à écraser ses seins contre son torse.

— J'ai l'impression que le poids de la dynastie des Birchenall repose sur vos épaules, parvint-elle à articuler.

— Oh oui ! répondit-il avec le sourire indéchiffrable qui apparaissait parfois sur ses lèvres. Mon père veut que nous fassions honneur à notre nom.

Les joues en feu, elle ne savait plus que dire ni que faire. Elle était consciente qu'il la dévisageait, qu'il parcourait des yeux chaque trait de son visage, laissait son regard s'attarder longuement sur sa bouche... Affolée, elle sentit qu'il promenait des mains caressantes sur ses hanches et son cœur fit un tel bond dans sa poitrine qu'elle eut l'impression qu'il allait éclater.

Il ne s'agissait plus d'une accolade amicale et rassurante... A présent, c'était comme si un filet aux mailles invisibles la tenait captive, l'attirait contre ce puissant torse d'homme et lui donnait l'envie irrésistible de s'y blottir, d'y trouver refuge. Quand il inclina doucement son visage vers le sien, elle sentit qu'il était inutile de lutter. Ce qui devait se produire était en marche, lentement et inexorablement.

— Ellie...

Etait-ce une prière ? Un soupir ? Une question ? Elle aurait pu réagir. Mais elle en fut incapable.

— Je perds le contrôle de moi-même, dit-il d'une voix rauque contre son oreille. Vous m'avez ensorcelé.

Sa simple présence, tellement chaude, tellement rassurante, avait sur elle un effet magnétique. Elle ne voulait plus qu'une chose. Qu'il la prenne dans ses bras, la protège, pulvérise de sa force les ennuis dont elle était accablée.

Loin de la laisser s'échapper, il approcha sa bouche de la sienne, effleura doucement ses lèvres, les écartant enfin pour un long et impérieux baiser. Frémissant de tout son corps, elle lui répondit et, laissant courir ses mains sur sa nuque, ses épaules, partit avidement à la découverte de son corps.

Avec un grognement rauque, il la pressa contre lui et l'embrassa plus profondément encore. Eperdue, elle s'accrocha à lui, sentant sous ses doigts la puissance de ses biceps. Des bras forts et musclés, comme faits pour entraîner une femme au loin et lui promettre le paradis sur terre...

— J'aime la saveur de ta bouche, dit-il très bas, tout contre ses lèvres.

Eperdue, palpitante, elle sentit un éclair de désir la parcourir. Jamais elle n'avait éprouvé cela. Jamais elle n'avait senti à ce point vibrer son corps, s'envoler ses inhibitions.

— Ellie, je suis fou de toi, dit-il d'une voix haletante. Je te veux. Je te ferai la vie douce. Je te donnerai tout ce que tu voudras.

— Vous n'avez pas à me donner quoi que ce soit, murmura-t-elle.

Tout ce qu'elle voulait était s'abandonner aux mains qu'il promenait sur elle, emprisonnant ses formes, explorant son corps, l'attirant contre lui. Il l'embrassa de nouveau, avec une telle fougue qu'elle sentit un feu la parcourir. Abandonnant toute retenue, elle allait le supplier de lui donner plus encore quand, brutalement, il s'écarta et la regarda dans les yeux.

— C'est à moi et à moi seul de te rendre heureuse. Oublie mon cousin, dit-il d'une voix déformée par une colère contenue qui la glaça. Ce n'est pas un garçon pour toi.

Qu'est-ce que cela signifiait ?

Croyait-il vraiment qu'elle essayait de prendre Lewis, un homme marié, dans ses filets ? Etait-ce la raison pour laquelle il la tenait dans ses bras, l'embrassant, affolant ses sens ? Uniquement pour la détourner de Lewis ? Etait-ce un plan cynique et savamment mûri ?

Horrifiée, peinant à croire ce qui se passait, elle le regardait.

Lui aussi la fixait, sourcils froncés. Allait-il de nouveau la prendre dans ses bras, lui prodiguer des caresses trompeuses ? Mais son téléphone sonna et, semblant revenir à lui, il balbutia :

— Désolé... Je dois répondre... C'est peut-être...

Interloquée, elle le regarda prendre la communication.

— Que se passe-t-il exactement, Sophie ? demanda-t-il après

avoir écouté un moment... Non, je suis chez Ellie... Si, je t'ai parlé d'elle, elle travaille avec moi... Ce n'est pas loin, je peux être là dans quelques minutes... Pourquoi ?

Semblant soudain très attentif, il écouta quelques instants en silence.

— C'est bon, j'arrive tout de suite, dit-il brusquement. Veille à ce que ses vêtements ne lui serrent pas le cou et place-lui des oreillers dans le dos. A-t-il son spray de trinitrine ?

Elle guettait une réaction de sa part mais, la conversation terminée, il resta muet, ne semblant plus la voir.

— Votre père, n'est-ce pas ? demanda-t-elle, anxieuse. Une attaque ? Allez-vous le faire transporter à l'hôpital ?

— J'espère que ce sera inutile. Il déteste l'hôpital. Et on ne peut le faire tenir en place. Aujourd'hui, il a rendu visite à des amis et voilà le résultat. Des ennuis respiratoires, de nouveau. Heureusement que Sophie est arrivée. Elle a les clés du manoir, elle peut aller et venir, et garder un œil sur lui.

Il prit une profonde inspiration.

— Il faut que j'aille lui donner de quoi soulager ses poumons.

— Puis-je être utile à quelque chose ? demanda-t-elle en le raccompagnant à la porte.

— Merci. J'ai tout ce qu'il me faut.

S'arrêtant, il la regarda dans les yeux.

— Ellie, à propos de vous et moi. Vous devez savoir...

— Allez rejoindre votre père, James, dit-elle en l'interrompant sèchement. Il a besoin de vous.

Elle referma à la hâte sa porte sur lui.

Elle préférait ne plus penser à ce qui venait de se passer. Elle avait été folle de s'abandonner.

Il s'était joué d'elle.

De façon honteuse.

5

— Je t'appelle pour te souhaiter bonne chance, Ellie. J'espère que le tournage se passera bien.

En entendant la voix joyeuse de Lewis au téléphone, elle sourit.

— Merci, Lewis. J'ai bien potassé mon dossier pour l'enregistrement, j'ai appelé le studio pour vérifier que tout était en place. En principe, tout devrait bien se passer.

— J'en suis sûr. Tes émissions sont excellentes et je les adore.

— Je te soupçonne d'être partial, Lewis !

— C'est bien possible ! répondit-il en s'esclaffant. Mais je ne veux pas te retarder. Je sais que tu dois arriver quelques heures à l'avance pour te faire maquiller et bichonner. Avoue que tu as accepté ces émissions pour le plaisir d'être dorlotée !

— Et pourquoi pas ? fit-elle en riant.

Ayant raccroché, elle sortit dans le jardin pour dire au revoir à Jayden, qui était en compagnie de sa grand-mère. Il était prêt à partir pour la maison de ses grands-parents, rentrés de leur voyage à l'étranger.

— N'oublie pas tes puzzles et les livres que nous avons achetés, lui dit-elle en lui tendant un sac rempli de jouets.

— Merci, dit-il en passant le sac à sa grand-mère. Cet après-midi, on ira voir maman à l'hôpital. Peut-être que le bébé sera là.

— C'est super ! Tu en as de la chance de devenir un grand frère !

— Maman aussi m'a dit ça, répondit-il d'un ton peu convaincu.

— Il va me manquer, dit-elle à sa grand-mère, une femme

dynamique d'une cinquantaine d'années, à la silhouette élancée et aux cheveux bruns coupés court.

— Merci encore d'avoir pris soin de lui, Ellie.

— N'hésitez pas si vous avez besoin de me le confier de nouveau.

En voyant le petit diable s'éloigner avec sa grand-mère, elle ressentit un curieux pincement au cœur. Debout dans l'allée, elle agita la main jusqu'à ce que leur voiture ait disparu, puis sauta dans la sienne.

Le studio l'attendait !

Le trajet lui fit du bien. La route serpentait au milieu de vallons et de collines boisées, suivant une rivière où flottaient des embarcations de plaisance. Au loin se distinguaient les sommets brumeux de la chaîne des Pennines. Elle se détendait enfin, comme si cette campagne belle et sereine lui apportait un peu de la paix dont elle avait si désespérément besoin.

Pourtant, il y avait une ombre au tableau. James serait dans les locaux de la télévision en même temps qu'elle. Elle aurait du mal à l'éviter. Mais ils n'enregistraient pas dans les mêmes studios et avec un peu de chance elle ne le croiserait pas.

Elle avait été trop sotte de céder à un moment de faiblesse. Pour lui, tout cela n'était qu'un jeu. Pis même, une ruse. La désastreuse expérience qu'elle avait vécue avec son ex aurait dû lui servir de leçon. Tous les hommes n'agissaient-ils pas de même ? N'usaient-ils pas de leur charme pour mieux tromper ?

Peu à peu, la douceur de la campagne s'effaçait devant l'agitation de la ville. Conduisant plus lentement, elle atteignit l'immeuble de la télévision, une audacieuse construction pyramidale de brique, de marbre et de verre, prolongée à chaque étage par de vastes terrasses arborées formant gradins.

— Quel plaisir de vous voir, Ellie, lui dit un représentant de la production en l'accueillant. Vous êtes attendue au maquillage.

Pendant qu'on la coiffait, elle sirota un café en réglant les derniers détails de l'émission avec le réalisateur, jetant de temps à autre un coup d'œil à sa métamorphose dans le miroir.

Ses longues boucles brunes avaient été souplement relevées et nouées sur le sommet de sa tête, révélant une autre facette d'elle-même. Puis la maquilleuse, Alice, qui semblait étrangement excitée, posa un fond de teint et ajouta une légère touche de blush.

— Tout à l'heure, j'ai assisté à l'enregistrement de James Birchenall, dit-elle en maniant son pinceau. Il va y avoir un montage de documents sur sa propriété. Il a parlé de la façon dont elle est entrée dans sa famille au XVIe siècle et des aristocrates qui y ont vécu depuis.

Elle fit une petite moue comique.

— A présent, je sais comment on vit dans l'autre moitié de la société. J'aimerais bien devenir la moitié d'un noble représentant de cette moitié-là !

— Comme la moitié des femmes ! fit Ellie en pouffant de rire.

Mais pas elle...

A présent elle était bel et bien immunisée contre le charme de James Birchenall. Et rassurée sur la suite de la journée. D'après ce que disait Alice, il avait terminé son enregistrement. A l'heure qu'il était, il devait être dans sa voiture, roulant vers son cher domaine, alors qu'elle-même, après un dernier raccord du coiffeur à ses boucles, prendrait place devant les caméras.

L'émission du jour devait porter sur les problèmes cardiovasculaires et la façon de s'en préserver par l'alimentation et l'exercice physique. Puis elle devait s'entretenir avec une nutritionniste des bienfaits des fruits, des légumes et des céréales. Et enfin contrôler en direct sur le plateau la tension de plusieurs personnes après qu'elles eurent pédalé ou effectué divers exercices.

— Ne vous sauvez pas, Ellie ! dit Ben, le producteur, comme elle s'apprêtait à partir une fois l'enregistrement terminé. Je veux vous parler d'un nouveau projet. Une série d'émissions sur la grossesse et les problèmes spécifiques à la santé des femmes. Je songe à vous la confier. Seriez-vous d'accord ?

— Pourquoi pas, répondit-elle. Ce thème m'intéresse. Je vais réfléchir aux intervenants à inviter. Mon ami et collègue le Dr Lewis Reynolds, qui dirige à l'hôpital le service d'obstétrique, m'y aidera.

— Magnifique ! Je suis ravi, Ellie. On m'attend en réunion,

mais parlons-en dans une heure. Je vous retrouve au Salon Vert ? Il y a une petite réception pour les intervenants et les invités du jour. Vous y êtes conviée.

S'approchant, il prit un ton de confidence.

— Il y a un buffet à se damner. Pour une fois, vous allez enfreindre vos bons conseils. Mais vous ne craignez rien, avec votre ligne ! Allez donc y goûter !

— Puisque vous insistez, dit-elle en riant.

Elle avait du temps devant elle et appela Lewis pour le mettre au courant et lui demander s'il pensait à de possibles intervenants pour la nouvelle série d'émissions.

— Je suis ravi pour toi, Ellie, répondit-il. Je vais établir une liste de noms, je passerai chez toi pour t'en parler. Que penses-tu de vendredi soir ? Jessica ne sera pas là.

— D'accord pour vendredi. Merci de ton aide, Lewis.

Rassurée, elle se dirigea vers le buffet dressé dans le Salon Vert et se servit avec gourmandise de fines tranches de rosbif et un généreux accompagnement de riz et de salade. Pendant qu'elle les savourait, une voix profonde retentit derrière elle.

— Ellie ! J'espérais bien vous rencontrer !

Se retournant, elle se trouva face à James qui lui souriait.

A sa vue, elle se décomposa. Elle qui se félicitait de lui avoir échappé ! A présent, elle était piégée.

— J'espérais plutôt le contraire, répondit-elle avec vivacité.

— Fâchée contre moi ?

— A votre avis ?

Il avait en main une assiette pleine à ras bord d'un choix de viandes et de pâtés, révélant un solide appétit. Pourtant, il n'avait pas un gramme de graisse sur le corps. Sans doute parce qu'il était constamment sur la brèche.

Un maître d'hôtel passa, avec un plateau garni de verres de vin et de jus de fruits. Elle prit un verre de bordeaux et, tournant les talons, alla s'asseoir à une table près de baies vitrées donnant sur une terrasse. Contemplant ostensiblement le cerisier d'ornement et les saules pleureurs, elle fit mine d'ignorer la présence de James, venu prendre place en face d'elle.

— Comprenez-moi bien, Ellie, dit-il. Je veux protéger Lewis

contre lui-même, mais mon attirance pour vous est sincère. Vous êtes belle, douce, généreuse. Comment ne serais-je pas séduit ? Et quel obstacle y aurait-il à ce que vous et moi vivions de beaux moments ensemble ?

Il y avait un obstacle majeur. Sa petite amie. Une femme de son milieu qui passait le plus clair de son temps au manoir et qui, semblait-il, lui était destinée de longue date par leurs familles respectives.

Mais au lieu de mentionner cette petite amie, elle ne put s'empêcher de laisser éclater ce qu'elle avait sur le cœur.

— Quel obstacle ? demanda-t-elle en malmenant une tranche de concombre dans son assiette. Mais vous êtes sournois, malhonnête, opportuniste ! Et si je me laissais prendre à vos tentatives de séduction, « radio-couloir », comme vous dites, ne tarderait pas à répandre la rumeur dans l'hôpital.

Satisfaite de le voir interloqué, elle but une gorgée de son excellent bordeaux.

— Ajoutez à cela que votre père me déteste.

— C'est faux. Et ce n'est pas avec lui que je vous propose de sortir, répondit-il avec le petit sourire sarcastique qu'elle commençait à trop bien connaître.

Décidée à le remettre à sa place, elle se redressa fièrement. Mais le spectacle qui s'offrit à ses yeux au milieu du Salon Vert la cloua sur place.

Suivant son regard, James sembla encore plus stupéfait qu'elle.

— Mon père ici ? fit-il. Avec Sophie ?

— Je n'aurais jamais pensé qu'il serait assez en forme pour une sortie mondaine, dit-elle, stupéfaite. C'est hier soir seulement que vous avez été appelé à son chevet.

— Je me demande ce qui lui a pris, dit James en se levant. Je lui avais pourtant recommandé de rester au calme. Si cela ne vous ennuie pas, je vais aller leur proposer de nous rejoindre.

— Je serais ravie de les accueillir à ma table, répondit-elle avec ironie.

Après tout, elle préférait ne pas rester en tête à tête avec lui. Il se serait évertué à lui démontrer qu'elle se trompait sur son compte, qu'il était un véritable saint, qu'il n'avait jamais voulu l'éloigner de Lewis et qu'il était sincèrement attiré par elle.

Lord Birchenall s'avançait à pas très lents.

— Pouvons-nous nous asseoir à votre table ? demanda-t-il en s'inclinant devant elle avec ses manières de parfait homme du monde.

— Je vous en prie. D'ailleurs, je ne vais pas tarder à m'en aller. Je dois m'entretenir avec les producteurs.

— Merci, répondit-il.

Ses efforts pour se déplacer l'avaient à l'évidence épuisé. Il avait une respiration sifflante et sembla rassembler difficilement ses forces. Pourtant, il restait debout.

— Je vous présente Sophie, la fille d'amis très chers, dit-il d'une voix haletante. Elle a été assez aimable pour m'amener ici.

— Bonsoir, Sophie, fit-elle de son ton le plus indifférent bien qu'elle sentît son estomac se tordre et sa peau se hérisser.

Se trouver face à la petite amie de James lui demandait un effort surhumain. D'autant que Sophie, lui ayant répondu d'un signe de tête condescendant, restait debout, la détaillant de son haut. Ellie eut la désagréable impression de passer un examen. Heureusement, en prévision de l'émission, elle avait fait un effort de toilette et portait un ensemble flatteur de couleur crème qui soulignait la finesse de sa taille et laissait apparaître un petit top au décolleté orné de dentelle.

Il fallait reconnaître que Sophie était une beauté, longue et mince comme une liane, avec une abondante chevelure blond vénitien simplement retenue sur la nuque. De grands yeux bleus en amande et une bouche finement ourlée dans un visage à l'ovale parfait complétaient le tableau.

Pas étonnant que James ait jeté son dévolu sur elle...

Mais l'air exténué de lord Birchenall, qui ne s'asseyait pas tant que Sophie était encore debout, lui sembla soudain plus important que l'attitude méprisante de Sophie.

— Souhaitez-vous que j'aille vous chercher quelque chose pour vous restaurer ? lui demanda-t-elle, ressentant le besoin de lui venir en aide.

— Non merci. Un café me suffira.

— J'irai vous le chercher, père, dit James qui se tenait debout à côté de lui. Cela me fait plaisir de vous voir, mais je ne comprends pas ce qui vous a poussé à venir. Je vous avais recommandé de vous reposer.

— Il m'a semblé important d'assister à l'enregistrement, fit le vieux lord d'une voix essoufflée. C'est de l'histoire de notre famille que tu as parlé.

— Je vous aurais apporté un CD et vous auriez de toute façon vu l'émission le jour de sa diffusion.

— Cela n'aurait pas été la même chose, murmura lord Birchenall en esquissant péniblement un sourire. Quand Sophie m'a gentiment offert de m'amener, j'ai saisi l'occasion.

— J'espère ne pas vous avoir déçu ? demanda James qui semblait guetter l'approbation de son père.

— Au contraire. Ce sera une belle émission.

— Je suis heureux que cela vous ait plu, dit James qui parut s'illuminer et se dirigea vers le buffet.

Il ne semblait plus se soucier d'elle. Restée seule avec Sophie et lord Birchenall, et bien obligée de faire les frais de la conversation, elle se tourna vers Sophie.

— Et vous, Sophie, avez-vous apprécié l'enregistrement ? demanda-t-elle.

— Oui, beaucoup. James a été magnifique. Les vidéos qu'il a choisies montrent le manoir dans toute sa splendeur.

De nouveau, Ellie se sentit toisée.

— Etiez-vous vous-même invitée par James à assister à l'enregistrement ? lui demanda Sophie.

— Pas du tout. J'enregistrais une émission médicale qui est diffusée toutes les semaines. Elle est intitulée *Votre santé m'intéresse*. Vous en avez peut-être entendu parler.

— Non, cela ne me dit rien, répondit Sophie avec une moue évasive.

— A moi si, dit lord Birchenall dont le visage marquait un subit intérêt. Je me disais bien que je vous avais vue quelque part, hormis à l'époque où vous viviez dans le pavillon du régisseur. Je suis un fidèle téléspectateur de votre émission. Vous pouvez être fière de vous. Elle est excellente.

— Merci, dit-elle, heureusement surprise de son appréciation. Mais le mérite n'en revient pas qu'à moi. L'émission est un travail d'équipe.

Buvant une gorgée de vin, elle l'observa discrètement. Il paraissait respirer plus facilement depuis qu'il était assis.

— Etes-vous remis de votre malaise de l'autre soir ? demanda-t-elle.

— Je me sens beaucoup mieux, merci. J'ai la chance d'avoir James pour veiller sur moi.

Celui-ci revenait justement, avec un café pour son père et une assiette qu'il déposa avec sollicitude devant Sophie. Les propos de lord Birchenall semblaient avoir éveillé l'intérêt de cette dernière.

— Ainsi, vous viviez dans le pavillon du régisseur ? demanda-t-elle avec une curiosité évidente en se tournant vers Ellie.

— Mais oui, répondit celle-ci avec un demi-sourire.

— Les souvenirs me reviennent à présent, dit Sophie. Votre père était l'employé de lord Birchenall, n'est-ce pas ? Et il a dû partir dans des conditions peu honorables...

— Inutile de revenir sur cet épisode, dit lord Birchenall d'un ton sec. Cela s'est passé il y a longtemps.

— Oublions le passé, Sophie, renchérit James. Ellie a travaillé dur pour faire carrière. C'est une urgentiste expérimentée et une brillante présentatrice.

— Très intéressant, fit Sophie d'un ton suave en la dévisageant à travers ses longs cils. Joli parcours, après vos écarts de conduite. J'ai entendu tellement de bruits curieux sur la famille qui vivait dans ce pavillon...

Comment répondre sinon en conservant une dignité absolue ?

— James vient de vous le dire, répondit-elle sobrement. J'ai travaillé dur pour surmonter les difficultés. Quant à mon père, nous ne le savions pas à l'époque, mais il était déjà gravement malade.

— Je suis navrée de l'apprendre, dit Sophie en découpant délicatement une tranche de rosbif. De quoi souffrait-il ?

— De la maladie d'Addison. Une maladie endocrinienne extrêmement rare et gravissime.

Lord Birchenall la contemplait comme s'il tombait des nues.

— Mais je l'ignorais ! s'exclama-t-il de toute la force que lui permettait son état.

— Nous aussi au début, répondit-elle. Il a fallu du temps pour identifier la maladie.

— Je me rappelle maintenant que vous avez évoqué ce sujet quand vous avez fait irruption l'autre soir au manoir, dit le vieux lord. Mais je dois dire que je n'étais pas dans mon état normal ce jour-là, à cause des insanités sur notre famille publiées dans la presse du dimanche.

Sophie posa sa fourchette.

— Votre réaction était tout à fait normale, au contraire, dit-elle d'un ton péremptoire. Voir votre nom éclaboussé par la presse de bas étage a dû être terrible pour vous.

A son grand soulagement, Ellie vit le producteur et son assistant entrer à ce moment dans la salle.

— Veuillez m'excuser, dit-elle en repoussant sa chaise. J'aperçois mon producteur, à qui je dois aller parler.

James l'imita et se leva également, mais elle ne s'attendait pas qu'il lui emboîtât le pas.

— Ne faites pas attention à ce que dit Sophie, lui dit-il en traversant la salle à côté d'elle. Elle parle parfois sans réfléchir.

— C'est sans importance, répondit-elle en balayant sa remarque d'un geste de la main. Comme l'a rappelé votre père, tout ceci s'est passé il y a longtemps. Oublions.

— Mais votre père à vous, comment va-t-il à présent ? La maladie est-elle jugulée ?

Le moment était mal choisi pour une conversation de ce type et elle avait hâte de rejoindre Ben qui l'attendait, accoudé au bar en buvant un verre. Mais elle ne voulut pas se montrer désobligeante.

— A peu près, répondit-elle. A condition d'éviter les infections et le stress. Quand je lui ai parlé au téléphone la semaine dernière, il allait bien.

— Et votre mère ? Avez-vous l'intention de vous rapprocher d'elle ? Elle aussi était malade. C'est peut-être pourquoi elle n'était pas capable de s'occuper de ses enfants.

— Elle a quand même choisi de nous quitter. C'est difficile de pardonner une chose pareille.

— Je ne sais pas comment j'aurais réagi à votre place, dit-il d'un ton pensif en lui caressant le bras. Sans doute comme vous l'avez fait.

— Vous, frôler la délinquance et ruiner la réputation de votre famille ? Cela me semble peu probable, répondit-elle avec un sourire amer.

Au cours des années qui avaient suivi le départ de sa mère, malgré son jeune âge, elle avait sombré dans l'alcoolisme. Elle saisissait tous les prétextes pour aller en ville, où elle nouait des fréquentations peu recommandables, faisait la fête et se conduisait de façon déchaînée, se retrouvant à battre le pavé au petit matin. Elle avait fini par avoir sa photo dans le journal local pour attitude provocatrice et tapage nocturne.

— Qui sait ? dit-il, une lueur d'amusement dans les yeux. J'adorerais peut-être moi aussi avoir mauvaise réputation.

— En attendant, le devoir vous appelle, dit-elle en se tournant vers la table où lord Birchenall bavardait avec Sophie.

Celle-ci ne cessait de leur jeter des coups d'œil inquisiteurs. Quels que soient les sentiments de James pour Sophie, Sophie, elle, s'intéressait visiblement beaucoup à lui.

— Vous avez raison, dit-il en regardant lui aussi vers la table. Je voulais juste vous rassurer sur le compte de Sophie. Elle est parfois tête en l'air, mais il n'y a rien de mauvais en elle. Elle ne se rend simplement pas compte qu'elle peut faire de la peine.

— Sans doute. Mais c'est elle qui aura de la peine si vous n'allez pas la rejoindre.

Il fit oui de la tête, mais lui demanda :

— Vous reverrai-je tout à l'heure ?

— Cela dépendra..., répondit-elle.

Elle n'en avait aucune envie.

Après son entretien avec le producteur, elle s'éclipserait rapidement et rentrerait chez elle. Elle avait besoin de prendre ses distances avec les Birchenall.

Et avec Sophie.

6

Avec un soupir, Ellie laissa retomber la lettre dans la corbeille du courrier. La prochaine confrontation avec Amelia Holt aurait lieu dans six semaines. Six longues semaines à se ronger les sangs en se demandant si sa carrière médicale était fichue.

James devait avoir lu dans ses pensées car, avant de sortir du bureau, il lui adressa un sourire chaleureux.

— Ne vous laissez pas décourager, dit-il. Aucune personne sensée n'accorderait le moindre crédit à la plainte d'Amelia. D'ailleurs, elle-même reviendra peut-être à la raison d'ici là.

Elle eut un pauvre sourire. D'après l'e-mail qu'elle avait reçu le matin même d'Amelia, c'était peu probable.

« Pourquoi ne pas reconnaître dès maintenant ta culpabilité au lieu de repousser l'inéluctable de six semaines ? » lui avait écrit celle-ci dans le style vindicatif dont elle avait le secret.

Ellie n'eut pas le temps de s'appesantir sur le sujet. Olivia vint l'avertir de l'arrivée d'une patiente en grande détresse. En effet, l'arrivante semblait faire des efforts surhumains pour trouver sa respiration et avait du mal à articuler.

— Je vais vous examiner, Angela, dit-elle à la malheureuse dont elle avait vu le nom sur la fiche d'admission. Nous allons faire de notre mieux pour établir rapidement un diagnostic et vous soulager.

— Merci, répondit Angela, articulant avec difficulté.

Mais l'examen se révéla peu rassurant. La patiente avait

de vives douleurs à la poitrine et sa forte fièvre indiquait une infection sérieuse.

Quand James entra dans la salle de soins, elle le prit à part.

— Cette patiente a le cœur très faible, lui dit-elle. Il y a un ronflement suspect. Je redoute un épanchement dans le péricarde et autour des poumons. En un mot, une péricardite.

Rien n'aurait pu lui inspirer davantage d'appréhension. L'angoisse la gagnait.

— Exactement comme Grace Holt…, ajouta-t-elle.

Elle avait blêmi, elle en était consciente. Réussirait-elle à traiter ce cas ? Commettrait-elle les mêmes erreurs qu'avec la tante de Mel ? Aboutirait-elle au même terrible résultat ?

James l'estimerait-il capable de gérer la situation ?

— Avez-vous fait pratiquer des tests ? demanda-t-il.

La mettait-il à l'épreuve ?

— Oui, répondit-elle. Il faut attendre les résultats. J'ai mis la patiente sous anti-inflammatoires et diurétiques pour réduire l'inflammation.

— Bien. Prévenez-moi dès que vous aurez le résultat du test sanguin et du scanner.

En quittant la pièce, il lui serra brièvement le bras. Un intense soulagement l'envahit. N'était-ce pas une façon de lui faire comprendre qu'il lui faisait confiance, qu'il la soutiendrait ?

Pourtant, son anxiété s'accrut quand elle vit les résultats du scanner. Le cas se présentait exactement comme celui de Grace Holt…

— Vous aviez vu juste, dit James quand il la rejoignit. Il y a un épanchement inflammatoire dans le péricarde. L'infection empêche le cœur de pomper correctement. Il faut préparer la patiente pour une ponction du liquide accumulé dans le péricarde.

S'interrompant, il lui jeta un rapide regard.

— Vous sentez-vous de taille à pratiquer une péricardiocentèse ?

— Oui, répondit-elle en affermissant sa voix.

C'était le seul moyen de sauver Angela et elle devait se prouver à elle-même qu'elle en était capable. James, en tant que médecin senior, aurait été plus qualifié qu'elle pour une intervention aussi délicate. Mais il voulait sans doute l'obliger à dépasser son inhibition et c'était à elle de faire face.

Après avoir mis en place, avec son aide, les équipements sophistiqués nécessaires à ce geste, elle pratiqua une anesthésie locale sur Angela et chercha à repérer sur l'écran de contrôle l'emplacement exact pour insérer l'aiguille.

— Je vais passer par le cinquième espace intercostal, dit-elle.

Veillant à éviter artères et organes vitaux, elle introduisit avec précaution la longue aiguille dans la poitrine d'Angela, entre deux côtes.

— Tout va bien, Angela ? demanda-t-elle. Ce n'est pas trop pénible ?

Rassurée par le signe de tête d'Angela, elle commença lentement à aspirer le liquide dans la seringue sous le regard de James.

Lui tendant la première seringue une fois qu'elle fut remplie, elle en saisit une autre.

— Vous vous en sortez très bien, lui dit-il à mi-voix. Continuez.

Quand elle eut résorbé l'épanchement autant qu'il était possible de le faire, elle posa un cathéter et un drain.

— Comment vous sentez-vous à présent ? demanda-t-elle en se penchant avec sollicitude vers Angela.

— Mieux, murmura la malheureuse qui paraissait exténuée. Je suis soulagée de ne plus sentir ce poids sur la poitrine.

Elle aussi se sentait soulagée ! L'intervention s'était passée sans complications. Pour autant, Angela n'était pas sortie d'affaire. L'infection qui avait causé l'épanchement était toujours là. Il fallait attendre que les antibiotiques agissent.

Dans le cas de Grace Holt, l'infection avait pris le dessus, causant sa mort par arrêt du cœur…

Mais à présent, Ellie n'avait plus qu'à confier Angela aux mains des infirmières et à attendre…

— Vous avez bien mérité une pause, dit James en remontant le couloir avec elle. Depuis ce matin, vous n'avez pas arrêté. Allons déjeuner.

— Pourquoi pas ?

Il aurait été plus sage de refuser, mais elle ne s'en sentait pas le courage. Pis même, dès qu'elle se trouvait près de lui, elle avait envie de faire durer ce moment.

— Il fait beau aujourd'hui, dit-il quand ils eurent rempli leurs plateaux au self-service. Si nous nous installions à l'extérieur ?

— Bonne idée.

Ils prirent place sur une table près d'un hêtre au large tronc. L'épais feuillage tamisait agréablement les rayons du soleil. Il y avait plusieurs tables éparses dans l'herbe, mais l'heure du déjeuner était passée depuis longtemps et elles n'étaient pas occupées.

En attaquant sa salade de poulet, James adressa un large sourire à Ellie.

— Vous vous en êtes magnifiquement sortie, dit-il. Comment vous sentez-vous à présent ?

— A vrai dire... je n'en sais rien...

Après le stress des derniers jours, elle ne se sentait toujours pas autorisée à respirer librement. Comme si quelque chose menaçait encore de tourner mal.

— Vous avez fait ce qu'il fallait, Ellie. Comme la dernière fois, avec Grace Holt. Relaxez-vous !

— J'essaie.

Le gratin qu'elle avait choisi était succulent. Son jus de fruits, bien frais. Le soleil délicieusement chaud sur ses bras nus. Et James lui faisait face... Que demander de plus ? Peu à peu, elle sentit ses idées noires s'estomper.

— Comment va votre voisine Lily ? demanda James. Son bébé est né, n'est-ce pas ?

— En effet. Lewis a pratiqué une césarienne il y a quelques jours. C'est une merveilleuse petite fille à la peau toute douce et aux cheveux bruns bouclés.

A la pensée du bébé, elle s'illumina.

— C'est aujourd'hui que Lily rentre chez elle, dit-elle. Mais pas avant la fin de la journée. Lewis la garde le plus longtemps possible pour être sûr que tout va bien. Je suis de nouveau requise pour garder Jayden pendant que son mari viendra la chercher ici.

Elle se réjouissait sincèrement de la naissance de la petite fille, bien que cela lui promît une soirée particulièrement chargée...

— Lily et son mari ne viendront pas reprendre Jayden de bonne heure, ils veulent passer présenter le bébé à la sœur de Lily en sortant de l'hôpital.

— Je croyais que les grands-parents s'occupaient maintenant de Jayden ?

— Pas aujourd'hui. Son grand-père a attrapé une infection, ils préfèrent ne pas risquer la contagion.

Il la regardait d'un air inquisiteur.

— Cela ne vous ennuie pas de vous occuper de Jayden ?

— Au contraire, même si c'est parfois épuisant ! Il n'y a pas de bouton « Arrêt » pour obliger un petit garçon de quatre ans à se tenir tranquille, dit-elle en riant. Et Jayden est souvent remonté comme une pile électrique !

Elle se tut un instant, réfléchissant à la meilleure façon d'occuper le petit bonhomme pendant la soirée.

— Ce soir je lui ferai sans doute faire des gâteaux. Il adore ça. Et Lily et son mari seront sûrement ravis de savourer sa production.

— Vous n'avez jamais pensé à fonder vous-même une famille ?

— Si...

Jusqu'à présent, elle n'avait rencontré aucun homme dont elle aurait aimé faire le père de ses enfants. Mais James était différent. Il ne ressemblait à aucun autre et elle l'aurait bien vu dans ce rôle, il lui fallait se l'avouer. Une onde la parcourut. Comme un soudain élan vers lui. Elle dut faire un effort pour rassembler ses esprits. Il semblait guetter sa réponse et elle ne pouvait parler à la légère.

— L'exemple de ma mère m'engage à faire mieux pour ma propre famille. Car, oui, je souhaite vivement avoir un jour des enfants.

Elle le regarda en face.

— Et vous ? Je suppose que votre père compte sur vous pour perpétuer la lignée par la naissance d'un fils... Qu'est-ce que cela vous inspire ? demanda-t-elle avec un sourire ironique.

— Il y a de ça, fit-il avec un petit rire. Mais, les désirs de mon père mis à part, je compte bien fonder une famille un jour.

Repoussant son assiette, il attrapa son dessert, un entremets à la fraise surmonté de crème fouettée, et sembla reprendre son sérieux.

— Avez-vous pensé à vous rapprocher de votre mère ? D'après la façon dont vous avez réagi face à mon père, il y a en vous beaucoup d'émotions refoulées depuis l'adolescence. Remettre les choses à plat vous ferait peut-être le plus grand bien à toutes les deux.

— Un jour, peut-être, j'aurai envie d'aller à elle. Mais j'en doute. C'est elle qui nous a abandonnés, c'est à elle de faire le premier pas.

En disant cela, un doute la parcourut. N'était-elle pas injuste à l'égard de sa mère ? Celle-ci n'avait-elle pas eu, elle aussi, son lot de difficultés ?

— Il y a du vrai dans ce que vous dites, dit-il.

Etait-il réellement convaincu ou voulait-il se montrer conciliant ?

Avec un bel ensemble, leurs bips se mirent à retentir.

— Ouh là ! Nous n'avons pas vu passer le temps, dit-il en se levant précipitamment.

A sa suite, elle regagna en hâte le service des urgences et n'eut plus une minute à elle jusqu'à la fin de la journée. Toutefois, elle ne quitta pas l'hôpital avant d'avoir contrôlé une dernière fois l'état d'Angela.

D'après ce qui sortait du drain, l'infection était loin d'être jugulée. Mais la patiente était moins essoufflée et, bien que son rythme cardiaque et sa pression artérielle fussent encore préoccupants, elle semblait à peu près stabilisée.

Rassurée, Ellie prit le chemin du retour et récupéra au passage Jayden chez sa voisine, qui le gardait depuis la sortie de l'école. Mais Ellie ne s'attarda pas à bavarder comme elle le faisait habituellement.

La soirée serait chargée, elle devait s'organiser.

On était vendredi et Lewis devait passer travailler avec elle sur la préparation des nouvelles émissions. Auparavant, il fallait qu'elle fasse dîner Jayden et qu'elle lui consacre suffisamment d'attention. Avec l'arrivée de sa petite sœur, le bout de chou se sentait facilement délaissé. Et Lily, son mari et le bébé ne seraient pas là avant plusieurs heures pour le reprendre.

— Alors, Jayden, tu es content d'avoir une petite sœur ? lui demanda-t-elle en arrivant à la maison.

— Bah, fit-il en haussant les épaules, à part dormir, bâiller et des fois pleurer, elle fait rien du tout.

— Tous les bébés sont comme ça, tu sais ! dit-elle en riant. Mais ne t'inquiète pas, ça va s'arranger.

S'étant changée pour un jean et un top, elle dîna avec lui et choisit sur une étagère un livre de recettes aux illustrations particulièrement attrayantes.

— Choisis le gâteau qui te plaît, Jayden, dit-elle en lui montrant le livre. Nous le préparerons avant l'arrivée de ta maman.

— Les cupcakes ! s'écria-t-il après avoir tourné les pages en dévorant les photos des yeux. Ceux avec du rose dessus !

— Du rose en l'honneur de ta petite sœur ! Très bon choix, Jayden.

Ravie que cela fasse plaisir au petit garçon, elle passa une bonne heure à cuisiner gaiement avec lui.

— Ils sont superbes tes cupcakes, bravo Jayden, dit-elle en sortant les gâteaux du four et en les disposant sur un plat.

— Je peux en manger un tout de suite ?

— Tu l'as bien mérité ! C'est toi qui les as faits.

La sonnette retentit juste à ce moment. Brandissant fièrement un gâteau, le petit bonhomme se précipita à la porte en s'écriant : « Maman ! » et se réfugia, déçu, contre les jambes d'Ellie quand elle ouvrit à Lewis.

— Bonsoir, Lewis, dit-elle en caressant la tête du petit garçon pour le rassurer face à un inconnu. J'avais peur que tu aies oublié. Cela me fait plaisir de te voir.

— Et à moi donc ! répondit-il en lui prenant le bras d'une façon qu'elle trouva étrangement caressante.

James avait-il vu juste ? Lewis espérait-il plus que de l'amitié d'elle ? Elle avait trouvé cela invraisemblable. Mais si c'était vrai ?

— Je ne risquais pas d'oublier, dit-il gaiement. Ma femme assiste à un défilé de mode en compagnie de Sophie. Je l'ai prévenue que je passerai chez toi pour te donner une liste de personnalités susceptibles d'intervenir dans tes émissions.

— Oh ! Tu as déjà fait une liste ? C'est trop bien ! Merci, Lewis.

Ses craintes s'envolaient. Elle ne s'était jamais méfiée de Lewis. Pourquoi commencer ? D'ailleurs, il ne semblait plus s'intéresser qu'à Jayden.

— Hello, jeune homme ! dit-il avec entrain au petit garçon. Je ne crois pas que nous nous connaissions déjà.

— Je m'appelle Jayden, dit le petit garçon. Et toi, t'es qui ?

— Je suis un ami d'Ellie, répondit Lewis en riant. Je suis venu discuter avec elle.

Rassurée, elle prit le chemin du salon où Jayden se mit à faire des dessins tandis que Lewis, s'étant confortablement installé sur le canapé, sortait une liste de sa poche.

— J'ai mis quelques lignes de présentation sous chaque nom, dit-il. J'ai aussi indiqué sur quel sujet chacun pouvait intervenir. Par exemple, voici un médecin qui peut parler de l'interprétation des images du scanner. Et celui-ci est un spécialiste du diabète gestationnel.

— C'est super, Lewis ! dit-elle.

Au fur et à mesure qu'ils étudiaient la liste, l'émission prenait forme dans son esprit et elle se sentait de plus en plus enthousiasmée.

— Un grand merci, Lewis, dit-elle quand ils eurent commenté tous les noms. Cela m'aidera beaucoup dans la préparation de ce nouveau concept.

— Je t'en prie, Ellie. Je ferai toujours ce qui est en mon pouvoir pour t'aider, tu le sais.

Il jeta un coup d'œil à sa montre.

— Il faut que j'y aille. Jessica ne va pas tarder à rentrer de son défilé de mode.

Pendant qu'elle le raccompagnait, Jayden les rejoignit en courant et lui tendit triomphalement un dessin qui ressemblait plus ou moins à un assemblage de tuyaux.

— Regarde. C'est ma voiture pour quand je serai grand. Elle va très très très vite.

En souriant, elle ouvrit la porte en grand, serrant le petit garçon contre elle. Au moment où elle se tournait vers Lewis pour lui dire au revoir, le bruit d'une portière claqua brutalement au bout de l'allée.

— Ellie Saunders ? cria une voix. Par ici, Ellie. Regardez-moi.

Sursautant violemment, elle chercha d'où venait la voix.

Un homme était là, les mitraillant d'un appareil photo. Des flashes crépitèrent, les immobilisant tous les trois dans leur lueur. Il y eut plusieurs déclenchements de l'appareil avant qu'elle ne réagisse. Son premier réflexe fut de pousser Jayden à l'intérieur de la maison.

— Qui est cet homme ? Que nous veut-il ? fit-elle en balbutiant.

— Je n'en sais rien, dit Lewis en secouant la tête. Probablement quelqu'un de la presse. Tu es une célébrité, Ellie, maintenant que l'on te voit à la télévision.

— Grands dieux, dit-elle en se prenant la tête. Que puis-je faire ?

— Laisse-moi m'occuper de cet individu, dit-il, les traits soudain durcis. Je vais me charger de le faire déguerpir.

L'homme avait dû deviner ses intentions, car à peine Lewis avait-il fait un pas dans l'allée qu'il bondit dans sa voiture, enclencha la marche arrière en faisant vrombir le moteur et disparut au bout de l'allée dans un grand crissement de pneus.

Ayant regardé Lewis démarrer en trombe à son tour, elle referma la porte et entraîna Jayden dans la cuisine.

— Le monsieur a pris une photo de moi, dit-il en trépignant de fierté.

— Pas uniquement de toi, mon cœur, répondit-elle, préoccupée, en l'installant devant ses papiers et ses crayons.

L'épisode l'avait perturbée. Une peur diffuse la gagnait. Que lui voulait cet homme ? Qu'avait-il l'intention de faire des photos ? Allait-il revenir ?

La sonnette retentit, la faisant sursauter.

L'inconnu était-il de retour ?

— C'est le monsieur ? demanda Jayden en levant les yeux vers elle.

— Je n'en sais rien, mon cœur, répondit-elle en s'efforçant d'avoir l'air calme pour ne pas l'inquiéter. Que dessines-tu ?

— Un bateau sur l'eau. Avec une grenouille sur une feuille.

— Cela s'appelle un nénuphar, répondit-elle sans penser à ce qu'elle disait.

La sonnette résonna de nouveau. S'armant de courage, elle se dirigea vers la porte et l'entrouvit précautionneusement.

Un intense soulagement l'envahit en découvrant James debout sur le seuil.

— Vous êtes blanche comme un linge ! dit-il en la voyant. Que se passe-t-il ?

Tremblant encore, elle ouvrit la bouche pour répondre, mais il ne la laissa pas parler.

— Ne me dites pas que tout va bien, Ellie. Je vois bien que non.

— J'ai eu un étrange visiteur, dit-elle en le faisant entrer dans la cuisine.

Le voir arriver dans un moment pareil était comme un rayon de soleil par temps d'orage. Maintenant qu'il était là, tout lui semblait miraculeusement plus facile et moins dramatique.

— C'était un photographe, dit-elle. Il a crié mon nom pour que je tourne mon visage vers lui et nous a véritablement mitraillés.

— *Nous* ? Qui, nous ?

— Lewis était ici, répondit-elle en se dirigeant vers l'évier pour remplir la bouilloire.

Accomplir les gestes du quotidien était un bon dérivatif pour ses nerfs.

— C'est peut-être mieux que vous n'ayez pas été seule, dit-il d'un air dubitatif. Vous paraissez être sous le choc.

— C'est que je ne comprends pas ce que cherchait cet homme, répondit-elle, écartant les mains en signe d'impuissance. Lewis pense que cela est lié à mes émissions à la télé. Il dit que je suis devenue célèbre et que la presse s'intéresse maintenant à mes faits et gestes.

— C'est possible.

Sous le regard perspicace de James, elle était consciente de s'agiter plus que de raison pour préparer le thé. Mais il comprendrait sûrement que cette activité fébrile était pour elle un moyen de combattre son anxiété.

— J'étais venu voir si vous aviez besoin d'aide pour vous occuper de ce jeune homme, dit-il en ébouriffant les cheveux de Jayden. Mais je vois que vous maîtrisez la situation.

— C'est vrai, dit-elle en souriant. Nous nous sommes bien

amusés, n'est-ce pas Jayden ? Je ne me rappelle même pas combien de cupcakes nous avons faits.

— Tout plein, répondit le petit garçon. Mais j'en ai mangé deux.

— Si tu les faisais goûter à James ? dit-elle en versant l'eau sur le thé.

Le temps qu'elle dépose sur la table la théière et les mugs, elle trouva James mordant religieusement une bouchée de cupcake glacé de rose sous l'œil attentif de Jayden.

— Hum..., fit-il d'un ton faussement incrédule. C'est trop bon. Je ne peux pas croire que c'est toi qui as fait ça. Tu as seulement... combien déjà ? Quatre ans ? Ce n'est pas toi qui les as faits !

— Si ! Si ! C'est moi ! C'est moi !

— Vraiment ? Tout seul ? s'exclama James avec un air de profonde admiration.

— Oui ! Tout seul ! clama Jayden en sautant de joie sur sa chaise.

— Waouh ! fit James en se tournant vers elle. Jayden est vraiment le champion des cupcakes !

— C'est bien mon avis, répondit-elle le plus sérieusement du monde.

Cela lui faisait chaud au cœur de voir qu'ils s'entendaient bien tous les deux. James avait vraiment la manière avec les enfants. Mais Jayden, qui ne tenait pas en place, satisfait d'avoir été complimenté pour ses gâteaux, fila dans le salon pour jouer avec ses petites voitures.

— C'est vraiment gentil d'être venu me voir, dit-elle en versant le thé dans deux mugs et en lui en tendant un.

— Votre journée a été difficile à plus d'un titre, répondit-il en le portant à ses lèvres. Je me demandais si vous aviez besoin d'un coup de main. Vous dites vous-même qu'un gosse de quatre ans est parfois épuisant !

Il reposa le mug sur la table et elle le vit se tourner vers elle.

— En tout cas, vous avez repris un peu de couleur, dit-il en lui entourant la taille de son bras. J'espère que c'est grâce à moi et non à Lewis.

— Nous avons déjà parlé de Lewis, inutile d'y revenir, répondit-elle sèchement, plus contrariée par sa réflexion que par son bras autour d'elle.

— Vraiment ? Lewis est un homme marié, et pourtant il a passé la soirée chez vous. J'ai l'impression qu'il a du mal à rester longtemps loin de vous.

— Mais enfin, il est venu me communiquer des informations pour mes émissions ! dit-elle, exaspérée. Je ne vois d'ailleurs pas pourquoi je me fatigue à vous l'expliquer !

— Parce que vous et moi savons très bien qu'il aurait pu vous communiquer ces informations sur votre lieu de travail.

— Et pourquoi pas ici ?

— Parce qu'il semble rechercher un peu trop votre compagnie. Il a besoin d'être protégé contre lui-même.

Elle lui lança un regard noir.

— Lewis n'a pas besoin de vous pour régler ses problèmes conjugaux, dit-elle en essayant vainement de se dégager.

— Vous ne devriez pas le laisser tourner autour de vous alors que vous refusez de me donner ma chance, dit-il en resserrant son étreinte.

A présent, elle sentait sa main courir le long de son dos.

— Vous êtes comme ces magnifiques cupcakes, Ellie. Parfaite et trop attirante pour que je puisse résister à la tentation.

— Vous faites de ces innocents gâteaux une invitation au péché, dit-elle en s'efforçant de rire malgré son trouble.

— C'est que vous me faites perdre la tête, Ellie, dit-il.

Avant qu'elle ait pu faire un mouvement, il s'était incliné vers elle et lui avait posé un baiser derrière l'oreille. Pétrifiée, elle sentit ses lèvres remonter doucement le long de son cou et quand enfin elle tourna la tête, tentant de se dégager, en une fraction de seconde il lui saisit la bouche.

Elle sentit son corps s'enflammer, son sang s'embraser. Des ondes de plaisir la parcouraient de la tête aux pieds. Se perdant dans ce baiser, elle se laissa happer par un tourbillon grisant qui la laissa pantelante, éblouie, sans défense.

— Je suis fou de désir, Ellie, murmura-t-il d'une voix haletante contre son oreille.

Totalement abandonnée, elle le laissait lui caresser le corps, chercher ses formes d'une main impatiente.

— Je suis si bien avec toi, murmura-t-il, la voix rauque.

En proie à une soudaine félicité, elle renversa la tête, les yeux clos. Si seulement cet instant pouvait se prolonger...

Mais il fallait mettre un terme à ces quelques secondes de bonheur. Avec un petit garçon de quatre ans jouant dans la pièce d'à côté et capable à tout moment de faire irruption, jouer avec le feu était pure folie.

— Il ne faut pas, James, dit-elle à voix basse. Jayden...

— Je sais, fit-il d'une voix pleine de frustration en relâchant lentement son étreinte. Mais je veux que vous soyez à moi, Ellie.

— Mais... et Sophie ? balbutia-t-elle, assaillie d'émotions contradictoires.

— La famille de Sophie et la mienne sont liées depuis toujours, dit-il d'un ton évasif, et ses parents sont très amis avec mon père.

— Mais c'est avec elle que vous sortez, n'est-ce pas ? demanda-t-elle, insistante, pensant au reportage de Noah.

— Sophie et moi sommes amis depuis longtemps. Elle se consacre beaucoup à mon père, ce qui fait que je la vois souvent. Nous avons aussi de fréquentes occasions de nous rencontrer dans le monde à cause de nos relations communes.

Il se tourna vers elle.

— Mais cela est sans conséquence sur ce qui se passe entre vous et moi, dit-il d'un air qui semblait parfaitement innocent.

— Vraiment ? Je n'en suis pas aussi sûre que vous.

Se levant, elle s'éloigna résolument. Avait-il été parfaitement franc ? En tout cas, il n'avait pas démenti très énergiquement sa relation avec Sophie. Pour elle, les choses étaient claires. S'il n'était pas libre, il n'était pas pour elle. Entre elle et lui, c'était fini.

— Il y a une seconde, Ellie, vous vous abandonniez dans mes bras. Vous me désirez autant que je vous désire. Je l'ai bien senti. Que se passe-t-il ?

— J'ai eu tort de me laisser aller. Mes sens parlaient plus fort que ma tête. Mais je ne veux pas aller plus loin avec un homme capable d'avoir plus d'une femme dans sa vie. Je me suis déjà laissé prendre une fois et je me suis juré que cela ne m'arriverait plus.

C'était un souvenir pénible, qui lui arracha un soupir.

— Je suis restée longtemps avec un homme que j'aimais beaucoup, reprit-elle. Et puis, un soir que je dînais au restaurant avec une amie, je l'ai aperçu à l'autre bout de la salle. Il était attablé avec une autre femme. Pendant toute la soirée, ils se sont regardés dans les yeux, se sont tenu la main et se sont chuchoté à l'oreille. Ils ne m'ont pas vue et sont sortis du restaurant en se tenant par la taille.

— Je suis désolé de ce qui vous est arrivé, Ellie. Mais cela n'a rien à voir. Ma relation avec Sophie est une histoire de famille, chose à laquelle mon père tient plus que tout. Je ne veux pas le contrarier tant qu'il n'est pas rétabli. J'aime beaucoup Sophie, c'est vrai, mais entre elle et moi, ce n'est pas ce que vous croyez, je vous assure. Pour moi, elle est avant tout la fille d'amis de la famille.

— Etes-vous bien sûr que ce soit ainsi qu'elle voit les choses ?

— En tout cas, elle n'est pas concernée par ce qui se passe entre vous et moi, répondit-il d'un air buté.

— Pour moi, si, James.

— Ellie... La vérité est ailleurs. Je ne suis pas prêt pour quelque engagement que ce soit. J'ai de lourdes responsabilités professionnelles, sans compter la gestion du domaine et les soucis que me donne la santé de mon père. Mais je ne vois pas pourquoi cela nous empêcherait de répondre à l'attirance que nous éprouvons l'un pour l'autre. Prenons les choses comme elles viennent.

— Je vois ce que vous voulez dire... Mais je ne suis pas sûre que cela me convienne.

Redressant les épaules, elle le regarda en face.

— J'ai cédé à un moment d'égarement, mais cela ne se reproduira pas.

— Je me sens si bien avec vous, Ellie, répondit-il.

Il avait une voix vibrante et semblait encore vouloir la faire fléchir.

— Je serai toujours heureuse de me trouver en votre compagnie, James. Mais sans doute pas de la façon que vous évoquez.

Il avait dû comprendre que sa résolution était inébranlable. Sans insister, il alla dire au revoir à Jayden et ne tarda pas à partir.

En refermant la porte sur lui, elle sentit un grand vide l'envahir. Il venait à peine de sortir et il lui manquait déjà.

7

— Que se passe-t-il, Ellie ?

Au bout du fil, Noah semblait sincèrement inquiet.

— Dès que j'ai lu la presse ce matin, j'ai essayé de te joindre, dit-il. Mais tu ne réponds pas au téléphone.

— Les journalistes ne me laissent aucun répit, Noah.

Elle se sentait gagnée par le désespoir.

— Ils ont appelé ici toute la matinée, c'est pour cela que je ne décroche plus. J'ai même coupé mon portable parce qu'ils se sont débrouillés pour avoir le numéro. Et ce n'est pas tout. Ils campent devant la maison. Je deviens folle, Noah.

— As-tu appelé la police ?

— Oui. Elle les a délogés, mais ils sont revenus. Ce cauchemar dure depuis 6 heures du matin.

Découragée, elle soupira.

— Je me suis barricadée à l'intérieur. Je ne sais plus quoi faire.

— Essayer de leur parler, peut-être ?

— Pour qu'ils écrivent encore plus d'insanités sur mon compte ? Merci bien ! Ils sont déjà allés chercher ce qu'il y a de plus glauque dans mon passé. Ils ont même déniché les vieilles photos de la presse locale et me présentent comme une ancienne délinquante, une fêtarde alcoolique. Tu as vu les titres ? « *Ellie Saunders, icône de la TV, comme vous ne l'avez jamais vue* ». J'en suis malade, Noah.

— Il y a de quoi. Ces attaques sont ignobles.

— Elles le sont, Noah. Mais c'est surtout pour Jessica, la

femme de Lewis, que je me fais du souci. Les articles prétendent que j'ai une liaison avec Lewis. Et ils ont l'ignominie de mêler la photo du petit Jayden à tout cela. Tu peux le croire ? Mais comment osent-ils ?

Elle soupira et réfléchit un instant.

— Tu sais, Noah, cela m'a fait comprendre ce que lord Birchenall a pu ressentir après la publication de ton reportage. Jusqu'à présent, je ne m'en étais pas rendu compte.

— Moi non plus, répondit Noah. Tu ne peux pas savoir comme je m'en veux, Ellie. J'étais obsédé par le mal qu'il a fait à notre famille en nous jetant dehors. J'ai été guidé par la volonté de lui rendre la monnaie de sa pièce. Mais je le regrette sincèrement.

Il s'interrompit tout à coup, comme frappé d'une idée soudaine.

— Mais, dis-moi, Ellie... C'est peut-être lui qui est derrière ces articles !

— Sûrement pas ! Quels que soient ses défauts, il n'est pas du genre à s'abaisser à une action aussi méprisable. Et même s'il l'était, James ne l'aurait pas laissé faire. En outre, il n'aurait jamais calomnié Lewis, son neveu.

— Tu as raison. Alors, selon toi, qui peut avoir provoqué ces articles ?

— Je n'en sais rien, Noah. Je suis trop perturbée pour y voir clair.

— Que puis-je faire pour toi ? Veux-tu que je vienne ?

— C'est inutile, merci. Ils vont bien finir par se lasser et déguerpir. Je vais couper aussi le téléphone fixe.

Elle raccrocha et se mit à arpenter nerveusement la maison. Elle était bel et bien prisonnière chez elle. Elle avait fermé les rideaux pour éviter qu'on l'épie ou la photographie de l'extérieur et, bien que ce fût le plein jour, avait dû allumer la lumière.

Elle écarta discrètement un coin de rideau pour voir si ses assaillants levaient le siège. Mais un groupe compact de journalistes et de photographes se pressait toujours devant la maison, caméras et objectifs prêts à se déclencher au moindre mouvement.

Que faire ? Serrant les poings d'impuissance, elle se laissa tomber sur un siège.

Un coup sec frappé à la porte la fit sursauter. Avaient-ils

décidé de passer à l'attaque ? Se rencognant sur sa chaise, elle décida de ne pas bouger. Mais le coup se fit plus insistant et la voix étouffée d'un homme se fit entendre.

— Docteur Saunders ? J'ai une lettre pour vous. C'est important. Il faut que vous la lisiez.

Traversant le hall, elle aperçut une enveloppe blanche sur le carrelage.

Une nouvelle ruse des paparazzi ? Méfiante, elle la saisit et l'ouvrit.

« Ellie,

« J'imagine que vous êtes dans une situation difficile. C'est pourquoi j'ai demandé à mon ami Charles de venir vous chercher. Faites-lui confiance. Il vous conduira au manoir. Prenez des vêtements et ce qu'il vous faut pour quelques jours.

« James. »

Telle une onde bienfaisante, le soulagement l'envahit. James ne l'abandonnait pas ! Il pensait à elle et lui offrait le moyen d'échapper à la meute. La gratitude et la joie la submergèrent. Elle n'était plus seule. Malgré ce qui s'était passé la dernière fois qu'ils s'étaient vus, il n'hésitait pas à voler à son secours.

Elle entrebâilla la porte.

Un homme jeune et grand se tenait à l'extérieur.

— Etes-vous Charles ? lui demanda-t-elle.

Il hocha la tête et elle le fit entrer, refermant précipitamment la porte avant que la horde de paparazzi ne se précipite.

— Je suis un ami de James, dit-il en la suivant dans la cuisine.

Elle l'observa. Il était grand, d'allure sportive, une expression franche et décidée sur le visage. Tout à fait le genre d'homme à vous tirer d'une situation périlleuse.

— Il n'est pas venu vous chercher lui-même : si les journalistes l'avaient reconnu ils vous auraient suivis jusqu'au manoir.

— Servez-vous pendant que je vais me préparer, dit-elle en désignant la machine à café. Je ne serai pas longue.

Ayant gagné sa chambre quatre à quatre, elle jeta hâtivement quelques vêtements dans un fourre-tout, y ajouta sa trousse de maquillage, et redescendit l'escalier aussi vite qu'elle l'avait gravi.

Mais comment déjouer l'attention de la horde ? Après tout, Charles était seul contre tous.

— Même si nous sortons très vite de la maison, ils auront le temps de nous cerner, lui dit-elle avec angoisse.

— Nous y avons pensé avec James. J'ai garé ma voiture à l'écart derrière la maison avant de faire le tour à pied pour frapper à votre porte. Ils ne savent pas comment je suis venu. Votre propre voiture étant stationnée devant chez vous, ils s'attendent que nous sortions par la porte principale.

Pourquoi discuter ? Se faufilant à sa suite par la porte de la cuisine, elle courut comme lui jusqu'à la voiture, une longue berline noire aux vitres teintées.

— Jusqu'ici, tout va bien, murmura-t-il en démarrant en flèche.

— Ils ont dû entendre le bruit du moteur, dit-elle en regardant avec inquiétude dans le rétroviseur.

— D'ici à ce qu'ils réagissent et contournent la maison, nous serons loin, répondit Charles avec un sourire tranquille.

En effet, vingt minutes plus tard ils étaient au manoir où James les accueillit sous le porche.

— Mission accomplie, mon vieux, lui dit Charles avec une bourrade amicale. A présent, soyez prudents tous les deux ! lança-t-il en s'en allant.

— Merci, Charles ! dit-elle avec émotion en agitant la main et en suivant des yeux sa voiture qui s'éloignait.

A sa grande surprise, au lieu de la faire entrer au manoir, James saisit le fourre-tout qu'elle avait posé par terre, lui prit fermement la main et l'entraîna vers son élégante voiture de sport. Allant d'étonnement en étonnement, elle s'aperçut que lui aussi avait un sac de voyage accroché à l'épaule.

Mais qu'importait où il l'emmenait. Le soulagement d'être avec lui l'emportait sur tout le reste. Il était grand, fort et calme. Il était son sauveur. Pour la première fois depuis des heures, elle se sentait en sécurité.

— Merci de ce que vous avez fait, dit-elle doucement en lui

jetant un regard plein de gratitude. J'étais terrifiée. Et comme par enchantement vous m'avez arrachée à cet horrible piège.

— Je me doutais que vous étiez folle d'angoisse. Je suis consterné que vous ayez dû subir une telle épreuve, dit-il en ouvrant le coffre et en y installant leurs sacs de voyage.

— Mais où allons-nous ? demanda-t-elle, intriguée.

— Là où personne ne pourra nous trouver, dit-il en la faisant monter sur le siège avant. Sur un bateau. Pour une petite escapade.

— Une escapade en bateau ? Mais... c'est lundi demain... nous devons être à l'hôpital de bonne heure...

— Je nous ai octroyé une journée de repos à tous les deux, dit-il en démarrant. J'ai prévu des remplaçants.

— Mais... pour quelle raison ? demanda-t-elle, interloquée.

— Si vous restez introuvable quelques jours, la presse va vous oublier, les tabloïds trouveront une autre victime à se mettre sous la dent.

— Leur acharnement est incompréhensible, dit-elle avec un soupir. Mais comment avez-vous deviné ce qui se passait ?

— J'ai lu les journaux du matin. J'ai aussitôt essayé de vous appeler, mais votre portable ne répondait pas et votre ligne fixe était constamment occupée. J'en ai déduit que vous aviez des problèmes et j'ai appelé Noah. C'est lui qui m'a mis au courant. J'ai pensé venir vous chercher, mais j'ai craint les suppositions de la presse si on me reconnaissait. C'est pourquoi j'ai envoyé mon ami Charles.

— Vous ne pouvez imaginer mon soulagement à la lecture de votre billet. Merci encore, dit-elle en regardant le paysage.

Peu à peu, les collines laissaient la place à des prairies qui descendaient en pente douce. Il ralentit.

— Où arrivons-nous ? demanda-t-elle, piquée par la curiosité. Vous m'avez dit un jour que vous aviez un bateau. Quelle sorte de bateau est-ce ? Un voilier ? Un yacht ?

La perspective de s'embarquer sur un bateau sophistiqué l'impressionnait et voguer sur une mer agitée ne lui souriait guère...

— Rien d'aussi grandiose ! dit-il en riant. Depuis que je suis tout gosse, j'adore naviguer sur les voies intérieures. C'est pourquoi j'ai fait il y a quelques années l'acquisition d'une péniche. C'est un bateau étroit adapté à la navigation sur les canaux.

Il lui jeta un bref coup d'œil et lui sourit.

— Dès que j'en ai l'occasion, dit-il, je m'échappe pour de longs week-ends d'insouciance au fil de l'eau. C'est ce que nous allons faire, Ellie !

— Ce sera une expérience inédite pour moi, dit-elle, circonspecte.

— J'espère que cela vous plaira. Il y a tout ce qu'il faut sur le bateau pour que notre séjour soit agréable.

Elle resta silencieuse.

Invitait-il parfois Sophie à partager ses *longs week-ends d'insouciance au fil de l'eau* ? Cette pensée lui noua l'estomac. Mieux valait la repousser. Pourquoi tout gâcher en se laissant envahir par l'image d'une femme qui était un obstacle entre eux ?

En bavardant, ils étaient arrivés à destination. Une douzaine de bateaux décorés de couleurs vives étaient amarrés le long du canal.

— Voici le mien, dit James en désignant l'un d'eux. Le *Louise Jane.*

— Je suis sûre que c'était le prénom de votre mère, fit-elle spontanément.

— Oui, répondit-il d'une voix empreinte de pudeur. Je tenais à perpétuer sa mémoire.

Quel bel hommage de la part d'un fils... Sentant les larmes lui monter aux yeux, elle reporta son attention sur le bateau. C'était une séduisante embarcation, étroite et longue, à la coque peinte d'un beau vert profond. Ses flancs étaient ornés d'un décor original représentant des fleurs d'un rouge et d'un jaune éclatants.

— Montons à bord, dit-il.

La tenant fermement par la main, il l'aida à sauter sur le pont.

— Et maintenant, je vais vous faire les honneurs du lieu !

A sa suite, elle descendit les quelques marches de bois menant dans la coque de l'embarcation et se trouva dans une cuisine miniature.

Dans l'espace exigu, tout semblait parfaitement étudié.

— J'ai fait installer la plus petite cuisinière haut de gamme que j'ai trouvée, un frigo et autant de placards que possible, dit-il avec une fierté évidente.

— C'est magnifique ! s'écria-t-elle, conquise par le charme du décor de bois et d'acier chromé.

— J'ai rempli récemment le frigo et les placards, et apporté quelques produits de première nécessité. Je pense que nous aurons de quoi survivre pendant deux jours !

Elle sursauta. Tout était allé si vite depuis quelques heures ! Elle commençait juste à comprendre qu'elle serait seule avec lui sur ce bateau. Un trouble soudain l'envahit. Pourvu qu'elle parvienne à garder la tête froide et que son corps ne la trahisse pas...

— A présent, venez voir la cabine principale, dit-il en la faisant entrer dans ce qui évoquait le plus confortable des salons.

Des banquettes bien rembourrées et garnies de coussins de couleurs vives se faisaient face de part et d'autre de l'étroit espace. Dans un coin, se trouvait une table de chêne assez grande pour accueillir quatre personnes.

— Les banquettes se soulèvent comme des coffres, dit-il. Cela offre une bonne capacité de rangement.

— Est-ce ici que vous dormez ? demanda-t-elle avec appréhension, imaginant déjà des sacs de couchage déployés sur les banquettes.

Le danger se précisait. Où se coucheraient-ils ce soir ? Si c'était ici, comment supporterait-elle cette promiscuité ?

— Il y a des cabines, ce qui préserve l'intimité de chacun, répondit-il en souriant d'un air amusé. Je vais vous les montrer et vous choisirez celle qui vous plaît. A moins, bien sûr, que vous n'acceptiez de partager la mienne. Les nuits sont fraîches sur l'eau. Je serais heureux de vous tenir chaud.

Frémissant de la tête aux pieds, elle dut faire un effort surhumain pour répondre sur le mode badin.

— Je suis sûre que vous me rendriez volontiers ce service. Mais je ne pense pas que ce serait une bonne idée.

— Dommage, dit-il en lui lançant un regard où il n'y avait plus uniquement de la plaisanterie. Si vous changez d'avis...

— Je ne changerai pas d'avis, James.

Elle aussi avait parlé d'une voix plus grave. Le repousser était un supplice. Mais elle ne lui céderait pas, quoi qu'il lui en coûte. Une relation avec lui n'aboutirait qu'à une catastrophe. Ils n'appartenaient pas au même monde. Lui descendait d'une lignée honorable depuis des générations tandis qu'elle était désormais traînée dans la boue et sa réputation ruinée.

Pourtant, loin de la rejeter, il avait volé à son secours et lui apportait son soutien quand tout le monde la montrait du doigt. Quel homme se serait conduit avec autant de noblesse et de générosité ?

Sans insister, il la mena à l'avant du bateau où se trouvaient deux cabines. Elles étaient aussi exiguës l'une que l'autre et abritaient pourtant chacune une vaste couchette à deux places et un petit placard mural. Puis il la conduisit en riant à la proue du bateau, une salle de bains microscopique mais dotée de toutes les commodités et d'un aménagement aussi raffiné que l'espace cuisine.

— A présent, je vais mettre le moteur en marche et nous allons quitter la rive, dit-il en remontant sur le pont. J'avais pensé nous arrêter un peu plus loin sur le canal pour nous restaurer dans un pub. Mais les gens qui vous connaissent par la télé et qui ont lu la presse ce matin risquent de vous importuner. Qu'en pensez-vous ?

— C'est ce que je redoute, dit-elle, se sentant gagnée par le découragement. Mon existence a été saccagée. Pourquoi m'accable-t-on ainsi ? Qui peut me haïr au point de vouloir détruire ma vie, ma réputation et ma carrière ?

— Je ne peux pas croire que l'on vous veuille du mal, Ellie, dit-il en lui passant un bras réconfortant autour des épaules. Tout le monde vous aime. Vous êtes douce, aimable, bienveillante. Vous ne méritez pas d'être clouée au pilori comme vous l'êtes. Et Lewis non plus. La façon dont on l'accable est abominable.

Elle aurait voulu sentir encore son bras autour d'elle, mais il la libéra pour détacher la corde qui retenait l'embarcation au ponton et mettre le moteur en marche.

Vêtu d'un pantalon de grosse toile kaki et d'un T-shirt noir sous lequel saillaient ses muscles, il maniait le gouvernail avec aisance, faisant doucement glisser le bateau sur l'eau calme du canal. Une envie folle la saisit de se blottir contre lui, de laisser ses mains courir sur ses bras, sur son torse puissant, de sentir son corps contre le sien. Réfrénant à grand-peine son élan, elle parvint à reprendre la conversation.

— J'ai appelé la femme de Lewis pour lui dire qu'il n'y avait rien de vrai dans ces racontars. Elle semblait malgré tout bouleversée. Lewis fait de son mieux pour la calmer.

— Ces derniers temps, cela n'allait pas très bien entre eux, dit James d'un air soucieux. Lewis reconnaît qu'ils se disputent plus qu'ils ne l'ont jamais fait en cinq ans de mariage. C'est étrange, jusqu'ici ils semblaient si bien s'entendre...

— Et vous me soupçonnez d'y être pour quelque chose ?

— Il ne vous l'a peut-être pas avoué, répondit-il en lui lançant un regard de biais, mais Lewis est très sensible à vos charmes. Vous savez écouter, prêter une oreille attentive à ce que l'on vous dit. Cela l'a flatté, lui a fait tourner la tête.

— Mais c'est vous qui délirez ! Il n'y a jamais rien eu entre Lewis et moi. Où allez-vous chercher toutes ces idées ?

— Je connais bien Lewis. Il peut se montrer faible et inconstant. Ce serait une catastrophe s'il cédait à une tentation passagère, parce qu'il aime réellement sa femme. Mieux vaut que vous gardiez vos distances avec lui.

— Lewis et moi sommes assez grands pour régler cela tout seuls, vous ne croyez pas ?

— Justement, je ne le crois pas. Je me sens plus tranquille de vous savoir sur ce bateau avec moi qu'en compagnie de Lewis, vous offrant mutuellement sympathie et compréhension. Lewis est en ce moment en situation de grande fragilité affective. Et tout homme digne de ce nom peut flancher face à vous, figurez-vous.

— Est-ce pour cela que vous m'avez amenée ici ? demanda-t-elle, ne sachant plus que penser. Pour m'éloigner de Lewis ?

— Je vous ai amenée ici pour vous éloigner de la presse. Disons que vous éloigner de Lewis est le bonus.

Sentant qu'une réplique acerbe allait lui échapper, elle se mordit la lèvre. Ce qui la chagrinait le plus, c'était qu'il lui témoigne si peu de confiance. Avait-il, dans son subconscient, la conviction que l'on ne pouvait pas se fier à une femme ? Que toutes, un jour, étaient capables de vous faire souffrir ? Etait-ce la triste conséquence de la fin prématurée de sa mère ?

A cet égard, elle pourrait lui en remontrer. Elle savait, elle, ce que c'était que d'être abandonnée par sa mère...

Renonçant à entrer en conflit avec lui, elle soupira.

— Et si j'allais brancher la bouilloire ? dit-elle en s'efforçant à la bonne humeur. Si vous voulez, je peux préparer de quoi pique-niquer sur le bateau. Avec tous ces événements, je n'ai pas avalé une miette de la journée.

— Bonne idée ! Des sandwichs feront l'affaire. Il y a du pain et des viandes froides dans le frigo. Je viens vous aider dès que j'ai trouvé un endroit pour amarrer le bateau.

— Parfait, répondit-elle en dévalant les quelques marches jusque dans la cuisine miniature.

En effet, il y avait là tout ce qu'il fallait. Du riz, du rosbif et du poulet froids, des épices, des légumes, des champignons, des oignons... Pour la cuisinière qu'elle était, de quoi faire beaucoup mieux que de simples sandwichs...

— Mmm... Cela sent drôlement bon, dit James quand il la rejoignit un peu plus tard. Qu'est-ce qui est en train de mijoter ?

— Un risotto au poulet. Pour le dessert, ce sera une salade de fruits. Vous, je ne sais pas, mais moi, je meurs de faim !

— Moi aussi ! Profitons des derniers beaux jours pour déjeuner sur le pont. Bientôt octobre, les manteaux et les écharpes ! Pendant que vous terminez les préparatifs, j'ouvre une bonne bouteille.

Installés sur une banquette le long du bastingage, ils attaquèrent leur repas avec entrain en regardant les canards qui surgissaient des ajoncs et plongeaient dans l'eau du canal. Le bateau était amarré dans un coin sauvage où la nature reprenait ses droits. On n'entendait que le pépiement des oiseaux et le bourdonnement des insectes dans les chardons et les herbes folles du rivage. Une douce chaleur régnait, tout incitait au farniente. Admirant la luxuriance du paysage, Ellie se laissa aller contre le bastingage, surprise de se sentir gagnée par une douce quiétude.

— Une merveille ce risotto ! dit James. Je savais que vous

aimiez cuisiner, mais pas au point de réaliser un miracle avec trois fois rien.

Semblant vraiment se régaler, il leva son verre.

— A vous, dit-il en la regardant. A votre avenir et à vos projets.

Levant le sien en réponse à son toast, elle laissa le vin couler délicieusement dans sa gorge.

— Je me demande de quoi demain sera fait, dit-elle pensivement. Vous, vous suivrez la voie tracée par vos ancêtres depuis des générations. Pour moi, l'avenir est de plus en plus incertain.

— Vous n'avez pas de nouvelles de votre producteur ?

— Non. Après ce scandale, cela m'étonnerait qu'il me confie la nouvelle série d'émissions. Mon avenir à la télé me semble compromis.

— Les gens finiront par comprendre que vous n'étiez qu'une gosse livrée à vous-même au moment des faits. Vous avez des circonstances atténuantes !

Elle eut l'impression qu'il l'observait, comme s'il cherchait à lire en elle.

— Pourquoi ne pas expliquer publiquement que vous étiez une enfant perdue, sans personne sur qui compter ? Que votre rébellion était la seule façon de vous exprimer ? Personne n'oserait vous le reprocher.

— Peut-être. Mais il n'en demeure pas moins que quelqu'un a cherché à me nuire et à ruiner ma carrière à la télévision. Sinon pourquoi informer la presse de mes méfaits d'adolescente ?

Elle reprit une gorgée de vin. Il était frais et fruité et lui faisait du bien.

— Je suis touchée que vous soyez aussi compréhensif, James, reprit-elle. Avec un père à cheval sur les principes comme le vôtre, je ne l'aurais jamais pensé.

— Mon père et moi, cela fait deux.

A l'évidence, il était sincère. Mais ce n'était pas pour cela qu'il lui ferait une place dans sa vie. Les Birchenall étaient fiers de leurs traditions. Ils n'accepteraient pas en leur sein une femme à la réputation ternie. Espérer nouer une relation d'avenir avec lui n'était qu'un fantasme.

— Nous sommes en partie responsables de ce qui vous est

arrivé, à vous et à votre famille, dit-il cependant après avoir rempli le verre qu'elle avait reposé devant elle. Et je comprends la réaction de Noah.

— Il regrette ce qu'il a fait. Ce que je subis aujourd'hui lui a ouvert les yeux. Il a compris que voir sa vie étalée dans la presse, livrée en pâture à tous, était destructeur.

— Je sais. Au téléphone ce matin il m'a présenté ses excuses et m'a demandé de les transmettre à mon père.

— Cela peut-il lui inspirer de l'indulgence ?

— Ce n'est pas impossible. Quand mon père a appris que le vôtre était malade au moment où il s'est séparé de ses services, il s'est senti en partie responsable des ennuis de votre famille.

Un peu réconfortée, elle servit le dessert qu'ils attaquèrent de bon cœur. Mais au même moment un bateau passa lentement sur l'eau, et ses passagers les saluèrent gaiement de la main. Instinctivement, elle détourna la tête en secouant ses cheveux pour dissimuler ses traits.

— Comment pourrais-je affronter de nouveau le regard des autres ? s'écria-t-elle avec désespoir quand le bateau se fut éloigné. Suis-je condamnée à toujours me cacher ?

— Les choses s'arrangeront d'elles-mêmes, Ellie. Pour l'instant, laissez-vous aller. Vous avez vécu aujourd'hui des événements traumatisants. Vous devez prendre un peu de distance. Nous trouverons bien un moyen pour vous réconcilier avec la vie !

Elle le regarda, scrutant son beau visage racé, ses traits réguliers.

Ainsi, elle n'était pas seule. Il était à ses côtés et l'aiderait à surmonter cette épreuve... Cela l'aidait à se sentir plus forte, plus calme... Aussi put-elle au cours de l'après-midi goûter pleinement le plaisir de naviguer doucement au rythme du canal. A chaque écluse, James bondissait sur le chemin de halage. Il tournait la clé permettant le passage et elle l'aidait à ouvrir les portes permettant d'entrer dans le sas.

— Je comprends que l'on choisisse ce mode de vie, dit-elle à la fin de la journée tandis qu'ils soupaient sur le pont au clair de lune. Ni stress ni précipitation ! On peut prendre son temps. Tout est si calme ! Et finalement ce calme vous gagne jusqu'au fond de l'âme !

— L'antidote idéal pour des gens qui travaillent aux urgences ! répondit-il en riant. Je suis heureux que cela vous plaise. Vous semblez plus détendue à présent.

— C'est exactement ce dont j'avais besoin. Maintenant, ce sera plus facile pour moi de faire face.

— C'était le but, dit-il.

Il but une longue gorgée de bière et tendit la main vers la bouteille qui rafraîchissait dans un seau à glace pour lui proposer un verre de vin.

— Merci oui, fit-elle en tendant son verre.

Elle avait l'impression de flotter sur un petit nuage, en paix avec elle-même pour la première fois depuis une éternité.

— Merci pour tout, James. Cette escapade est une expérience merveilleuse.

Etre avec lui, c'était surtout cela qui était merveilleux. Elle aurait voulu que ce moment s'étire encore et encore pour ne s'arrêter jamais. Ayant dégusté lentement son verre de vin elle se leva à contrecœur.

— Il est temps d'aller dormir, dit-elle. Je suis épuisée. Mais c'est une bonne fatigue !

Elle n'avait pas envie de le quitter. Mais pas envie non plus de tenter le sort. Elle se sentait de plus en plus attirée par lui. A présent, elle le sentait, elle entrait dans la zone dangereuse où elle était près de tomber vraiment amoureuse de lui.

— Bonne nuit, Ellie, dit-il.

Etait-ce l'effet de la pénombre, de la lumière diffuse de la lune ? Elle crut voir briller dans ses yeux gris une lueur de désir et de regret. Mais il ne fit pas un geste pour la retenir.

Une fois étendue sur sa couchette, les yeux grands ouverts, elle se sentit en proie à une si intense envie de lui que c'en était presque douloureux. La pensée qu'il était couché tout près d'elle, de l'autre côté de la mince cloison, l'obsédait, emplissant l'air d'électricité et d'une troublante sensation de désir inassouvi. Très tard dans la nuit, elle céda enfin au sommeil.

Un coup frappé à la porte la réveilla de bon matin. Désorientée par le décor inhabituel, elle s'étira paresseusement, la tête encore pleine de rêves. De bons rêves, sûrement, car elle se sentait aussi pleine d'optimisme que si le monde lui appartenait. Une délicieuse odeur de bacon grillé vint lui chatouiller les narines et elle se sentait tout à fait réveillée quand James frappa de nouveau à sa porte.

— Debout, belle endormie ! Le petit déjeuner est servi !

Bondissant hors du lit, elle alla se rafraîchir dans la salle de bains miniature et inspecta le contenu de son sac de voyage. Heureusement, elle avait eu la présence d'esprit d'ajouter au dernier moment une petite robe ultracourte de soie rose, lui dégageant le cou et les bras. La tenue idéale pour une matinée de farniente, en plein soleil, sur le pont d'un bateau. Elle l'enfila rapidement et, guidée par l'appétissant fumet, se dirigea vers la coquerie.

— Hello ! lança-t-elle gaiement.

— Ah ! vous voilà ! dit James qui retirait du feu une poêle fumante. J'étais sur le point d'aller vous tirer du lit.

Se retournant, la poêle à la main, il sembla frappé de stupeur en la découvrant dans l'encadrement de la porte.

— C'est une chance que je n'y sois pas allé, dit-il, éberlué. Je ne réponds pas de ce que j'aurais fait.

Amusée, elle attendit qu'il ait fini de la détailler, de ses hanches moulées par la soie légère jusqu'à ses jambes nues et à ses ongles de pied soigneusement vernis.

— A ce rythme, nous ne sommes pas près de petit-déjeuner, dit-elle en riant.

Se tournant vers la table, elle vit qu'elle était dressée avec soin. La théière, les mugs, les toasts dorés à point, tout était prêt.

— Puis-je faire quelque chose d'utile ? demanda-t-elle.

— Oui. Aller vous vêtir d'un sac de pommes de terre, répondit-il. Cela me permettrait de me concentrer.

S'appuyant négligemment contre le chambranle de la porte, elle laissa un petit sourire errer sur ses lèvres. Lui non plus n'était pas mal, grand et athlétique, le ventre plat, dégageant une irrésistible impression de force et d'énergie. Un régal pour les yeux dès le matin...

— Vous concentrer ? Je me demande ce qui vous en empêche ! dit-elle de son ton le plus ingénu.

— Oh ! Juste une créature diaboliquement ondulante et sensuelle, avec les courbes qu'il faut là où il faut et une chevelure à se damner.

Ayant fait glisser les œufs au bacon de la poêle dans deux assiettes, il s'avança vers elle d'un air résolu.

— Que diable, Ellie ! Je suis un homme. Et vous une redoutable tentatrice. Que pensez-vous que je vais faire à présent ?

— Je ne sais pas. Laissez-moi réfléchir...

Elle aurait voulu continuer sur le ton de la plaisanterie. Mais elle avait joué avec le feu. A présent, la situation lui échappait et elle ne savait plus si elle devait se blâmer ou se féliciter de s'être montrée un brin provocante.

— Je pense que vous pourriez m'embrasser, dit-elle d'une voix un peu haletante en le regardant dans les yeux. Cela résoudrait-il votre problème ?

— Considérablement.

Comme s'il n'avait attendu que son signal, il la prit entre ses bras et l'attira contre lui avec une telle fougue que dans un dernier éclair de conscience elle se dit qu'elle avait été bien imprudente.

Mais il n'était plus temps de réfléchir. Penché vers elle, il prit sa bouche en un baiser si ardent qu'un véritable feu se mit à courir dans ses veines. Elle sentait ses mains parcourir fiévreusement son corps, la caressant, cherchant ses formes, la pressant si étroitement contre lui que soudain elle eut l'impression qu'ils ne formaient plus qu'un.

— Je n'en peux plus de désir, dit-il d'une voix rauque. Je te veux, Ellie.

S'abandonnant, elle le laissa lui prendre les hanches et les caresser longuement comme s'il voulait en épouser les contours de ses mains. Puis, éperdue, elle sentit qu'il faisait lentement remonter sa caresse vers ses seins, les capturant avec douceur et les caressant si habilement qu'elle ne put retenir un gémissement. De ses pouces, il traçait de légers cercles, approchant peu à peu de la zone la plus sensible, la mettant à la torture et la faisant trembler d'un désir qu'elle ne pouvait plus combattre.

Lui répondant avec passion, elle aussi partit à la découverte de son corps, comme si elle avait pu, par ses caresses, se l'approprier et en garder à la mémoire chaque ligne, chaque muscle. Elle voulut poser sa tête contre son torse et écouter les battements de son cœur, mais il lui releva le visage et l'embrassa de nouveau, ardemment, profondément.

Elle lui rendait son baiser avec la même fièvre, la même ardeur, quand soudain, comme une douche glacée s'abattant sur eux, un long et sonore coup de Klaxon retentit. Sursautant, elle s'écarta brusquement, le souffle court, égarée. Un bateau glissait lentement le long du leur.

— Ellie..., murmura James en l'attirant de nouveau contre lui, mais elle l'arrêta d'un geste.

— Ce bateau... c'est une chance..., parvint-elle à articuler d'une voix encore haletante.

C'était comme si la brume enchantée se dissipait soudain autour d'elle. Quelle terrible erreur de lui avoir cédé de nouveau...

— J'ai eu tort de me laisser aller, James. Mettons cela sur le compte d'un égarement passager, voulez-vous ?

— N'était-ce vraiment que cela ?

— Sans aucun doute.

Se trouver dans ses bras n'avait été qu'un rêve. Eblouissant mais fugitif. Elle devait maintenant revenir à la réalité. Avec lui, elle n'aurait jamais qu'une aventure.

Cela ne lui suffisait pas.

Ce qu'elle voulait était hélas la seule chose qu'il ne lui donnerait jamais.

Un engagement.

8

— Et si vous vous adressiez à la presse pour rétablir la vérité ? proposa James alors que, le lundi en fin d'après-midi, ils avaient pris le chemin du retour. Vous pouvez facilement prouver que l'attitude rebelle de votre adolescence s'expliquait par votre enfance malheureuse.

— Jamais ! répondit Ellie, indignée. Il faudrait que je révèle la façon dont ma mère nous a abandonnés. Je ne dirai jamais de mal de mes parents publiquement. De toute façon, il y aura toujours des gens pour me juger sévèrement.

Lui-même ne l'avait-il pas soupçonnée d'une relation coupable avec Lewis ? Cette pensée la remplissait d'amertume.

— Ce qui m'importe, reprit-elle, c'est de démasquer la personne qui est à l'origine de ces rumeurs et de lui demander les raisons de son acharnement.

Les sourcils froncés, elle réfléchissait.

— Pensez-vous que ce soit Mel ? A part elle, je ne vois personne qui ait une raison de m'en vouloir.

— Même si c'est elle, elle ne le reconnaîtra jamais. Et les journaux ne révèlent pas leurs sources. Vous aurez du mal à démasquer la personne malintentionnée.

Frustrée de se sentir impuissante, elle resta songeuse pendant une partie du trajet.

— Avant de vous raccompagner, dit James, je voudrais passer au manoir voir si mon père va bien. Il n'avait pas l'air dans son assiette quand il m'a appelé cet après-midi.

En le suivant à l'intérieur, elle admira une fois de plus la splendeur du lieu. Une impression d'opulence et de respectabilité s'en dégageait et chaque boiserie, chaque poutre, portait la marque d'un passé historique.

Lord Birchenall était dans le salon, engagé dans une conversation téléphonique apparemment houleuse.

— Cessez de m'accuser de chantage, disait-il sèchement. Mon accord avec votre beau-père stipulait noir sur blanc que le terrain près du verger me reviendrait après dix ans. Je vous demande simplement d'honorer la parole donnée.

Quand il raccrocha, elle fut frappée par sa respiration sifflante et son extrême pâleur. James aussi semblait alarmé.

— Père, vous n'êtes pas raisonnable, dit-il d'un ton d'affectueux reproche. Vous m'aviez promis de me laisser régler cette affaire avec vos avocats.

— Le domaine te donne déjà assez de mal, protesta lord Birchenall.

Il était évident qu'il avait présumé de ses forces. Il semblait fiévreux et sa respiration était haletante. Comme sous l'effet d'une douleur subite, il porta la main à sa poitrine et se mit à tousser. L'appréhension la gagna. Une insuffisance cardiaque dégénérait facilement en angine de poitrine.

— Je vais faire un saut à l'hôpital pour prendre ma trousse et du matériel d'urgence, dit James, l'air à présent très inquiet, en se tournant vers elle. Pouvez-vous lui faire prendre sa trinitrine ? Le spray est dans le tiroir du bureau.

Restée seule avec le vieux lord, elle lui administra son médicament. Mais cela ne sembla pas le soulager. Au contraire, il s'affaissa soudain sur son siège. Angoissée, elle prit son pouls, qui était très irrégulier.

— Je ne peux pas laisser James gérer seul le domaine en plus de son travail à l'hôpital, dit-il d'une voix sifflante, comme pour justifier les efforts qu'il venait de faire. C'est trop pour lui. Il faut que je trouve une solution… Que je réorganise le domaine…

— Je suis sûre que James s'en sort très bien, dit-elle d'une voix apaisante en lui desserrant son col de chemise.

— Il faut qu'il ait le temps de penser à lui. De se marier, de fonder une famille. Je suis heureux que cela marche bien entre Sophie et lui. Ils sont bien assortis, elle sera une parfaite épouse pour lui.

Sous le coup, elle se sentit chanceler. L'avenir de James était bel et bien tracé et ce merveilleux week-end n'avait été pour lui qu'une parenthèse sans lendemain…

Mais ce n'était pas le moment de s'appesantir là-dessus. Cassé en deux, les mains crispées sur la poitrine, le vieil homme haletait bruyamment. Il aurait fallu le mettre rapidement sous oxygène, lui administrer de quoi dégager ses poumons… Mais elle ne disposait d'aucun matériel. En attendant le retour de James, elle ne pouvait compter que sur elle-même et parer au plus urgent.

— Essayez de vous détendre, dit-elle.

Mais il s'effondra sur lui-même et sembla sombrer dans l'inconscience.

Cette fois, elle ne trouva pas son pouls. Sans perdre une seconde, elle composa sur son mobile le numéro d'appel des ambulances. Puis, rassemblant ses forces, elle tira le corps inerte à elle et l'étendit sur le sol afin de pouvoir pratiquer un massage cardiaque. Chaque seconde comptait. Le sort du père de James reposait entièrement sur elle. A présent, le vieil homme était totalement inconscient. S'agenouillant à côté de lui, elle se mit à effectuer de rapides compressions thoraciques afin de favoriser le retour de la circulation sanguine.

Enfin, le pas précipité de James retentit dans le hall et il fit irruption dans le salon.

— Il a fait un arrêt cardiaque, dit-elle brièvement sans relâcher son effort. Avez-vous apporté un défibrillateur ?

— Oui, le voici.

Il y avait une profonde angoisse dans sa voix. Sans doute redoutait-il comme elle une issue fatale. Elle ne cessa ses pressions que lorsqu'il eut mis le défibrillateur en place et fixé les électrodes sur la poitrine de son père.

S'écartant, elle guetta avec la même anxiété que lui les effets du premier choc électrique. A son grand désarroi, ils semblèrent nuls. Une seconde impulsion de la machine, plus violente, suivit. Cette fois, la reprise du rythme cardiaque apparut sur le moniteur. James poussa un soupir de soulagement et posa un masque sur le visage de son père pour lui insuffler de l'oxygène.

— Une ambulance va venir vous chercher, dit-elle en se penchant vers lord Birchenall.

Il reprenait peu à peu ses esprits et jetait autour de lui des regards ahuris, se demandant visiblement ce qu'il lui était arrivé.

Au même moment, confirmant les paroles d'Ellie, la sirène de l'ambulance retentit. Quelques secondes plus tard les aides-soignants surgissaient dans la pièce.

— Installez mon père sur un brancard et transportez-le dans l'ambulance, leur dit James, je vais lui préparer quelques affaires. Il en aura besoin pendant son séjour à l'hôpital.

Se tournant vers Ellie, il lui pressa légèrement le bras. Dans ses yeux, il y avait une sincère émotion.

— Merci, Ellie. Vous avez sauvé la vie de mon père.

— Nous l'avons fait ensemble, répondit-elle en se dirigeant avec lui vers le hall.

— Je suis désolé que vous ayez été mêlée à ce drame familial, murmura-t-il. Ce n'est pas ainsi que j'aurais voulu voir se terminer les deux jours que nous avons passés ensemble.

Attristée, elle sourit sans répondre. Elle savait ce qu'avait signifié pour lui cette merveilleuse escapade. Rien... Lord Birchenall venait de ruiner ses dernières illusions.

— J'espère surtout que votre père va se rétablir rapidement, dit-elle simplement.

— Je vais monter dans l'ambulance avec lui. Mais cela me navre de vous abandonner. Je vais vous appeler un taxi.

— Je le ferai moi-même. Ne perdez pas de temps. Les services de secours seront bientôt prêts à démarrer.

Pendant qu'il montait quatre à quatre l'escalier pour préparer le sac de son père, elle appela un taxi. Malgré sa désillusion, le souci qu'elle se faisait pour James l'emportait sur tout le reste. Il aimait son père et devait être bouleversé. Quand il redescendit, elle se contenta pourtant de poser une main réconfortante sur son bras.

Sans doute fut-il sensible à ce geste car il la serra contre lui avec effusion.

— Vous êtes un trésor, Ellie... à plus d'un égard..., dit-il en lui prenant les bras de ses mains, un sourire ému aux lèvres. Ces deux jours avec vous ont été plus que fantastiques. Inoubliables.

— Vraiment ?, demanda-t-elle pensivement.

Mais les phares du taxi apparurent derrière les vitraux du hall et le vigoureux coup de Klaxon du chauffeur la rappela à la réalité.

— J'ai passé un délicieux moment sur le bateau, reprit-elle. Merci, James, de m'avoir aidée à échapper au cauchemar.

— Je serai toujours là pour vous, répondit-il en sortant avec elle sous le porche. Je passerai vous voir demain soir chez vous, après l'hôpital, pour m'assurer qu'il n'y a pas de reporter embusqué dans votre jardin.

Perplexe, elle agita la main derrière la vitre pendant que le taxi l'emportait.

Lord Birchenall semblait persuadé que son fils épouserait Sophie. Mais, lui, en avait-il vraiment l'intention ?

Par bonheur, il n'y avait plus un journaliste en vue devant chez elle. La vie normale pouvait enfin reprendre ! Pour la première fois depuis deux jours, elle se sentit le courage de consulter les nombreux messages laissés sur son portable.

Celui de son père, proposant son aide, lui fit chaud au cœur. Il y en avait aussi un de Ben, son producteur à la télévision.

Il prétendait devoir être dans son quartier le lendemain soir et proposait de passer la voir chez elle. Cela lui convenait-elle ?

Son estomac se noua. Que lui voulait-il ? Mais cette rencontre finirait tôt ou tard par avoir lieu, il était inutile de reculer. Aussi lui répondit-elle tout de suite, confirmant le rendez-vous pour le mardi soir.

Ayant vérifié que les portes et les fenêtres étaient bien fermées, elle alla se coucher. La nuit fut paisible et elle se rendit le matin à l'hôpital à l'heure habituelle.

Elle était pourtant dans ses petits souliers en arrivant. Elle n'avait pas revu ses collègues depuis la parution des articles qui l'accablaient. Comment allaient-ils l'accueillir ?

Les traits tendus, Lewis fut l'un des premiers à venir la trouver.

— Les attaques de la presse m'ont révolté, dit-il. Mais toi, comment les as-tu supportées ?

— Comme j'ai pu. Parle-moi plutôt de Jessica. Ces insinuations ont dû être traumatisantes pour vous deux.

— Plutôt ! soupira-t-il en l'entraînant par le coude.

Comprenant que c'était pour parler plus tranquillement, elle ne résista pas. Mais elle aperçut James qui sortait au même moment de la salle de réanimation et leur lança de loin un regard sombre. Qu'était-il encore en train de s'imaginer ?

— Le bon côté de cette histoire, dit Lewis, c'est que Jessica et moi avons parlé comme nous ne l'avions pas fait depuis longtemps. Ces derniers mois, cela allait plutôt mal entre nous. Je ne dis pas que nous avons réglé tous nos problèmes, loin de là. Mais peut-être sommes-nous sur la bonne voie.

— Je l'espère pour vous.

— Merci, Ellie, dit-il en la serrant avec effusion contre lui.

Restée seule, elle retourna à son bureau. Elle avait demandé des tests qu'elle était impatiente de consulter.

— Tout va bien, Ellie ? fit soudain la voix de James, l'obligeant à lever la tête. J'espère que vos collègues vous ont bien accueillie ce matin !

— Ils ont été merveilleux. La lecture des articles les a scandalisés. Ils disent que ce sont bien là les méthodes honteuses de la presse à sensation.

— Si vous êtes de nouveau angoissée, dites-le-moi.

— Merci, James. Mais je me sens plus forte.

Plus forte, elle faudrait bien qu'elle le soit si sa carrière à la télévision s'interrompait. Elle avait mis plusieurs années à la construire et était fière d'aider ainsi un grand nombre de gens à se soigner. Y renoncer serait un crève-cœur.

— Comment va votre père ? demanda-t-elle, consciente que James aussi avait ses problèmes. Récupère-t-il ?

— Plus ou moins. Après ses précédents arrêts cardiaques, cette crise n'a rien arrangé. Il reste en observation au service de cardiologie.

— Cela lui ferait-il plaisir que je lui apporte des livres ou des magazines ? Ou des DVD ? Noah a une collection sur les demeures de prestige. Cela intéressera votre père. Et pour Noah, ce sera un moyen de se faire pardonner.

— C'est une bonne idée, Ellie. Cela lui changera les idées. Sophie a préparé des livres, mais il n'est pas en état de lire.

Il s'interrompit et la regarda.

— C'est votre intervention qui l'a sauvé. Il en est conscient et m'a chargé de vous exprimer sa gratitude.

— J'y suis très sensible, répondit-elle machinalement, la tête ailleurs.

Il avait fait allusion à Sophie de façon si naturelle... Cela ne révélait-il pas une intimité profonde entre eux ? Sophie et lui... En dépit de ses efforts, elle ne parvenait pas à chasser l'image de leur couple de son esprit.

— Etes-vous inquiète pour l'un de vos patients ? demanda-t-il. Vous paraissiez soucieuse en examinant ces résultats.

— Il s'agit d'une patiente qui présente les mêmes symptômes que mon père au début de sa maladie, répondit-elle. Cela me rappelle de mauvais souvenirs que je préférerais oublier.

Mais comment oublier ? Malgré elle, le passé remontait à la surface et avec lui le sentiment de culpabilité.

— Quand mon père est tombé malade, cela a été le début d'une période effroyable pour notre famille. Je lui en ai voulu. Aujourd'hui seulement, quand je vois les mêmes symptômes chez des patients, je comprends ce qu'il a enduré.

Saisissant le dossier, elle le feuilleta rapidement.

— Voyez cette patiente, dit-elle. Elle se sent privée de toute énergie, les idées confuses, et cela s'aggrave à la moindre infection. Elle était à demi inconsciente quand elle a été amenée ici en ambulance et son état général n'est pas bon. Son rythme cardiaque est trop rapide, sa respiration insuffisante, sa température trop élevée.

— Selon vous, elle a la maladie d'Addison, comme votre père ?

— Sans aucun doute.

— Savez-vous pourquoi votre père a fait comme si de rien n'était quand il est tombé malade, au lieu d'en parler ?

— Il pensait sans doute que ce n'était qu'une fatigue passagère. Ce n'est pas quelqu'un qui s'écoute. C'est seulement quand il a perdu son travail et que son couple a volé en éclats qu'il a consulté un puis plusieurs médecins. Mais c'est un mal difficile à diagnostiquer. Pendant un certain temps, on ne l'a pas soigné pour ce dont il souffrait, c'est-à-dire une insuffisance des glandes cortico-surrénales.

— Il a dû connaître des moments terribles, moralement et physiquement.

— Oh oui ! Mais aujourd'hui il est très bien suivi. Son état est stabilisé et on peut même dire qu'il se porte bien.

— Pour vous aussi cela a dû être dur. Si mon père et moi avions été au courant à l'époque, nous aurions pu vous aider.

— Croyez-vous vraiment que votre père lui aurait conservé son travail au domaine ? demanda-t-elle, sarcastique. Il veut que les choses tournent rond, à quelque prix que ce soit.

— C'était peut-être vrai à cette époque, je le reconnais. Mais je vous assure que, depuis, il est devenu plus conciliant.

— Peut-être, dit-elle, sachant combien il était attaché à son père et ne voulant pas le blesser.

Comme elle se levait pour aller voir sa patiente, il l'arrêta.

— N'oubliez pas que je passe vous voir ce soir, comme promis, pour voir si personne ne vous assiège ! J'arriverai un peu tard, car je monterai voir mon père en cardiologie avant de quitter l'hôpital.

— Mon producteur aussi a annoncé sa visite pour ce soir. A mon avis, hélas, c'est pour me signifier la fin de mes émissions.

James allait-il renoncer à passer, sachant qu'elle ne serait pas seule ? Pourtant, elle se sentirait tellement plus forte s'il était là...

— Le vent finit toujours par tourner, Ellie, répondit-il simplement. Les choses ne peuvent que s'arranger pour vous.

Cette phrase lui trottait encore dans la tête tandis que, chez elle, elle se préparait pour recevoir Ben. Elle serait plus sûre d'elle si elle se savait à son avantage. Hésitant devant son placard, elle choisit finalement un élégant chemisier à fines rayures et une étroite jupe crayon.

Ben avait l'air jovial lorsqu'il arriva, ce qui était plutôt bon signe.

— Vous avez dû vous sentir très abattue après cette tempête médiatique, lui dit-il quand elle le fit entrer dans le salon. Figurez-vous que nous avons été bombardés d'e-mails et d'appels téléphoniques au studio !

— Vraiment ? s'écria-t-elle. Oh ! je suis désolée !

— Ne le soyez pas, répondit-il en souriant. Vous avez des fans inconditionnels. Surtout des hommes, il faut le souligner ! Mais il y a eu aussi des appels de téléspectatrices. Tous sont indignés que la presse vous reproche aujourd'hui des faits qui remontent à votre adolescence.

— Cela me fait du bien de l'apprendre. Mais que faire à présent ? Renoncer à la nouvelle série d'émissions ?

— Pas forcément. Ce qu'il faut, c'est regagner à cent pour cent la confiance de nos téléspectateurs. Leur expliquer pourquoi, à l'époque, vous êtes sortie du droit chemin.

De nouveau, il lui sourit.

— Pour commencer, si vous me racontiez ce qui s'est passé ?

Elle n'avait aucune raison de le lui cacher, au contraire.

Quand elle lui eut tout dit de son enfance sur le domaine, de la maladie et du chômage de son père, des défaillances de sa mère, de l'éclatement de sa famille et de sa propre inconduite, elle alla préparer du café pour le laisser réfléchir.

— La question est de savoir comment informer le public, dit-il d'un ton méditatif quand elle revint avec un plateau. Un communiqué de presse ? Un sujet dans une émission ?

— Je ne pourrai jamais étaler le passé de ma famille aux yeux de tous, dit-elle avec véhémence. J'aurais l'impression de trahir mes parents.

— Pourtant, d'une certaine façon, vous avez été trahie vous-même. On vous a privée d'un foyer. Vous avez été abandonnée par votre mère. Cela a dû être un choc terrible pour la gamine que vous étiez. A l'évidence, ces événements ont joué un rôle dans votre crise d'adolescence.

— Oui, sans doute...

Tout se bousculait dans sa tête. Le passé, le présent, sa loyauté à l'égard de sa famille, la nécessité de se défendre...

— Pour mes parents aussi, la situation était terrible. Ils ont eu du mal à l'affronter. Ma mère a fait une dépression. Assumer la responsabilité d'une famille était au-dessus de ses forces. A l'époque, je ne m'en rendais pas compte. J'étais rebelle, violente, j'en voulais à la terre entière. J'ai fait beaucoup de bêtises, c'est vrai.

Elle soupira.

— Ce serait honteux de ma part de rejeter le poids de mes ennuis actuels sur mes parents... Et si je me contentais d'excuses publiques sur ma conduite passée en disant simplement que j'étais jeune et immature ?

— Cela ne suffira pas, répondit Ben en se levant pour partir. Je vais y réfléchir. Une solution serait peut-être de lancer une série d'émissions sur les crises de l'adolescence.

C'était plutôt encourageant. A moins qu'il ne confie ce nouveau programme à un autre qu'elle...

Ce serait un camouflet après le mal qu'elle s'était donné pour asseoir sa carrière. Qui pouvait imaginer les efforts de volonté qu'elle avait dû faire pour échapper à la terrible spirale où elle avait sombré ? Au lieu de se laisser détruire, elle avait lutté pour s'en sortir, pour donner un sens à sa vie.

Et elle avait réussi...

Pour comprendre qu'elle était en train de gâcher son existence, il avait vraiment fallu qu'elle touche le fond.

Cela s'était passé après une soirée plutôt glauque et bien arrosée. Une bagarre avait explosé. L'amie qui l'accompagnait s'était écroulée, la tête en sang. L'effet d'un coup reçu ? De l'ébriété ? Impossible de savoir, mais la blessure était sérieuse. Autour d'elles personne ne s'en souciait et elle-même n'était pas en état de faire grand chose pour la malheureuse, à part éponger le sang avec une serviette.

Pour elle, cet incident avait tiré la sonnette d'alarme. Son amie avait eu du mal à se remettre. Elle-même avait pris la résolution de s'en sortir une bonne fois pour toutes. Et elle avait décidé de se consacrer à la médecine.

Et tout cela pour quoi ? Pour voir aujourd'hui sa réputation entachée, sa carrière à la télévision menacée ?

Si seulement James était venu ! Cela l'aurait réconfortée. Tout au fond d'elle-même elle avait espéré qu'il aurait envie de passer un moment avec elle.

Mais peut-être avait-il préféré rejoindre Sophie.

Après tout, Sophie était une intime de la famille. Une habituée du manoir. Il la connaissait depuis toujours.

Au moment où il se faisait du souci pour son père, il était normal qu'il se tourne vers elle.

9

Le lendemain matin, plusieurs cas sérieux se succédèrent aux urgences et Ellie n'eut pas une minute à elle.

— Nous aurons besoin de poches de glace et de couvertures de refroidissement, Olivia, dit-elle après avoir examiné une patiente d'une trentaine d'années qui avait une forte fièvre et transpirait excessivement.

L'électrocardiogramme avait révélé un rythme anormal. En outre, la malade respirait avec peine et avait dû être placée sous oxygène. Le risque d'arrêt cardiaque semblait grand.

— Elle est particulièrement irritable, dit Olivia. Elle m'a dit de cesser de m'agiter autour d'elle et de la laisser tranquille.

— Les examens le confirmeront, mais je redoute un cas d'hyperthyroïdie, Olivia. L'irritabilité est un des symptômes liés à cette pathologie.

Pendant qu'Olivia allait chercher glace et couvertures, elle se pencha vers la patiente.

— Jenny, dit-elle avec ménagement pour ne pas l'énerver, nous allons vous administrer de quoi ralentir votre rythme cardiaque. Vous vous sentirez tout de suite beaucoup mieux.

S'étant assurée que ses instructions seraient suivies et Jenny transportée dans le service adéquat, elle s'éloigna pour regagner son bureau.

Au passage elle ne put s'empêcher de regarder si James se trouvait dans l'une des salles de soins. Mais elle ne trouva nulle part trace de sa présence. C'était surprenant.

Elle ressentait un irrépressible besoin de le voir. Dès son arrivée, elle l'avait cherché et, ne le voyant pas, avait espéré qu'il l'appellerait sur son portable pour prendre de ses nouvelles. Or, silence total. Pourtant il savait qu'elle appréhendait sa rencontre de la veille avec Ben.

Pourquoi ne cherchait-il pas à savoir comment cela s'était passé ?

Les deux jours qu'elle avait passés avec lui sur le bateau avaient changé tellement de choses pour elle. Deux courtes journées ! Assez longues cependant pour lui révéler une évidence qu'elle ne pouvait plus se cacher...

Elle était amoureuse de lui.

Aucun autre homme ne pourrait la rendre heureuse, elle en était certaine. C'était avec lui qu'elle voulait passer le reste de ses jours. Mais il l'avait prévenue. Une relation sérieuse n'était pas pour lui. Une relation éphémère lui suffisait.

Le drame était que, elle, elle voulait beaucoup plus.

L'arrivée d'Olivia interrompit le cours de ses pensées.

— Angela, la patiente qui souffre d'une inflammation du myocarde, répond bien aux antibiotiques, lui dit celle-ci. Son état s'améliore. L'interne a enlevé le drain.

— C'est une bonne nouvelle. J'avoue que j'étais inquiète à son sujet. Quoi de neuf à propos de David Lengley, notre patient atteint de pancréatite ?

— La chirurgie a eu de bons résultats. La digestion se rétablit. Il est maintenant sous antibiotiques.

— Tant mieux. Merci, Olivia. Oh ! Il est plus tard que je ne pensais, dit-elle en consultant sa montre. Il serait temps que j'aille déjeuner ! Ensuite, je ferai un saut au service de cardiologie.

— Le père de James y est en traitement, n'est-ce pas ?

— Oui. J'ai quelques DVD à lui apporter.

Ayant avalé quelque chose en vitesse à la cafétéria, elle gagna l'aile de l'hôpital où se trouvait le service de cardiologie. La réticence de l'infirmière pour lui indiquer la chambre de lord Birchenall l'étonna.

— Il faut attendre, Ellie... Je me demande si... Je veux dire...

Son fils est dans la chambre... Je pense qu'il ne souhaite pas être dérangé...

— L'état de lord Birchenall s'est-il aggravé ? demanda-t-elle, gagnée par l'inquiétude.

— Autant vous le dire, Ellie... En fait, il s'est éteint il y a une heure... Je suis désolée de devoir vous annoncer cette mauvaise nouvelle...

Laissant tomber sur une table le sac de DVD, elle resta silencieuse quelques secondes, le temps d'intégrer la nouvelle. S'étant ressaisie, elle se tourna vers l'infirmière.

— Son fils est-il seul dans la chambre ?

— Oui. Il a dit qu'il souhaitait se recueillir un moment.

— Je comprends cela. Je voudrais juste qu'il sache que je suis là.

S'il le voulait, elle repartirait. Mais l'idée qu'il était seul pour affronter son chagrin lui était insupportable. Ayant vaincu les dernières réticences de l'infirmière, elle longea le couloir jusqu'à la chambre, frappa un coup léger et attendit. Après quelques secondes, la porte s'ouvrit et James apparut dans l'encadrement.

— Ellie ? dit-il d'une voix blanche.

Il était blême, le regard absent, et semblait se mouvoir en automate. Peut-être aurait-elle mieux fait de ne pas venir. De le laisser seul. Comme s'il s'apercevait soudain de sa présence, il lui tendit enfin les mains. Cédant à une impulsion, elle l'enlaça et le tint étroitement embrassé.

— Il a fait une nouvelle crise cardiaque hier soir, dit-il d'une voix tremblante. Ensuite, il n'a pas récupéré. Il a juste commencé... à s'en aller... tout doucement...

— Je suis désolée, James. Je pensais vraiment qu'il s'en tirerait.

— Voilà des mois que je redoute une issue de ce genre. Et maintenant que cela s'est produit, je n'arrive pas à y croire. J'aurais dû rester à la maison, veiller sur lui...

— Personne n'aurait pu faire plus que ce que vous avez fait.

Faisant de son mieux pour le réconforter, elle lui caressait doucement le dos.

— Votre père ne supportait pas d'être malade, James. C'était un homme énergique. Sa faiblesse le mettait à la torture. Peut-être a-t-il maintenant trouvé la paix.

— Qui sait…, murmura-t-il, l’air absent.

Semblant soudain se ressaisir, il fit un pas dans le couloir et referma la porte derrière lui.

— A présent, j’ai des formalités à accomplir, dit-il.

— Cela peut attendre, James ! se récria-t-elle. Vous serez mieux chez vous. Je vais vous raccompagner en voiture.

— Vous avez peut-être raison, dit-il avec un soupir de lassitude. Mais je suis en état de conduire et on a besoin de vous aux urgences.

Il fit quelques pas en silence, comme s’il cherchait à rassembler ses esprits.

— Par contre, dit-il, cela me ferait du bien que vous passiez ce soir au manoir en sortant de l’hôpital.

— Comptez sur moi, James. Je viendrai.

— Merci, Ellie.

Inquiète de voir son regard fixe et son visage vide de toute expression, elle l’accompagna jusqu’au parking et suivit sa voiture des yeux avant d’aller reprendre son service, s’exhortant à ne plus penser qu’à son travail.

— Il faut demander à un endocrinologue de venir examiner Jenny Soames, dit-elle à Olivia en consultant le résultat des tests de fonctionnement de la thyroïde.

— Je vais appeler le Dr Mason, dit Olivia. En tout cas, Jenny semble aller mieux et être moins agitée.

— C’est bon signe.

La fin de la journée arriva enfin. Ayant passé ses consignes à l’équipe du soir, elle prit le chemin du manoir. Le chagrin de James lui avait fendu le cœur. Tout ce qu’elle espérait était qu’il soit un peu moins abattu.

Sans doute alerté par le crissement des pneus sur le gravier, il vint l’accueillir sous le porche.

— Comment vous sentez-vous ? demanda-t-elle avec sollicitude.

— Je tiens à peu près le coup, dit-il en la guidant jusqu’à la cuisine.

Lui ayant avancé une chaise près de la table, il remplit la bouilloire et la brancha.

— Je préfère ne pas penser à ce qui s'est passé, dit-il. Il vaut mieux que je m'active, que je m'occupe l'esprit.

— C'est normal. Il faut du temps pour accepter.

— Voulez-vous du thé ou du café ? Ou peut-être quelque chose de plus costaud ? Un alcool ?

— Du thé me va très bien, merci.

— Parfait, dit-il en plaçant les sachets dans la théière. Et maintenant racontez-moi comment cela s'est passé avec votre producteur hier soir.

— Pas trop mal. Mieux que je ne le craignais, en tout cas, bien que je ne sache toujours pas comment cela va finir. Tout dépend de la façon dont nous arriverons à restaurer mon image aux yeux du public. Sinon, qui voudra écouter mes conseils ?

— La plupart des gens comprendront qu'il s'agissait d'une crise d'adolescence. J'aurais voulu être là avec vous pour recevoir votre producteur, Ellie, mais...

Sa voix s'étrangla.

— Au moment où je quittais l'hôpital, j'ai été bippé par le service de cardiologie et... vous connaissez la suite...

— Oui, James.

— Pourtant, dans l'après-midi, j'étais resté un long moment au chevet de mon père. Il semblait reprendre des forces. Il était optimiste et projetait de rentrer au manoir et...

Il s'interrompit brutalement, faisant visiblement un effort pour s'obliger à penser à autre chose.

— Etes-vous toujours pourchassée par les journalistes ?

— Non. Ils se calment. Il y en avait quand même deux qui m'attendaient ce matin devant ma porte. J'ai pris le parti d'aller droit vers eux et je leur ai déclaré sans me démonter que ma seule ambition à la télévision était de faire de bonnes émissions et d'aider les gens à vivre mieux !

Elle eut un petit sourire ironique.

— J'ai ajouté que laisser des journalistes sans scrupule gâcher cela serait dommage.

— Bravo, Ellie !

Comme si cela pouvait chasser le fardeau qui lui pesait depuis si longtemps, elle secoua les épaules.

— J'ai décidé de ne plus me dérober, James. D'assumer, quoi qu'il arrive. Il paraît que de nombreux e-mails de soutien sont arrivés au studio. Cela me donne du courage.

Elle n'osait pas le lui dire, mais ce qui lui donnait surtout du courage c'était la façon dont il l'écoutait en ce moment.

— Si j'étais un hôte attentif, je devrais vous offrir aussi de quoi vous restaurer ! dit-il en posant une tasse de thé devant elle. D'ailleurs, cela me fait penser que je n'ai rien avalé de la journée.

— Rien du tout, vraiment ?

— Je ne m'en sentais guère l'envie...

— Il doit y avoir ici de quoi dîner, non ?

— Ma foi, je n'en sais rien. D'habitude, c'est Harriet qui s'en occupe. Mais elle est en vacances chez sa fille au Pays de Galles.

— Me permettez-vous de jeter un coup d'œil dans les placards ? demanda-t-elle en se levant.

C'était à elle de prendre la direction des opérations. James était visiblement trop abattu pour préparer un dîner.

— Que diriez-vous d'un plat de spaghettis bolognaise ? proposa-t-elle après avoir inventorié les ressources de la maison.

— Parfait. Que puis-je faire pour aider ?

— M'observer et faire comme moi, dit-elle en riant et en posant sur la table des oignons, des carottes et du céleri qu'ils émincèrent avant de les jeter dans une casserole. Puis elle y ajouta de la viande de bœuf hachée, du bouillon et un peu de vin rouge avant de confectionner une sauce avec des tomates et des herbes.

Pendant qu'elle surveillait ce qui mijotait, elle laissa James mettre les spaghettis dans l'eau bouillante. Quelques minutes plus tard ils étaient à table.

— Dommage que vous ne soyez pas là tous les jours, dit-il en enroulant des spaghettis autour de sa fourchette. Ce sont les meilleurs spaghettis à la bolognaise que j'ai jamais mangés.

— Je vois ! Ce sont mes qualités de cuisinière qui vous plaisent en moi !

— Tenez-vous à ce que j'en cite quelques autres ?

Elle s'apprêtait à répliquer quand elle sentit son portable vibrer dans sa poche.

— Désolée. J'aurais dû l'éteindre, dit-elle avec un regard d'excuse.

— Répondez, Ellie. C'est peut-être important.

Jetant un coup d'œil au numéro affiché, elle poussa une exclamation.

— C'est Ben, mon producteur !

— Vous n'allez pas me croire, Ellie ! dit celui-ci, l'air très excité, quand elle décrocha. Devinez qui m'a téléphoné ! Votre mère.

— *Ma mère ?* En effet, j'ai du mal à vous croire. Pourquoi l'aurait-elle fait ?

— Elle a lu les papiers sur vous dans la presse. Plusieurs journalistes ont écrit que votre émission allait s'arrêter et elle estime que c'est un scandale. Figurez-vous qu'elle suit votre programme religieusement !

— Je n'en crois pas mes oreilles…

— Elle souhaite rétablir la vérité. Elle voulait me dire que rien n'était votre faute — ce que par parenthèse je savais déjà. Elle compte expliquer elle-même à la presse que, du fait de sa fuite et de ses défaillances, c'est elle la responsable de vos erreurs de jeunesse.

— Mais pourquoi n'a-t-elle pas cherché à me joindre, moi ?

— Parce qu'elle est dévorée par la culpabilité.

— Il faut l'empêcher de parler à la presse, Ben ! Sa vie sera fichue, tout le monde la montrera du doigt.

— Trop tard. Elle avait déjà accordé des entretiens à des journalistes quand elle m'a appelé. Les papiers sortiront dans les journaux du week-end. Tout cela me conforte dans l'idée que nous devons programmer ces nouvelles émissions, Ellie. J'envisage une série sur les adolescents à problèmes et la délinquance juvénile. C'est bon pour vous, Ellie !

Elle n'en était pas si sûre. La conversation terminée, elle resta un instant les yeux dans le vide.

— J'ai gardé votre assiette au chaud dans le four, dit James. Je vais vous l'apporter.

— Comme c'est gentil ! Merci, James.

— Satisfaite du coup de fil ? demanda-t-il en posant l'assiette devant elle.

Tout en avalant quelques spaghettis, elle lui raconta sa conversation avec Ben.

— A présent, j'ai l'impression que c'est à moi de protéger ma mère. Etrange, non ?

— Pas vraiment. Elle est votre mère malgré tout. Quoi qu'il arrive, quoi qu'ils fassent, nos parents font partie de nous.

Comprenant qu'il pensait à son père, elle étendit la main à travers la table et la posa sur la sienne.

Il s'en empara aussitôt et la serra intensément, la regardant en silence au fond des yeux. Le cœur battant, elle lui rendit son regard. Le temps lui sembla s'arrêter, comme si un lien invisible les soudait l'un à l'autre, dans une compréhension mutuelle. C'était comme si une bulle les isolait du reste du monde et que, très doucement, les instants de désir revivaient entre eux.

Un bruit de pas retentit alors dans le couloir et la porte de la cuisine s'ouvrit. Stupéfaite, elle vit apparaître Sophie, mais se rappela aussitôt qu'elle avait les clés du manoir.

Leur jetant un coup d'œil, celle-ci marqua aussi un moment de surprise.

— Je ne savais pas que tu avais de la compagnie, James. Je suis venue voir comment tu allais. Quelle terrible journée pour toi !

— Oui, en effet, répondit-il en dégageant lentement la main qu'il avait abandonnée à l'étreinte d'Ellie.

— Mais maintenant, je suis là, dit Sophie. Tu n'as plus à te faire de souci. Je t'aiderai pour les formalités et la cérémonie. Il va y avoir beaucoup à faire.

Interdite, Ellie les observait, laissant aller son regard de Sophie à James qui s'était levé pour l'accueillir.

— Veux-tu un peu de vin, Sophie ? dit-il en désignant la bouteille sur la table. Je vais aller te chercher un verre.

— Oui, volontiers, répondit-elle en prenant place à table. Je voulais te proposer d'aller acheter un plat cuisiné, mais je vois que c'est inutile.

Elle prit le verre que James lui tendait.

— Repose-toi sur moi pour tout organiser. Demain, je

t'accompagnerai pour les démarches nécessaires. Ensuite, je m'occuperai des fleurs pour la cérémonie. J'ai pensé à des lis blancs. Mêlés peut-être à quelques œillets. Qu'en penses-tu ? demanda-t-elle sans paraître se soucier de la présence d'Ellie qui, incertaine sur la conduite à tenir, se taisait sans quitter James des yeux.

Soudain, elle le vit se lever et se diriger vers la fenêtre. Il ferma les yeux et pressa les mains sur ses tempes, comme s'il voulait échapper à la pression du monde, et ouvrit la bouche sans qu'aucun son n'en sorte.

Décidément, il était temps qu'elle intervienne.

— Je ne pense pas que James soit prêt pour toutes ces démarches, Sophie, dit-elle fermement. Il est encore sous le choc. Il a besoin d'un peu de temps.

— Vous avez raison, fit Sophie en se levant.

S'étant approchée de James, elle lui posa la main sur le bras en un geste qui semblait empreint d'affection.

— Ne m'en veux pas, James. Je comprends ton chagrin.

— Je sais que tu me proposes ton aide dans une bonne intention, Sophie, lui répondit-il. Merci d'être là.

Voyant qu'ils se mettaient à bavarder tranquillement devant la fenêtre, Ellie eut tout à coup le sentiment d'être une intruse. Afin de combattre son malaise, elle débarrassa la table et commença à mettre un peu d'ordre.

— Sophie vient de me rappeler que le poêle fonctionne mal dans le salon, dit soudain James en se dirigeant vers la porte, suivie de Sophie. Je vais aller y remédier afin que nous puissions nous y installer tranquillement.

Restée seule et ne sachant plus que penser, Ellie mit en marche la machine à café. Elle s'apprêtait à disposer des tasses sur un plateau quand Sophie réapparut.

— James semble totalement perdu dans ses pensées, dit-elle avec un soupir. Je pense qu'il a besoin d'être seul un moment. Il n'est pas d'humeur à avoir de la compagnie.

— C'est compréhensible.

— Je vais en profiter pour m'occuper du café, dit Sophie qui ajouta un pot de crème et une coupe de sucre roux sur le plateau avant de se tourner, souriante, vers Ellie.

— Vous pouvez partir tranquille, Ellie. Je suis là pour prendre soin de James, dit-elle avec un regard froid qui démentait son sourire. C'est mon rôle, après tout.

— Votre rôle ?

— Bien sûr ! James est tellement occupé que nous n'avons pas eu le temps d'officialiser notre relation. Mais il est entendu depuis longtemps que je serai sa femme. A présent que, hélas, son père n'est plus là, il a besoin de ma présence à ses côtés. Il est le nouveau lord Birchenall et ne peut rester célibataire. Nous nous marierons sans doute au printemps.

Accusant le coup, Ellie respira profondément.

Pourtant, si Sophie disait vrai, pourquoi James s'était-il montré aussi empressé à son égard ?

— Vous vous demandez peut-être pourquoi James s'est beaucoup intéressé à vous ces derniers temps ? demanda Sophie avec une perspicacité déconcertante. Ne vous faites aucune illusion à ce sujet. James est un homme généreux et attentif aux autres. Il a voulu vous aider parce que vous aviez des ennuis, c'est tout. N'attendez rien de plus, vous seriez déçue. Même lorsqu'il se prend au jeu, chez lui ce genre d'engouement ne dure jamais bien longtemps.

Allant et venant avec l'aisance d'une maîtresse de maison dans sa propre demeure, elle sortit d'un placard un paquet de biscuits au chocolat et en disposa quelques-uns sur une assiette.

— Vous savez, reprit-elle sans un regard, c'est inscrit dans ses gènes. Il n'épousera qu'une femme irréprochable. Une femme capable de tenir son rang à ses côtés, d'organiser des dîners, d'être à son aise en société. C'est pourquoi il me veut auprès de lui.

Si Sophie était en train d'inventer tout cela, elle le faisait avec une habileté digne d'admiration. Il fallait réagir. Pesant soigneusement ses mots, Ellie prit la parole.

— Cela ne vous inquiète pas, Sophie, que James soit attiré par une autre femme ?

— Pourquoi m'inquiéter d'un flirt sans importance ? Dès que nous serons mariés, tout rentrera dans l'ordre. James est trop soucieux de sa respectabilité pour mettre en péril son image et celle de sa famille. Qu'il papillonne un peu avant de se ranger est le cadet de mes soucis.

Avec la même apparence de sang-froid, elle versa du café dans deux tasses.

— Je ne veux pas vous retenir plus longtemps, Ellie, dit-elle d'un ton suave. Vous avez certainement beaucoup à faire. A partir de maintenant, c'est moi qui suis en quelque sorte investie de veiller sur James. J'ai la bénédiction de son père.

Ce dernier point, du moins, était incontestable...

— Bonsoir, Ellie, fit Sophie en se dirigeant vers la porte, le plateau entre les mains. N'oubliez pas votre veste. Le temps fraîchit.

Décidément, Sophie n'y allait pas par quatre chemins ! Elle voulait clairement la voir quitter le manoir et sortir de la vie de James ! Dans l'immédiat, cependant, elle ne partirait pas sans aller le saluer, que cela plaise ou non à Sophie. Aussi, sans lui demander son avis, la suivit-elle dans le salon.

— Je crois que ce damné poêle marche enfin ! dit James qui était penché sur l'antique poêle en fonte.

Se relevant, il jeta un coup d'œil au plateau apporté par Sophie.

— Deux tasses seulement ? fit-il, l'air étonné.

— C'est que je dois m'en aller, répondit Ellie. Je viens juste vous dire au revoir, James. Si je peux faire quoi que ce soit pour vous, appelez-moi. Je vous reverrai à l'hôpital quand vous aurez récupéré. Prenez le temps qu'il vous faudra avant de revenir.

Simple courtoisie ? Ou désir d'un moment d'intimité avec elle ? Il quitta le salon avec elle et l'accompagna jusqu'au porche.

— Je regrette que vous partiez déjà, Ellie. J'aurais voulu profiter de votre compagnie un peu plus longtemps.

— Je ne vous laisse pas seul, James. Sophie est là, répondit-elle, se retenant de le serrer dans ses bras.

— C'est vrai...

Tandis qu'elle se dirigeait vers sa voiture, elle l'entendit refermer la porte.

Finalement Sophie avait raison. Pour lui, elle n'avait été qu'une agréable distraction.

Et ce serait Sophie qu'il épouserait, comme son père l'avait souhaité.

10

— C'est une joie de vous retrouver, James.

En gagnant avec lui l'aire des ambulances, Ellie le dévorait du regard. Il était de retour à l'hôpital depuis le matin, mais elle n'avait pas encore eu le temps de le voir.

Elle se sentait submergée par la force de ses sentiments pour lui. Pourtant, quelque chose dans son attitude la déconcertait. Où était passé l'homme chaleureux et décontracté qu'elle connaissait ? Il semblait tendu, le regard ailleurs.

Etait-ce à cause de son deuil ? Ou bien voulait-il la maintenir à distance pour protéger sa relation avec Sophie ?

A moins que, tout simplement, il ne se concentre sur le nouveau cas qui les attendait. Un jeune homme victime d'un accident de la circulation.

— Vous m'avez manqué, murmura-t-elle, prenant son courage à deux mains.

— Vraiment ?

Elle acquiesça de la tête. Il lui avait manqué plus qu'il n'aurait pu l'imaginer. La façon dont elle avait dû le quitter la dernière fois qu'elle l'avait vu au manoir avait été un déchirement. Depuis, elle se demandait de façon lancinante si ce que Sophie lui avait dit sur leur prochain mariage était vrai.

C'était hélas possible. Si James avait voulu la revoir, il l'aurait appelée.

— La cérémonie pour votre père était très belle, dit-elle avec douceur. Le service, très émouvant. Et les fleurs magnifiques, en particulier à l'intérieur de l'église. Grâce à Sophie, sans doute.

— Non. J'ai voulu tout organiser moi-même.

Surprise, elle lui jeta un rapide coup d'œil. Sophie s'était montrée tellement acharnée à avoir la haute main sur tout...

— J'aurais voulu vous voir depuis la cérémonie, James, mais j'ai appris par Harriet que vous étiez parti passer quelques jours chez des parents.

— Vous êtes donc venue voir Harriet au manoir ? demanda-t-il, l'air surpris.

— Euh... oui... Je pensais qu'elle vous l'aurait dit. Il est vrai qu'elle était sur les nerfs le jour où je suis passée. Si j'ai bien compris, Sophie était là et voulait lui imposer un changement dans ses menus.

— Harriet déteste qu'on la contrarie, dit-il avec un sourire amusé, semblant se dérider un peu.

— Oh ! Je me rappelle qu'elle a du caractère, bien qu'elle ait été très bonne avec moi quand j'étais enfant.

Ayant atteint l'aire des ambulances, il ne leur restait qu'à attendre l'arrivée du blessé. Ce ne serait pas long, une sirène retentissait déjà au loin.

— Je suis allé passer quelque temps dans une branche de ma famille, reprit James. Parmi des tantes, des oncles, des cousins. J'avais besoin de me changer les idées. La direction de l'hôpital l'a très bien compris.

Elle n'en sut pas plus, car l'ambulance arrivait et James se précipita vers le blessé.

— Il s'appelle Sam Donnelly, dirent les aides-soignants en sortant le brancard de l'ambulance. Il a fait une chute de moto. Il ne peut pas parler et son rythme cardiaque est très bas.

— Il faut le mettre sous surveillance cardiaque, dit James dès qu'ils furent en salle de réanimation et qu'il eut commencé à examiner le blessé.

— J'installe le moniteur, répondit Olivia.

— La pression artérielle s'effondre, avertit Ellie.

Le blessé ne paraissait pas avoir plus de dix-huit ans. Elle eut une pensée pour ses parents qui étaient dans la salle d'attente, sachant leur fils inconscient et peut-être gravement atteint.

Levant les yeux vers James, elle le vit se rembrunir malgré l'introduction d'une sonde dans la trachée du blessé pour lui fournir de l'oxygène.

— Son état se détériore, dit-il d'une voix sèche. Il est pâle, il a le souffle court, son pouls est faible et irrégulier.

— Sa température est trop basse, dit-elle, perplexe.

Le jeune homme ne présentait pas de blessures apparentes inquiétantes. Il fallait chercher ailleurs la cause de la dégradation de son état.

— Il y a peut-être une hémorragie interne, dit James qui avait apparemment le même raisonnement qu'elle.

— Scanner ? suggéra-t-elle.

— Cela peut nous apporter la réponse, dit-il en approuvant de la tête. Olivia, s'il vous plaît, prévenez le bloc qu'il y a peut-être une urgence pour eux. Qu'ils se tiennent prêts.

— Je le fais tout de suite.

— Il s'est probablement fracturé les côtes inférieures, reprit-il. Cela peut avoir entraîné un traumatisme abdominal.

— C'est très possible, répondit-elle.

Le scanner ayant été peu éclairant, il fallut recourir à une méthode intrusive. James pratiqua une incision dans l'abdomen de Sam avant d'introduire un cathéter de dialyse dans la cavité péritonéale puis d'y injecter une solution saline qu'il aspira ensuite lentement dans une poche transparente.

— Il y a beaucoup de sang, dit Ellie en fronçant les sourcils au fur et à mesure que la solution rougissait. Le foie a sans doute été endommagé par les côtes cassées.

— Vous avez raison. Il faut envoyer Sam au bloc pour une laparotomie.

Sans perdre de temps, elle prépara le jeune homme pour l'intervention. Plus tôt il serait opéré, plus il aurait de chances de s'en sortir.

— Vous avez été très efficace, lui dit James en enlevant ses gants après que Sam eut été emmené. Et votre jugement est très sûr. Je suis content de voir que vous avez retrouvé votre confiance en vous.

— C'est vrai, dit-elle, je ne doute plus. Et pourtant...

— Pourtant ?

— Quelque chose m'a perturbée ce matin, dit-elle en se rembrunissant. Mel a appelé. Elle veut venir me voir.

— A-t-elle dit pourquoi ?

— Non. Mais j'ai accepté le rendez-vous. Elle sera là dans une quinzaine de minutes, dit-elle en consultant sa montre.

— Voulez-vous que j'y participe avec vous ?

— Oh ! vous feriez cela ? demanda-t-elle, envahie d'un intense soulagement. Merci, James ! Pour tout vous dire, je continue à me demander si elle n'est pas à l'origine de la campagne de presse déclenchée contre moi. Elle connaît mon passé et ne me pardonne pas le décès de sa tante.

— Pour l'instant, dit-il en regardant la blouse verte et les chaussures de plastique qu'elle portait, allons nous changer pour ce rendez-vous. Je vous propose qu'il ait lieu dans mon bureau.

A peine l'y avait-elle rejoint que l'on annonça l'arrivée de Mel.

— Asseyez-vous, je vous en prie, dit James à la visiteuse avec un sourire engageant. Voulez-vous un café avant de nous exposer le problème qui vous amène ?

— Ce n'est pas un problème qui m'amène. Plutôt une décision de ma part.

Strictement vêtue d'une robe et d'une veste trois-quarts coordonnées, elle avait son allure habituelle de parfaite femme d'affaires. Mais sa coiffure était plus souple, avec une légère ondulation qui adoucissait son expression. Buvant son café à petites gorgées, elle semblait réfléchir.

— Une décision ? demanda enfin Ellie, n'y tenant plus. Laquelle ?

— J'ai été bouleversée par la mort de ma tante, répondit Mel. Cela s'est passé si vite. Nous étions sur le point de partir en week-end au bord de la mer quand elle a eu cette attaque. J'ai trouvé cela inacceptable. Elle était une mère pour moi et je l'adorais.

L'évocation de sa tante sembla raviver son émotion. Sa main tremblait quand elle reposa sa tasse de café et elle paraissait incapable de poursuivre.

— Prenez votre temps, Mel, lui dit James.

— J'ai consulté un avocat, reprit-elle.

A ces mots, Ellie sentit le cœur lui manquer. C'en était fait de sa carrière, de son avenir, de tout ce qu'elle avait construit avec tant d'efforts et d'acharnement. Rencontrant le regard de James, elle vit qu'il comprenait ce qu'elle éprouvait.

— Il a examiné les comptes rendus de l'hôpital, dit Mel. A ma demande, il a sollicité l'avis d'un expert qui lui a appris qu'une opération aurait pu être pratiquée pour extraire le liquide infecté de l'espace qui entoure le cœur.

— En effet, répondit Ellie de son ton le plus professionnel. C'est ce que l'on fait quand le mal est chronique et que le drainage a échoué. Dans le cas de votre tante, l'infection était galopante et les antibiotiques inopérants. Mais le problème majeur était sa faiblesse cardiaque. Elle a fait un arrêt du cœur et malgré tous mes efforts n'a pu être réanimée. J'en suis désolée, croyez-le bien.

— Laissez-moi continuer, dit Mel qui semblait avoir vaincu son émotion. Ce que je suis venue vous dire, c'est que les explications de l'expert ont corroboré les vôtres. J'étais tellement désespérée que j'avais besoin d'avoir quelqu'un à blâmer je crois.

Elle se tourna vers Ellie et lui sourit.

— Je suis désolée, Ellie, lui dit-elle. Vous n'y êtes pour rien et j'ai pris la décision de retirer ma plainte.

Ce fut comme si un poids de plusieurs tonnes s'envolait soudain de ses épaules.

— Merci, Mel, d'être venue me le dire, dit-elle d'une voix étranglée.

— J'ai lu les articles publiés sur vous. Ils sont tellement injustes ! Je me rappelle l'époque de notre adolescence, ces fêtes, ces chahuts. J'en ai partagé certains.

Sans doute émue par l'évocation de ces souvenirs, elle retrouva soudain le tutoiement de leur adolescence.

— Il n'y avait rien de mauvais en toi, Ellie. Tu ne pensais qu'à aider les autres malgré le déséquilibre de ta vie. Heureusement, les déclarations de ta mère à la presse vont aider à rétablir la vérité.

— Tu les as lues ?

— Oui. Elle reconnaît sa part de responsabilité.

— Je crois qu'elle et moi commençons à nous libérer du passé. Il lui a fallu du courage pour s'exprimer publiquement.

A cette pensée, elle eut un sourire d'attendrissement.

— Pour la première fois depuis des années, nous nous sommes revues. Nous avons parlé librement. Maintenant, nous nous comprenons mieux l'une l'autre.

Avec Mel aussi, l'entente revenait. Après avoir longuement bavardé, elle la raccompagna.

— Merci encore, Mel, d'être venue me voir.

Ayant refermé la porte, elle s'y adossa, les yeux clos. Elle ne s'était pas attendue à voir Mel retirer sa plainte. C'était un soulagement indicible.

Un bonheur de plus après les retrouvailles avec sa mère !

— J'attends ce moment depuis si longtemps, lui avait dit celle-ci, les larmes aux yeux. Mais je n'étais pas sûre que tu aies envie de me voir.

— Je n'avais pas compris que tu étais malade, maman. Nous avons eu tort de t'en vouloir, Noah et moi.

— Merci de ta compréhension, ma chérie, avait répondu sa mère, le visage illuminé de joie. Vous étiez si jeunes tous les deux ! Je n'étais pas en état d'assumer votre éducation. A présent que je vais mieux, j'espère que nous pourrons effacer ces années noires.

— J'en suis sûre, maman. Nous allons prendre ensemble un nouveau départ !

Le regard de James fixé sur elle la tira de sa rêverie.

— Tout va bien, Ellie ? demanda-t-il, l'air inquiet.

— Mieux que bien !

— Il reste pourtant un problème de taille à résoudre, dit-il d'un ton méditatif. Si Mel n'est pas à l'origine du scandale, qui alors ?

— Je n'en sais rien, répondit-elle, évasive.

En fait, une idée faisait son chemin dans sa tête, mais il était indélicat de l'évoquer devant James. Une autre personne aurait eu intérêt à salir sa réputation. Sophie...

— En tout cas, dit-il en s'approchant d'elle, tout s'arrange pour vous. La plainte de Mel, les accusations de la presse, votre carrière à la télévision, vos retrouvailles avec votre mère. A présent vous pouvez avancer en paix dans la vie.

— Oui, c'est un grand soulagement. Merci de votre soutien constant, James.

— Je vous l'ai déjà dit. Je serai toujours là pour vous, Ellie.

Il lui lança un regard appuyé.

— Je ne vous abandonnerai jamais, ajouta-t-il.

D'une certaine façon, c'était sans doute vrai. Pourtant, il allait épouser Sophie...

— Malgré tout, vous ne sembliez guère tenir à ma présence le dernier soir où nous nous sommes vus, au manoir.

— J'étais sous le choc d'avoir perdu mon père. Mais c'est vous qui avez voulu partir. Cela m'a déçu. J'avais très envie que vous restiez. Vous ne m'avez même pas appelé le lendemain. Je n'ai pas compris que vous preniez vos distances avec moi. Vouliez-vous rompre toute relation personnelle ?

— Ce n'était rien de tel, dit-elle en lui jetant un coup d'œil incisif. Mais Sophie venait de me révéler votre relation et de m'annoncer votre prochain mariage.

— *Quoi ?* s'exclama-t-il avec une véhémence qui la fit sursauter. Grands dieux ! D'où a-t-elle sorti une idée pareille ?

— Mais..., balbutia-t-elle, l'esprit en déroute. Vous vous connaissez depuis longtemps... et votre père m'a dit qu'elle serait une épouse parfaite pour vous...

— Mon père avait ses idées sur tout, mais je ne les partageais pas toujours, dit-il d'un ton sec. Je l'aimais et je le respectais. Mais même pour lui faire plaisir, je n'aurais pas forcé ma volonté...

On frappa un coup à la porte et il rugit :

— Qu'est-ce que c'est ?

— Le blessé est sorti du bloc, dit Olivia en entrant. Le foie et la rate étaient gravement touchés, mais l'opération a réussi et il semble tiré d'affaire. On vous attend pour avoir votre avis.

— Merci, Olivia.

Quand elle fut sortie, il resta un instant pensif.

— Ecoutez, Ellie, il faut que j'aille voir Sam. Mais je veux tirer cette histoire au clair avec Sophie. Je passerai chez vous ce soir, dès que je l'aurai fait.

— Alors, à ce soir...

Elle avait bien failli se laisser prendre aux racontars de Sophie. Mais à présent, la joie l'inondait. Et si tous les espoirs étaient de nouveau permis ? S'il y avait un avenir pour elle auprès de James ?

Pourtant, de retour chez elle, le doute l'assaillit de nouveau.

En ce moment même, il était avec Sophie. Saurait-elle le persuader qu'ils étaient destinés l'un à l'autre ? Qu'il ne pouvait trahir son ascendance aristocratique avec une femme à la réputation ternie ?

Ayant grignoté quelques crackers et un morceau de fromage pour se réconforter, Ellie alla prendra une douche et se changer. Vêtue d'un jean et d'une courte tunique à fines bretelles, elle se maquilla légèrement, avec juste un peu de blush pour raviver l'éclat de son teint, et laissa librement flotter ses cheveux.

Se sentant plus sûre d'elle, elle descendit et commença à attendre James, le cœur battant.

Quand il frappa à la porte, elle ouvrit en tremblant. Que lui réserverait la soirée ? Il se tenait sur le seuil, souriant, les mains cachées derrière le dos.

— J'espère que vous n'avez pas dîné ? dit-il avec bonne humeur.

— Pourquoi ?

— Parce que j'ai apporté un festin chinois, répondit-il en sortant des sacs de derrière son dos. Je suis mort de faim et j'espère que vous l'êtes aussi.

— Je le suis et j'adore la cuisine chinoise ! dit-elle, ravie, en l'entraînant dans la cuisine où elle ouvrit les sacs avec curiosité.

— Mmm ! Du canard laqué, du riz sauté, des crevettes royales. Et même des baguettes ! James, je suis aux anges !

— Je me charge d'allumer la bouilloire, dit-il en riant pendant qu'elle faisait réchauffer les plats dont les parfums subtils se répandirent aussitôt dans la pièce. Mais si vous préférez du vin, je retourne en chercher une bouteille.

— J'ai ce qu'il faut, répondit-elle. Mettez donc le couvert pendant que je descends à la cave.

La table fut vite dressée et ils attaquèrent de bon cœur les plats odorants.

— Mmm... c'était délicieux, murmura-t-elle quand ils reposèrent enfin leurs baguettes. Vous avez bien choisi. Je raffole de la cuisine chinoise.

— Je vous en apporterai aussi souvent que vous le voudrez, dit-il en la regardant dans les yeux.

— Vous avez donc l'intention de revenir ?

— Pensiez-vous être débarrassée de moi, Ellie ?

— Je n'en ai aucune envie !

— C'est ce que je souhaitais vous entendre dire...

Le rose aux joues, elle prit le temps de savourer cette réponse avant de se lever.

— Si nous allions finir ce vin dans le salon ? proposa-t-elle.

— Bonne idée.

Installée sur le canapé, elle suivit des yeux sa longue silhouette souple et déliée pendant qu'il remplissait leurs verres et venait s'asseoir à côté d'elle. Une tristesse subite l'envahit. Pendant tout le dîner, il avait semblé détendu et heureux d'être là. Mais qu'est-ce que cela prouvait ? Pourquoi n'avait-il abordé aucun sujet sérieux ? Voulait-il retarder le moment des mauvaises nouvelles ? Oui ou non, avait-il vu Sophie ? Et que s'était-il passé entre eux ?

— Avez-vous parlé avec Sophie ? demanda-t-elle enfin, n'y tenant plus.

— Oui, répondit-il en se rembrunissant.

— Alors ?

Il resta silencieux un moment.

— Elle a reconnu vous avoir menti sur notre prétendu mariage. Mais il y a plus grave. Elle m'a avoué que c'était elle qui avait fait des révélations sur vous aux tabloïds.

Elle avait beau s'en douter, la nouvelle la laissa interdite.

— Mais comment a-t-elle pu savoir ce qui m'est arrivé pendant mon adolescence ?

— Elle a réussi à faire parler mon père sur votre passé et

celui de votre famille. C'est ainsi qu'elle a pu faire passer des informations à la presse.

— Elle doit se sentir terriblement mal à présent.

— Je le pense.

— Et... votre projet de mariage ?

— Mais il n'y a jamais rien eu entre nous ! A part une vieille amitié, des dîners en ville et des soirées chez des amis ! Seulement, elle laissait planer une ambiguïté. C'est sans doute ce qui a fait croire à votre frère que nous étions un couple.

Il soupira profondément.

— Elle savait pourtant que je ne partageais pas ses sentiments. Elle espérait peut-être me faire changer d'avis. A moins qu'elle n'ait vécu dans un monde imaginaire. Le fait qu'elle ait gagné l'affection de mon père n'a rien arrangé.

L'évocation de son père sembla le rendre songeur.

— Je dois reconnaître qu'elle a été d'un grand dévouement avec lui. Elle était là quand il le fallait, lui faisait prendre ses médicaments, l'accompagnait en voiture. Peut-être parce qu'elle se considérait déjà comme sa belle-fille.

— Malgré ce qu'elle a fait, j'ai de la peine pour elle.

— Il est évident qu'elle a tout de suite vu que vous représentiez une menace.

En souriant, il se tourna vers elle.

— A moins d'être aveugle ou stupide, tout le monde aurait compris que j'étais fou amoureux de vous.

— Vraiment ? dit-elle d'une voix étranglée, le cœur battant à lui briser la poitrine. Je pensais que vous ne cherchiez qu'une aventure. Vous m'avez tellement répété que vous n'étiez pas prêt pour autre chose... Et moi, c'est autre chose que je voulais...

Elle sentait sur elle le regard profond de ses yeux gris.

— Etes-vous en train de me dire que vous aussi étiez amoureuse de moi, Ellie ?

— Oui... Mais votre père attendait tellement de vous. Mon nom avait été sali et votre père ne m'aurait jamais jugée digne de vous.

— Ce n'était pas à lui de décider. De toute façon, il avait appris à vous connaître et vous était reconnaissant de lui avoir sauvé la vie. Il souhaitait réparer le mal qu'il a fait à votre famille et à vous-même. Il me l'a dit.

— Cela me touche, James.

Il passa un bras autour de ses épaules et elle se laissa aller à la sensation de douceur et de chaleur qui l'envahit quand il l'attira contre lui.

— J'ai eu tort de douter de vous, Ellie. J'avais peur que vous ne cédiez à Lewis, même si au fond de moi je savais que vous n'êtes pas une briseuse de ménage. J'étais dévoré de jalousie quand je vous voyais avec lui. C'était idiot de ma part, car je sais qu'il aime profondément Jessica. Mais je n'étais pas sûr de vos sentiments et cela me rendait fou.

— Moi aussi j'ai douté de vous... J'étais scandalisée que vous flirtiez avec moi tout en sortant avec Sophie. J'aurais dû vous faire confiance.

— Une seule femme compte désormais pour moi. Vous, Ellie.

Se penchant vers elle, il l'embrassa tendrement et l'attira tout contre lui, ses mains courant sur son corps en de longues caresses.

— Viens, dit-il tout bas.

— Tout cela est-il bien réel ? Je n'arrive pas à y croire, James.

— C'est bien réel, ma chérie. Je ne pensais pas que cela m'arriverait un jour. Mais, pendant notre escapade en bateau, j'ai compris que je ne pourrais plus me passer de toi. Cela a été pour moi un véritable coup de tonnerre. Quand je suis auprès de toi, je me sens en paix avec le monde et avec moi-même.

Il l'embrassa de nouveau.

— J'ai enfin trouvé mon âme sœur. Je t'aime.

— Oh ! James ! Je t'aime tellement. Et j'ai eu si peur que tu ne m'aimes pas...

Laissant courir ses doigts sur sa nuque, elle attira doucement son visage vers le sien. Quand leurs lèvres se joignirent, elle se sentit frémir, bouleversée par la façon dont leurs corps se répondaient.

— Ellie, acceptes-tu de m'épouser ? C'est avec toi que je veux partager chaque instant de ma vie, jusqu'à la fin de mes jours.

— Oui, James, répondit-elle tendrement, lui souriant et lui tendant ses lèvres. C'est ce que je souhaite plus que tout au monde.

Avec un soupir de bien-être, elle s'abandonna entre ses bras. Maintenant, elle en était sûre. Entre eux, c'était pour la vie.